러브 몬스터

러브 몬스터

LOVE MONSTER

이두온 장편소설

창비

차례

*

오전 열시 이십분은 수작을 부리기에는 너무 이른 시간이었다. 서른쌍의 남녀는 부기가 빠지지 않은 얼굴로 간이탁자를 사이에 두고 앉아 서로를 바라보았다. 구청 앞 광장으로 쏟아지는 햇살은 지나치게 밝아서 마주 앉은 사람들의 모공까지 세세히 비쳤다. 웬만한 미남 미녀가 아니고서는 모두를 몹쓸 낯짝으로 만들 햇살이었다. 어째서 이렇게 열린 공간에 사방이 뺑 뚫린 간이천막을 설치한 걸까. 제대로 된 실내를 빌릴 수는 없었던 걸까. 서른쌍의 젊은 남녀는 후회가 막심했다. 마음에 드는 상대를 향해 눈빛을 쏘기에는 그들을 지켜보는 공무원이 너무 많았다. 가끔 카메라 셔터가 터지기도 했다. 높은 경쟁률을 뚫고 구청이 주최한 소개팅 행사에 참여했지만 그 높은 경쟁률이 문제였다. 예정된 팀이 많다며 아침부터 나오라고 할 줄 누가 알았겠나. 그날 하루 광장은 그런 일들로 굴러갈 터였다. 젊은 남녀가 열심히 만나고 부대끼고 헤어지는 일들 말이다.

그곳에서 무언가가 이루어진다면(이를테면 결혼이), 인구증가 정책에 힘을 쏟는 지방 도시에서는 그들 남녀에게 여러 혜택을 제공할 것이다. 결혼식 보조금이라든가, 신혼집 전세대출, 주거지원비, 아기를 향한 질주를 독려할 출산장려금, 난임이나 육아 지원 같은 것들 말이다. 그러나 젊은이들이 온전히 혜택만을 위해 광장에 모인 건 아니었다. 그들이 걸어다니는 포궁과 정자 머신 취급에 개의치 않으며 그곳에 온 건 어떤 불안과 기대 때문이었다. 제때 연애와 결혼을 해내지 못하면 뒤처지고 말 거라는 두려움, 더는 혼자이고 싶지 않은 마음, 누군가에게 가닿을 수 있을지도 모른다는 내밀한 바람이 그곳에 있었다. 여름이 끝나가고 있었다. 그러므로 할 수 있는 데까지 해보아야 한다.

사회를 맡은 중년의 공무원이 시작을 알리고, 참가자들의 자기소개가 시작되었다. 광장에 넘실대던 가능성이 급속히 쪼그라드는 시간이었다. 외모에서, 직업에서, 사는 동네에서, 나이에서, 부모님의 직업과 자산 규모에서, 자신을 소개하셨다고 나선 사람들과 그를 지켜보는 자들이 여러 파편으로 쪼개져나간다. 쪼개고 쪼개진 후에야 선택이 가능해진다. 어디든 똑같다. 자원이 많은 자에게 사람이 몰리고, 인기가 있는 자가 인기를 늘려갈 뿐이다.

이렇게 노골적으로 서로의 조건을 가늠한다고?

왜요, 결혼을 위한 만남 아니던가요?

사랑은, 대체 사랑은……

준비된 사람과 사랑하고 싶어요. (서로를 알아가는 데 에너지를 쏟기에 우리는 너무 지쳐 있다고요!) 저희에게는 주어진 시간이 많지 않습니다.

당신은 젊은데요.

시끄러워요. 젊음도 자원입니다.

하얀 픽업트럭이 어떻게 그곳에 왔는지 모르겠다. 트럭은 광장과 도로를 가르는 낮은 연석을 짓밟고 부드럽게 광장에 들어섰다. 그리고 젊은이들이 앉아 있는 희고 거대한 천막을 향해 돌진했다. 순식간에 일어난 일이었다. 누군가가 비명을 질렀고, 젊은이들이 잔디밭과 시멘트 바닥을 향해 몸을 날렸다. 트럭은 천막 곁에서 카메라를 들고 서 있던 어깨가 둥근 남자를 날려버린 채 계속 달렸다. 천막 안의 얇고 힘없는 탁자와 의자들이 부서지며 날아갔다. 모든 가능성이 무너져내렸다. 사회자가 트럭을 향해 마이크를 던졌으나 그것은 달리는 차에 닿지 못하고 떨어졌다. 트럭은 광장을 가로질러 그 안쪽에 있던 인도까지 질주하더니 전신주를 들이받은 후에야 멈춰 섰다. 중년으로 보이는 트럭 안 운전자는 운전대에 머리를 박고 숨을 몰아쉬었다. 그 역시도 소개팅에 나가고 싶었다. 신청서를 서른번이나 썼다. 그래서 이제는 소개팅에 참여하고 싶은 마음이 큰지 그러지 못한 분노가 큰지 가늠이 안 됐다. 운전자는 고개를 들어 인사이드미러를 응시했다. 그의 이마를 타고 피가 주르륵 흘러내렸다.

그 사고로 일대 이천여가구를 비롯해 상가 건물의 전기 공급이 중단되었다. 전봇대에 붙어 있던 전기개폐기가 부서지면서 일어난 혼란이었다. 피해는 인근 마을 복지회관과 그 내부의 수영장까지 번졌다. 25미터, 여섯개의 레인으로 이루어진 수영장에서는 백삼십명가량의 사람이 오전 강습을 받고 있었다. 수영장 실내가 갑작스럽게 깜깜해졌다. 참방거리는 소리, 작은 웅성거림. 수영을 하던 누군가는 멈춰 섰으며, 계속해서 물살을 가르던 누군가는 낯선 몸뚱이에 팔과 머리를 부딪쳤다. 그리고 몸서리. 멈춰버린 드라이어와 선풍기에 욕설을 중얼거리는 사람이 있는가 하면 알몸으로 샤워장을 뛰쳐나가는 사람도 있었다. 불가피한 충돌, 진정하라고 외치고 있으나 누구보다도 당황한 듯한 안전요원의 목소리, 익명성에 기대어 지르는 장난스러운 비명. 허인회는 그때 다이빙대에 있었다.

정전이 아니더라도 낯설고 혼란스러운 상황이었다. 두 번째 다이빙 수업이었기 때문이다. 그녀는 앞뒤로 벌려선 무릎을 팽팽히 펴고 양손을 뻗어 모은 채 허리를 굽혔다. 다이빙을 할 줄 아는 사람이라면 모름지기 그 자세로 몸을 물속에 쏙 집어넣을 줄 알아야 한다. 팔다리를 곧게 펴지 않으면 물의 저항력이 올라간다. 그럴 때 부딪치는 물의 표면은 벽같이 단단하다. 다이빙을 하다 멍이 들었다거나 물 따귀를 맞았다는 사람들이 있었다. 허인회는 걸음마를 배울 때처럼 조심스럽게 양발의 거리를 넓혔다. 사소한 동작 하나를 자연스럽게 하려면 얼마나 많은 연습이 거듭되어야 하나. 어쩌면 자연스러워지지 못한 채 끝이 날지도 모른다. 몸에 관한 한 늘 그랬으니까. 오십년 넘게 살았지만 인회에게 몸은 늘 거추장스럽고 불편한 어떤 것이었다. 동작을 의식하면 할수록, 몸은 원치 않는 방향으로 엇나가는 것 같았다. 갑작스러운 어둠은 인회가 물속에 뛰어드려는 순간 찾아왔다.

날아오르는 순간 세상이 검게 변했다더라. 아니, 세상이 검게 변해 날아오르지도 못하고 곤두박질쳤다더라. 어, 어, 하는 찰나의 순간 허인회의 몸이 균형을 잃고 물속으로 떨어졌다. 그러면서 그녀의 발이 물속에 있는 누군가의 어깨에 걸렸다. 발목이 꺾였다. 검은 물이 허인회를 집어삼켰다. 숨 쉴 수 없는 통증이 번졌다. 구조 요청을 하기도 전에 물이 벌린 입안으로 울컥울컥 들어왔다. 수영을 배운 지 넉달이 되었지만 그런 상황에서 수영하는 법은 배우지 못했다. 인회는 지지할 것을 찾아 급히 팔을 휘둘렀다. 잡히는 게 없었다. 발목 통증 때문에 몸을 바로 세울 수도 없었다. 사지에 힘이 들어간 상태에서 고개만 물밖으로 빼려다보니 몸이 더 깊이 가라앉았다.

죽을 것이다. 미지근하고 검은 물속에서 죽고 말 거다. 허인회는 몸부림쳤다. 두려움에 심장이 날뛰었다. 비명을 지르려 할 때마다 입안에 물이 들이찼다. 삼켜도 끝이 없었다. 부질없는 짓이지만 수영장 수조에 든 물을 다 삼킬 기세로 오염된 물을 들이켰다. 그러다 구역질을 하고, 다시 물을 삼키고, 그러면서 구역질을 했다. 사실 물이 싫었다. 애초에 수영장을 기웃거리는 게 아니었다. 무엇을 바란 건가. 무엇이 되고 싶었던 건가. 허인회를 비웃는 어떤 힘이 그녀를 수면 아래로 잡아당기고 있었다. 허인회는 필사적으로 팔을 허우적댔다. 어둠 속에서는 어떤 것도 잡을 수 없었다.

그때 크고 단단한 손이 허인회의 팔을 움켜잡았다. 허인회는 순간 겁에 질렸다. 무의식중에 그것을 뿌리쳤다. 그러나 힘 있고 탄력 있는 팔은 개의치 않은 채 허인회의 목을 감싸 안았다. 두툼한 전완근을 가진 남자였다. 강한 팔이 허인회의 목을 압박했다. 허인회는 몸부림을 치며 주먹으로 남자의 팔과 가슴팍을 후려쳤다. 그 충격 때문인지 남자가 몸을 휘청이며 허인회의 어깨를 눌렀다. 허인회의 머리가 물에 잠겼다. 몸부림치던 허인회는 자신이 왜 싸우고 있는지 이유도 알지 못하고 물먹은 비명을 지르며 팔을 휘저었다. 그녀의 손끝에 남자의 겨드랑이인지 무엇인지 모를 비교적 부드러운 살이 만져졌다. 허인회가 손끝을 세워 그것을 쥐어뜯었다. 듣기 좋은 목소리가 낮은 신음을 내뱉었다. 남자가 중심을 잡지 못하고 허인회를 누르는 바람에 그녀의 머리가 물속 깊이 가라앉았다. 남자의 목소리가 조금만 가만히, 하고 말하는 듯도 했다. 하지만 이성을 잃은 허인회는 남자의 팔을 잡고 물 위로 튀어올라 비명을 지르기 시작했다. 남자는 허인회를 뿌리치지 않았다. 허인회의 몸이 다시 물속으로 가라앉았다. 그녀가 한번 더 남자의 겨드랑이로 손을 뻗었다. 그전에 남자가 허인회의 목과 배를 압박했다. 점점 기운이 빠졌다. 몸부림을 치던 허인회는 한차례 더 비명을 내질렀다. 그런 후 몸을 늘어뜨리자 허인회의 몸이 수면으로 솟아올랐다. 남자의 팔이 허인회의 등을 지지하고 있었다. 허인회는 거칠게 숨을 들이켰다. 들이켜고 또 들이켰다. 허인회의 손에 남자의 단단한 가슴과 매끈한 슈트가 만져졌다. 수영장에서 전신 슈트를 입을 수 있는 건 강사들뿐이었다. 그가 허인회의 목을 물 밖으로 고정하며 숨을 몰아쉬었다.

"어둡다고 자살하면 안 돼요."

허인회는 기침을 내뱉으며 강사의 목을 끌어안았다. 그가 팔을 뻗어 허인회의 등을 두드렸다. 부드러운 손길이었다. 그가 등에서 손을 떼며 물었다.

"헤엄칠 수 있겠어요?"

"발목이 아파요."

"저를 잡으세요. 일단 물 밖으로 나갑시다."

허인회는 한쪽 팔을 뻗어 남자의 목에 감았다. 그가 물속에서 천천히 나아가기 시작했다. 긴 거리는 아니었다. 잠시 후 남자가 멈춰 섰다. 허인회가 망설이듯 수조 벽에 손을 뻗었다. 강사가 물었다.

"사다리를 탈 수 있겠어요?"

인회는 발목을 살짝 움직여보았다. 신음이 새어나왔다. 그것을 들은 강사는 자신의 양팔을 허인회의 등과 허벅지 뒤편에 감아 그녀의 몸을 안아 들었다. 그 순간 비상등이 들어왔다. 허인회는 안락한 팔에 안겨 팔 주인을 바라보았다. 인회와 눈이 마주친 남자는 당황한 듯 눈을 깜빡이다 허공으로 시선을 돌렸다. 허인회가 있는 2레인 강사였지만 이렇게 가까이에서 그를 본 일은 없었다. 수영장 여자들이 어째서 그의 이름을 자주 입에 담는지, 수제비 운운하며 깔깔대는지 알 것 같았다. 각이 살아 있는 강사의 턱을 타고 물방울이 흘러내렸다. 그것이 허인회의 가슴 위로 떨어졌다.

"올라갑니다. 저를 꼭 잡으세요."

강사는 한쪽 팔로 허인회를 안은 채 남은 손으로 사다리를 잡고 올랐다. 한칸씩 오를 때마다 허인회와 강사의 몸이 조금씩 흔들렸다. 허인회는 강사의 어깨와 목을 더 꼭 끌어안았다. 사다리를 오른 강사가 한차례 거친 숨을 몰아쉬었다. 그는 허인회를 내려놓을 장소를 물색하며 주변을 훑어보았다. 곧 모든 게 끝날 것이다. 허인회와 강사는 무슨 일이 있었느냐는 듯 제자리로 돌아가 이런 식으로는 다시 만나지 못한다.

젊은 강사의 얼굴을 물끄러미 바라보던 허인회는 통증을 느꼈다. 발목에서 오는 통증이 아닌 건 확실했다. 어떤 조바심, 이 시간이 끝나기 전에 무언가를 하고 싶은 마음, 그러나 하고 싶은 게 도대체 뭔가. 그것이 누구와도 한 적 없고 다른 사람들이 쉽게 하지도 않을 소중한 어떤 일이라는 사실은 어렴풋이 느끼고 있었으나, 그게 대체 뭔가. 심장이 걷잡을 수 없이 내달렸다. 강사가 집요한 시선에 대답하듯 허인회를 바라보았다. 검고 선명해서 도저히 지칠 것 같지 않은 눈동자였다. 갈급함에 쫓기던 인회는 소중한지는 모르겠으나 여태 누구에게도 하지 않고 참아온 말을 불쑥 내뱉었다.

"남편이 바람을 피워요."

*

옆 레인에서는 자유형 랠리가 시작되고 있었다. 엄지민은 랠리에 참여하는 사람들을 물끄러미 바라보았다. 구경이나 하려고 수영장에 온 건 아니지만 사람들이 팔다리를 뻗어 물살을 가르는 데에는 넋을 놓고 보게 되는 무언가가 있었다. 못하면 못하는 대로 잘하면 잘하는 대로. 회원 대부분이 출발하고 나자 옆 레인 남자 강사가 줄 마지막에 서 있던 젊은 여자 회원을 힐끗 바라보았다. 그리고 그녀를 향해 의도적으로 물을 튕겼다. 여자가 물을 피하는 시늉을 하며 깔깔댔다. 그러자 몸이 큰 강사가 어흥, 하고 물장구를 치며 여자에게 다가섰다. 웃음소리가 커졌다. 염병들을…… 지민은 수조 벽을 발로 밀며 물속으로 나아갔다.

수영장 분위기가 원래 이런 건지 여기가 유별난 건지 지민은 가늠이 잘되지 않았다. 이곳은 연오시에 소각장이 들어설 때 보상차 주어진 복지회관에 있는 수영장으로, 친환경 살균 방식과 저렴한 가격으로 주민들에게 인기가 아주 많았다. 그러다보니 지자체가 기획한 행사를 이곳에서 진행할 때도 있었는데 그 영향 아래 만들어진 것이 '미혼반'이었다. 작년에 개설되었다는 미혼반은 이름대로 미혼 남녀만을 회원으로 받았다. 결혼을 장려하는 도시의 지자체가 내놓을 법한 노골적인 아이디어로, 미혼반이라는 낯 뜨거운 이름과 의도 때문에 초반 부침을 면치 못하다가, 그야말로 물이 좋고 커플 성사율이 높다는 소문이 돌면서 인기가 올라가는 상황이었다.

복지회관은 불분명한 뜨내기를 만나느니 높은 경쟁률

과 검열을 뚫고 수영장에 온 이성을 만나라고 홍보했다. 결혼이 하고 싶으면 수영복을 사서 수영장 회원등록 광클릭에 참여하라는 말도 있었다. 미혼반은 몸을 만들러 가는 곳이 아니라 만든 후 가야 하는 곳이라는 조언도 돌았다. 그리고 그런 분위기는 어쩌면 전염되고 옮아 붙는 건지도 모른다. 미혼반 타임이 아닌데도 남녀가 저렇듯 곳곳에서 어훙대고 있지 않은가. 지민은 사랑이니 결혼이니 다 개같은 짓거리라고 생각하며 거칠게 물살을 갈랐다. 그러다 엄마라면 성호르몬을 풀어놓은 이런 정글 같은 곳을 싫어할 리 없다고 냉소하고 마는 것이다.

꼭 그런 이유 때문만은 아니지만 수영장에 오면 엄마를 만날 수 있으리라 기대했었다. 하지만 정말 기대했나? 지민은 물속에 고개를 박은 채 숨을 몰아쉬었다. 숨 방울이 뽀글뽀글 솟았다. 정말 엄마와 만나고 싶은가. 선숙이 지민의 명의로 대출을 받지 않았다면, 빚 독촉이 없었다면, 그것을 대신 갚을 여력이 있었더라면, 지민은 수영장에 오지 않았을 것이다.

싸울 마음으로 싸움을 시작하는 사람이 얼마나 되겠냐마는, 석달 전 집으로 돌아갈 때까지만 해도 지민은 선숙과 다툴 생각이 없었다. 사관학교에서 제적당한 사실을 엄마에게 알리고, 더는 학교로 돌아가지 않을 거라는 사실을 담담하게 말하고 싶은 마음뿐이었다. 선숙이 집에 돌아올 거냐고 물으면 인근 고시원을 구했다, 앞으로 뭘 할 거냐고 묻는다면 한동안 잠이나 자야지, 하고 말할 생각이었다. 복장 터질 말인 건 알았지만 뚜렷한 목표가 있는 것도 아니었고, 그렇다고 자신의 상태를 분명하게 말할 자신도 없었다. 그저 퓨즈가 나가버렸을 뿐이라고, 수업도 가지 않고 기숙사에서 내내 잠만 잤다고, 인생의 길을 잘못 선택한 것 같다고, 아니 인생 자체가 무의미하게 느껴진다고 어떻게 말하겠는가. 선숙은 지민이 생각 없고 속 편한 인간이라고 화를 내겠지만 이런저런 농담 따먹기나 하면서 속 편하게 구는 게 지민이 익힌 엄마와의 갈등을 피하는 법이었다. 석달 전 집에 간 날도 그럴 생각이었다. 그러나 실패하고 말았다. 그날 지민은 도저히 보고 싶지 않은 광경을 보았다. 선숙에게 해선 안 될 말들을 해버렸다. 마음속에서 늘 찰랑댔지만 입 밖에 내어본 적은 없는 말들이었다. 선숙은 울음을 터뜨렸고 지민은 자신이 잔인하다고 느꼈다.

마음을 추스르고 선숙에게 연락하기까지 한달이 걸렸다. 그러나 선숙은 지민의 전화를 받지 않았다. 선숙이 지민의 전화나 문자를 무시한 건 한두번이 아니었지만 이렇게까지 오랫동안 연락이 되지 않은 건 처음이었다. 화가 단단히 난 모양이었다. 지민은 후회에 휩싸여 집에 가봐야겠다고 생각만 하다가 또 한달을 흘려보냈다. 그러다 무턱대고 찾은 곳이 수영장이었다. 선숙이 복지회관 수영장에 마르고 닳도록 다닌다는 걸 알고 있었고, 그곳에 가면 집에 가지 않고도 대화할 수 있을 것이다. 그러면 지민은 선숙에게 무분별한 분노를 터뜨릴 필요 없이 할 말만 하고 돌아설 수 있으리라고 기대했다.

지민은 복지회관 앞을 서성이며 며칠을 기다렸다. 회관 앞 화단의 흙을 후비다 사람들이 나오면 고개를 들어 그들의 얼굴을 확인하고 다시 흙을 헤집길 반복했다. 그러나 그 안에 선숙은 없었다. 이상한 일이었다. 하루라도 수영장에 가지 않으면 좀이 쑤신다던 사람이 모습을 보이지 않았다. 이쯤 되면 정말 집에 가봐야 하는 게 아닐까. 좀처럼 마음의 결심이 서지 않았다. 지민은 한숨을 푹푹 쉬며 복지회관을 나서는 사람들을 바라보았다. 그러다 엉뚱한 데 시선이 꽂혔다. 한번 눈길이 가자 나중에는 그것을 거두기가 힘들었다. 그러니까 무엇에 꽂혔는가 하면, 복지회관을 나서는 사람들의 얼굴이 지나치게 화사하고 맑았다는 점이다. 회관을 나서는 수백의 사람들 중 단 한명도 개운한 얼굴을 하지 않은 자가 없었다. 어쩌면 집에 가지 못하는 건 마음의 문제다. 마음을 개운하게 만들면 집에 갈 수 있지 않을까. 고시원으로 돌아가던 길, 지민은 아웃렛에 들러 수영복과 수모를 둘러보았다. 검은 물안경을 쓴 채 거울을 물끄러미 응시했다. 다음 날 다시 복지회관에 갔다. 자유수영권을 끊었다.

수업을 밥 먹듯이 빠져서 제적을 당해놓고 수영장에는 매일 갔다. 하루만 더, 하루만 더, 시간대를 바꿔가며 수영을 했다. 그러다 지치면 고개를 들어 풀장을 건성 둘러보고는 오늘도 엄마가 없구나, 중얼거리고 다시 헤엄쳤다. 학교에서도 수영을 배우긴 했지만 혼자 하는 수영은 달랐다. 시도 때도 없이 치미는 열패감과 좋지 못한 기억들로부터 달아날 수 있었다. 지민은 동영상을 보기도 하고 헤엄치는 사람들을 구경하기도 하며 다양한 영법을 익혀나갔다. 완전히 빠져들었다. 어쩌면 그런 면이 생각 없고 속 편해 보이는 건지도 모른다. 그 때문에 수영 실력이 나날이 늘고 있었다. 게다가 그날 지민은 좀처럼 진전이 없던 평영 발차기를 성공하고 말았다. 그럴 상황이 아닌데 신이 났다.

탈의실 거울 앞에는 강사와 물을 튀기던 여자가 머리

를 말리고 있었다. 어딘지 모르게 육감적인 분위기가 풍기는 사람이었다. 샤워를 마친 지민이 옆에 서자 여자는 콧노래를 흥얼거리며 지민을 힐끗 쳐다보았다. 그녀가 머리를 털며 물었다.

"수영장에 오래 다녔어요? 나는 오늘 처음 왔는데."

"한달 됐어요."

"그렇구나. 대학생?"

지민은 고민하다 백수예요, 하고 대답했다. 여자는 살짝 놀란 듯 고개를 끄덕였다. 그러고는 선풍기 바람에 고개를 흔들다 피식 웃으며 지나가듯 물었다.

"소문대로 여기 강사들은 다 잘생겼네."

"……"

"수영장 뒤풀이나 그런 건 없어요?"

지민은 모르겠다고 고개를 저었다. 수영장에서 뒤풀이를 엄격하게 금한다는 말을 들었던 것 같기는 하지만 정확하지는 않았다. 여자는 생각에 잠긴 듯 말이 없었다. 지민은 거울을 통해 여자의 매끄러운 왼손 약지를 바라보았다. 그러다 불쑥 말했다.

"유부남이에요."

"네?"

"아까 그 강사 말이에요. 여자들한테 그런 식으로 행동하는 걸 몇번 봤어요."

여자는 불쾌한 듯 지민을 응시했다.

"그런 식이라니요?"

"아시잖아요."

"……"

"기러기 아빠인데 자주 미혼인 척을 한대요."

"그 말을 왜 나한테 하는 거예요?"

맞는 말이다. 뭐 하러 그런 말을 하는가. 평소였으면 하지 않았을 말이다. 유부남이 추파를 던지든 여자가 거기에 장단을 맞추든 그건 지민이 상관할 바가 아니었다. 그러나 오늘은 평영 발차기를 성공하기도 했고…… 아니다. 지민은 요즘 자신이 필요 이상으로 촐랑대는 풀장 같다고 생각했다. 좀처럼 제어가 되지 않았다. 여자는 화가 나서 그냥은 넘어가지 않겠다는 눈초리로 지민을 쏘아보았다. 코끝을 긁으며 서 있던 지민은 미안합니다, 하고 말했다. 지민을 차갑게 노려보던 여자가 자신의 파우치를 챙겨 자리를 떠났다.

"꺼놓으면 켜놓고, 꺼놓으면 또 켜놓고!"

떠나는 여자를 바라보던 지민의 등 뒤에서 거친 목소리가 들려왔다. 지민이 몸을 돌렸다. 덩치 큰 중년 여자가 팔을 뻗어 선풍기 전원을 끄고 있었다. 평소 목소리가 크고 괄괄해서 눈에 띄던 사람이었다. 중년 여자가 지민을 향해 손가락질하며 말했다.

"물건을 아낄 줄도 소중히 할 줄도 모르고 그저 써재끼기만 하는 이런 인간들을 왜 수영장에 들이냔 말이야!"

졸지에 이런 인간이 되어버렸다. 문화센터나 스포츠센터에 텃세가 있다는 말을 들은 적은 있지만 지민이 수영장에서 경험한 그것은 짐작했던 것보다 훨씬 직접적이고 사나웠다. 모든 수영장이 그런 건 아닐지라도 이곳은 텃세가 좀 있는 편이었다. 더 노골적으로 말하면 오륙십대 여성이 많은 오전 시간대에 유독 심하게 느껴졌다. 십년 전 수영장을 개관할 때부터 있었다는 이 터줏대감들은 화를 내는 이유도 다양했다. 드라이어를 혼자 쓰지 마라(삼십초 들고 있었을 뿐이다), 샤워장의 그 자리는 애초에 내가 맡아둔 자리니 비켜라(애초라는 건 언제인가), 신규 회원은 랠리 때 기존 회원이 가고 난 후 출발해라(불가능한 요구였다. 신규가 기존 회원의 얼굴을 파악하고 있을리 없지 않은가), 수영할 때는 물을 튀기지 마라(응?). 왜 그런지는 몰랐다. 하는 짓이 옹졸한 깡패 같으니 될 수 있으면 그들을 피하자고 생각해왔을 뿐이다.

지민이 고개를 저으며 "제가 켜둔 게 아니에요" 하고

말하자 중년 여자는 "그럼 누가 켰단 말이야! 선풍기가 혼자 돌아가? 혼자 켜져서 붕붕거린단 말이야?" 하고 눈을 부릅떴다. 이토록 화를 낼 일인가. 지민이 고개를 저었다. 그것이 여자의 화를 돋운 듯했다. 그녀가 흥분한 손길로 선풍기를 다시 켰다. 그리고 명령하듯 말했다.

"네가 꺼. 선풍기를 켜둔 사람이 꺼."

지민은 기분이 상했다. 여자는 예의가 없어도 너무 없었다. 지민이 여자에게 다가서자 그녀가 흠칫 놀랐다. 지민은 팔을 뻗어 선풍기 전원을 껐다. 시킨 대로 하고 싶지는 않았지만 그렇다고 못할 일도 아니었다. 고작 선풍기 아닌가. 지민은 그림자처럼 수영을 계속하고 싶었다. 그리고 무엇보다도 오늘은 평영 발차기를 성공한 날이었다. 지민이 여자를 바라보며 "됐어요?" 하고 말하자 그녀는 잠시 당황한 듯 입술을 물었다. 이를 지켜보던 육십대 정도 되어 보이는 백발 여자가 다가와 말했다.

"선풍기를 켜둔 사람은 다른 사람이야. 내가 봤어."

덩치 큰 여자가 고개를 떨구며 투덜거렸다.

"본인이 한 게 아니면 말을 했어야지. 말을 했어야 할 거 아냐."

백발이 "말했잖아" 하고 대꾸하며 중년 여자의 맨 어깨를 감싸 안았다. 중년은 한차례 어깨를 떨더니 "나는 몰랐어, 몰랐다고" 중얼대며 백발의 어깨에 고개를 묻었다. 지민은 지금 이 사람이 선풍기 때문에 우는 건가, 어리둥절한 얼굴로 중년을 바라보았다. 백발은 그런 지민에게 그만 가보라고 손짓했다. 평영 발차기를 성공해도 소용이 없다. 기분이 좋아져야만 집에 갈 수 있다면 그런 날은 영영 오지 않을 것이다. 물 밖은 아수라장이다. 언제나 그렇다. 지민은 울적한 기분으로 그들을 바라보다 수영가방을 챙겨 엄마의 집으로 향했다.

*

다세대주택을 고집한 건 선숙이었다. 선숙이 찾는 집은 늘 방 두칸에 거실 하나 있는 일년 전세로, 적응할 만하면 이사를 가야 하는 그런 집이었다. 이사에 지친 지민이 한 집에서 오래 살고 싶다고 말할 때마다 선숙이 하는 말은 같았다. 자신이 곧 결혼을 해서 아파트에 들어갈 텐데, 일을 번잡하게 만들 필요는 없지 않느냐고 말이다. 그럴 때면 지민은 굴욕감에 입을 다물었는데, 선숙은 지민의 속도 모르고 "그래, 뭐니 뭐니 해도 아파트가 낫지 않니?" 하고 동의를 구하듯 묻곤 했다. 모녀는 그렇게 십년간 이사를 거듭하며 시 외곽의 연립주택을 돌았고, 마지막 이사를 하던 날 선숙은 일찌감치 정착했다면 삶이 이렇게까지 구질구질해지지는 않았을 거라고 화를 냈다. 누구에게 향한 건지 도통 알 수 없는 화였다.

집 안은 오랫동안 환기하지 않은 듯 공기가 탁하고 무거웠다. 지민의 방은 선숙의 옷방이 되어 있었다. 지민은 기가 막혔다. 자신이 집을 나가겠다고 말하긴 했지만, 방 두개짜리 집에서 방 두개를 선숙 혼자 독차지하다니 해도 해도 너무한 것 아닌가. 아예 집에 오지도 말라는 소리였다. 그러다 지민은 그녀가 기숙사 생활을 하던 때에도 살려두었던 방을, 이렇듯 잽싸게 옷방으로 바꾼 데는 다른 이유가 있다는 사실을 어렴풋이 깨달았다. 지민도 지민이었지만, 선숙은 그 방을 사용할 사람이 더는 없다고 판단한 듯했다. 아니, 더는 집에 올 사람이 없다고 생각해서 방을 그렇듯 창고처럼 만들어버린 건지도 모른다. 지민은 심란한 마음으로 방들을 서성이다 부엌으로 갔다. 갈증이 심했다. 정수기는 보이지 않았고, 냉장고 안에 있는 건 우유뿐이었다. 지민은 아쉬운 대로 우유갑 주둥이를 열었다가 솟아오르는 심한 악취에 몸서리를 쳤다. 우유의 유통기한은 두달이나 지나 있었다.

그때부터 지민은 좀 이상하다는 생각을 했다. 현관문을 열고 우편함으로 갔다. 고지서로 보이는 우편물들이 함을 가득 채우다 못해 바깥까지 튀어나와 있었다. 지민은 그것을 모두 챙겨 집 안으로 들어왔다. 우편물은 대체로 미납 고지서인 듯했고, 지민은 그 사이에서 본인 부담 상한제 환급금 통지서와 장애심사 결정 명세서를 발견했다. 이름만으로도 생소한 우편물이었는데 검색을 해보니 둘 다 몸이 아파서 의료비 지원을 받고자 할 때 필요한 통지서인 듯했다. 우편을 뜯지 않을 수 없었다. 장애심사 결정 명세서에는 혈액암이라는 엄마의 병명이 적혀 있었다.

선숙의 전화기는 여전히 꺼져 있었다. 지민은 엄마에게 아픈 걸 알고 있으니 당장 연락하라는 문자를 보냈다. 선숙의 지인들에게도 전화를 돌렸다. 선숙이 평소 피를 나눈 자매와 다름없으니 이모라 부르라고 했던 사람들이었다. 그러나 선숙의 근황을 아는 이모는 없었다. 지민은 식탁 위에 꺼내둔 썩은 우유를 바라보다가 엄마의 전 남자친구에게 전화를 걸었다. 지민이 기숙사로 떠나고 나면 지민의 방을 자신의 방처럼 쓰던 사람이었다. 오후 세시였음에도 남자는 자다 일어난 듯한 목소리로 전화를 받았다. 지민이 이름을 밝혔지만 그는 알아듣지 못했다. 엄마의 이름을 들은 뒤에야 남자는 달갑지 않은 듯 아아, 하고 말했다. 지민이 선숙의 행방을 묻자, 그는 모른다고 대답했다. 십년을 사귄 것치고는 지나치게 간단한 대답이었다. 지민이 남자에게 엄마가 아픈 걸 알았느냐고 묻자 그는 대답하지 않았다.

경찰서에 가서 실종신고를 하는 데는 긴 시간이 걸리지 않았다. 지민은 엄마의 이름을 쓰다 선숙이 개명했다는 사실을 깨닫고 보라, 염보라로 고쳐 적었다. "사람들이 나를 보면 예쁜 연보랏빛이 떠오른대" 하고 말하며 바꾼 이름이었다. "염씨면서……" 하고 중얼거리자 지민을 노려보던 선숙은 "성까지 바꿀 수는 없냐?" 하고 물었다. 할 수 있다면 성도 바꿨을 사람이었다. 그러나 지민은 바꿔 적은 이름이 너무 낯설고 이상해서 그것을 물끄러미 바라보았다. 그러고 있자니 자신이 모르는 여자를 찾고 있는 듯한 기분이 되었다. 실종 날짜 역시 그랬다. 우유갑에 적힌 유통기한에서 추정한 것일 뿐, 지민은 보라의 실종 시기조차 제대로 파악하지 못했다. 접수를 받은 경찰은 "어머니와 연락하지 않고 지내셨나봐요" 하고 가벼운 힐난의 말을 던지며 성인실종의 경우 가출이 대부분이라고 넌지시 말했다. 그리고 범죄 연관성을 가늠하기 위함인 듯한 질문도 몇가지 던졌다. 그러나 보라의 실종을 범죄와 관련해 생각하는 것 같지는 않았다. 혼자 사는 사람이 가출을 하는 경우도 있느냐고 묻자 경찰은 종종 그런 일이 일어난다고 말했다. 지민이 보통 언제 그런 일이 일어나느냐고 묻자, 경찰은 "완전히 사라지고 싶을 때겠죠" 하고 말했다.

엄마가 사라져버릴지도 모른다는 상상은, 어린 시절 거의 숨 쉬듯이 했던 생각이었다. 그런 생각이 들 때면 지민은 침대 밑이나 장 속에 들어가 몸을 납작하게 숨기고 엄마를 기다리곤 했다. 이렇게까지 정돈된 언어는 아니었지만 나를 찾아와줘, 사라지지 말고 나를 불러줘, 하는 마음으로 말이다. 그러나 보라는 늘 바빴고 자신의 감정에 빠져 있기 일쑤라서 지민이 사라졌다는 사실을 잘 알아채지 못했다. 그 때문에 지민은 반나절을 장에 숨어 있던 적도 있었다. 검은 장 속에서 어느덧 집에 돌아와 잠에 빠진 보라의 숨소리를 듣다가 엄마가 사라지지 않았구나 안도하고, 슬그머니 나와 자신의 잠자리로 돌아가던 때의 허탈감은 이루 말할 수 없었다. 그러나 시간은 흘렀고 아이는 자랐고 지민은 언제 그런 두려움을 느끼고 언제 그로부터 벗어나기나 했냐는 듯 그 사실을 잊었다.

그런데 엄마가 아프다. 잠깐 떠나는 게 아니라 영원히 떠나버릴지도 모른다. 지민은 빈집을 멀거니 서성이다 방 안 가득 차 있는 행어 사이로 들어가 누웠다. 몸을 웅크렸다. 닫힌 창으로 빛이 쏟아지고 있었다. 이렇게 많은 빛을 받으면 옷이 전부 바래고 말 것이다. 행어에는 덮개조차 제대로 씌워져 있지 않았다. 옷에서 피어난 먼지가 뿌옇게 허공을 날아다녔다. 방 한편에 놓인 화장대 거울이 지는 빛을 어른어른 반사하고 있었다.

화장대에 앉은 보라의 허리는 날씬하고 꼿꼿하다. 그녀는 입을 살짝 벌리고 마스카라를 칠하며 말했다.

"남자들은 여자 말을 듣지 않아. 그저 다른 남자들의 눈을 믿고 그들 말에 귀를 기울일 뿐이야. 지민아, 만약에 네 걸로 만들고 싶은 남자가 있다고 해봐. 그 사람 마음을 사로잡으려면 어떻게 해야 할 거 같니?"

여덟살 남짓이던 지민은 엄마의 뒷모습을 바라보며 몰래 코를 팠다. 엄마는 남자와 여자 이야기를 지나치게 좋아했다. 지민이 준비물 살 돈을 달라는 말에 또 그런 말을 시작했다. 지민이 대답하지 않자 보라는 답답하다는 듯 말했다.

"생각을 해봐. 내 남자의 마음을 사로잡으려면 어떻게 해야겠느냔 말이야. 뻔한 거야. 다른 남자들을 혹하게 할 수 있는 인기 많은 여자가 되면 돼. 다른 남자들이 '오, 저 여자는 대단한걸' 하고 말하는 여자가 되면 되는 거야. 네가 남자에게 자부심을 느끼게 하는 여자가 되면 남자는 널 포기할 수 없어. 다른 사람이 가질 수 없는 걸 가졌다는 느낌은 정말 대단하거든."

"자부심이 뭐야?"

"자랑거리 말이야."

"아아, 그렇구나. 엄마, 그런데 나는 남자랑 안 살아. 엄마랑 둘이 살 거야."

보라는 짜증 섞인 얼굴로 지민을 돌아보았다.

"엄지민, 코 좀 그만 파!"

지민이 보라를 향해 돌돌 만 코딱지를 거세게 던지며 말했다.

"혜선 이모는 엄마가 할머니 같은 말을 너무 많이 한댔어. 그런 날은 갔대."

"잘도 갔겠다."

석달 전 제적을 당하고 집에 온 지민은 방에서 잠이 들었다가 요란스러운 소리에 깼다. 늘 그랬다. 그곳은 지민의 집이었던 적이 없었다. 불안하고 안락하지 않고, 낯선 사람이 지민과 보라 사이에 끼어야만 보라가 비로소 웃는…… 모르겠다. 지민은 그곳에 있으면 늘 존재를 부정당하는 기분이었다. 그날 보라의 남자친구는 보라에게 헤어지자고 말했다. 보라는 자신이 더 잘할 수 있다고 했다. 남자는 우리가 할 만큼 했으며, 너무 늙어버렸다고 말했다. 보라는 그렇지 않다고 했다.

"당신만 해도 어디 가서 청년 소리를 들을 만큼 어려 보이고, 나도……"

자신에 대해 말하다 보라는 입을 다물었다. 하지만 침묵이 오래가지는 못했다. 보라는 나아질 거라고, 우리는 오랜 시간을 함께 헤쳐왔으니 이번에도 나아질 거라고 말했다. 그러면서 "나만큼 당신을 이해하는 여자는 없어, 당신 형님도 나를 좋아하잖아" 하고 말했다. 남자는 "그래, 당신만큼 나를 이해하는 여자는 없어, 우리 형님도 당신을 좋아해" 하고 말했다. 하지만 남자의 목소리는 그것만으로는 충분치 않다고 말하고 있었다. 보라는 이럴 수는 없다고 말했다. 그리고 자신은 더 좋은 사람을 만날 수 있었다고 했다. 남자는 "그래, 당신은 나보다 더 좋은 사람을 만날 수 있었어" 하고 말했다. 지민은 보라의 목소리가 혼자 외치는 메아리 같다고 생각했다. 십년 동안 이어진 불륜의 말로였다.

다음 날 지민은 보라에게 문자를 한통 받았다.

건강을 위해 요양 중이니 당분간 연락하지 마라.

지민은 보라가 그처럼 마침표를 찍어 문자를 보내는 걸 본 일이 없었다.

*

오진홍은 보름이나 출근을 하지 않고 있었다. 구청 공무원에게 보름의 연속휴가가 주어질 리 만무하고, 휴직이 아니라면 그건 정말 이상한 일이었다. 이런 허인회의 마음을 아는지 모르는지 진홍은 서재에서 종일 통화만 하고 있었다. 그가 공무원 시험을 준비할 수 있도록 뒷바라지한 것도, 그들이 함께 살고 있는 32평형 아파트를 장만한 것도 허인회였지만 오진홍은 허인회에게 직장 소식을 공유하거나 월급을 나누는 데 인색했다. 그런 지 퍽 오래되었다. 이상한 건 진홍이 인색하게 굴수록 인회가 그를 위해 더 많은 걸 베풀고 싶어 했다는 점이다. 그들 사이에는 자식이 없고 헤어진다고 해서 문제될 것도 없는데 인회는 그 간단한 일을 할 수 없었다. 왜 그랬을까.

물론 좋았던 시절이 있긴 했다. 아주 잠깐이었던 과거, 허인회가 집에서 벗어나기 위해 사촌 언니의 맞선 자리에 대신 달려나갔던 그날, 어떻게 해야 할지 몰라 사촌 언니 흉내를 내며 웃었던 그때, 남편이 실연을 당하고 의기소침한 상태로 나왔던 그 순간, 그들이 만나서 상처 입은 얼굴로 나약하고 수줍게 속삭이던 날들, 만난 지 세번이 지나도록 진홍이 '인희씨, 인희씨' 하고 그녀의 이름도 제대로 부르지 못해서 '진호씨, 진호씨' 하고 농을 쳤던 시간, 진홍이 미안하다거나 고맙다는 말을 자주 해서 무해하다고 느꼈던, 연인 사이가 되기는 한참 부족했으나 사랑을 몰랐기 때문에 타협이 가능했던, 사랑이라고 할 수 없는 그 작고 미약한 것이 자신을 다른 세계로 데려다줄 거라고 믿었던 날들이 있었다. 그건 남편이 가장 남편답지 않던 시기였고, 인희의 인생에서는 드물게 안온했던 시간이었다. 잡고 매달리기에는 지나치게 짧고 연약한 한때였지만 말이다. 어쨌거나 허인희는 버텼고 남편은 돌아왔다.

서재의 통화 소리가 점점 커졌다. 거실 소파에 반쯤 누워 있던 허인희는 TV 볼륨을 높였다. 녹화해둔 아침 드라마 마지막 회였다. 화면에서는 결혼식 장면이 이어지고 있었다. 저 장면을 보려고 늘어지던 드라마를 끝까지 보았다. 결혼식은 봐도 봐도 질리지 않았다. 그것은 고난을 참고 견딘 자에게 주어지는 보상이었다. 행복의 약속이었다. 결혼식이 이루어진 이상 이제는 아무도 주인공을 해할 수 없을 터였다.

화면 속에서는 신부가 입장하고 있었다. 허인회는 상체를 앞으로 빼서 주인공이 입은 드레스를 유심히 보았다. 못 보던 물건인 걸 보면 원장이 드라마에 협찬을 넣는다고 새 드레스를 뽑은 모양이었다. 일을 그만두지 않았다면, 허인회가 숍을 대표해서 드라마 촬영에 참여하여 주인공의 드레스를 벗기고 입히며 결혼식 상황을 주도했을 것이다. 인회는 자막에 자신이 일하던 웨딩숍 이름이 뜨는 것을 물끄러미 바라보았다.

허인회가 선을 넘은 건 사실이다. 그러나 그건 응당 해야 할 일이었다. 몇달 전 웨딩촬영이 있던 날, 허인회는 고속도로를 타고 두시간이 걸려 청담동 웨딩숍에 갔다. 그곳에서 드레스와 연미복을 챙겨 미용실에 가서 신부 신랑이 화장과 머리를 하는 걸 지켜보았다. 그런 뒤 그들과 함께 스튜디오로 향했다. 여느 때와 다르지 않은 일정이었다. 예비부부는 이동하는 내내 손을 꼭 잡고 있었다. 허인회는 그 손을 물끄러미 바라보았다. 스튜디오에 도착해 신부가 혼자 남았을 때 허인회는 그녀에게 손짓했다. 그리고 "신랑이 커플매니저와 눈이 맞았어요. 좀 전에 둘이

간이층계에서 얼싸안고 있습니다" 하고 귀띔을 했다. 사실을 알리기에 그 순간만큼 적절한 때도 없었다. 촬영은 촬영일 뿐 결혼이 아니니까. 그러나 불똥은 허인회에게 튀었다.

그날 밤 숍에서 전화가 왔다. 촬영을 끝낸 신부가 항의를 해왔다, 헬퍼가 일을 엉망으로 해서 피해가 막심하니 결혼식 당일에는 다른 사람을 보내달라고 했다는 내용이었다. 허인회는 숍에 한명뿐인 메인헬퍼였다. 이십년 넘게 그 바닥에 있었다. 결코 엉망으로 일하지 않았다. 이건 허인회의 업무 능력을 떠나, 생각할 것도 없이 뻔한 상황이었다. 신부는 결혼식을 파기할 마음이 없다. 사실을 아는 허인회만 입을 틀어막히고 쫓겨났을 뿐이다. 그래서 인회는 결혼식 당일, 응당 해야 한다고 생각한 일을 했다.

그녀는 숍으로 가 예비부부의 연미복과 드레스를 자신의 차 트렁크에 실었다. 그리고 목적지도 없이 마구 달렸다. 몇시간 후 CCTV를 확인한 원장이 전화에 불이 나도록 연락을 해왔다. 전화를 받을 마음도 없었지만, 받는다 하더라도 돌아가기에는 이미 늦은 때였다. 허인회는 고속도로 휴게소에 차를 세워둔 채 통감자를 사 먹었다. 결혼식이 파기되지는 않겠지만 앞으로 이루어질 예식과 결혼생활은 신부와 신랑이 계획했던 것이 결코 아닐 것이다.

허인회는 이십오년을 그 바닥에 있었다. 바람을 피우는 신랑이나 신부를 본 건 처음이 아니었다. 자신을 모략하는 말을 들은 것도 한두번이 아니었다. 그럼에도 허인회는 그 결혼식을 망쳤다. 염보라의 연락이, 병에 걸렸다는 이야기가 자신에게 어떤 영향을 미쳤다고 생각지는 않았다. 다만 신부와 신랑이 내내 손을 잡고 있지 않았던가. 서로를 기만하면서 그렇게 꽉 잡고 있지 않았나. 그들은 결혼할 자격이 없었다. 사랑이 그런 것일 리 없다.

방에서 나온 오진홍은 배가 고프다고 중얼거리며 허인회를 힐끗 바라보았다. 허인회가 반응하지 않자 그는 부엌으로 가 냉장고에서 김치를 꺼낸 후 밥솥에서 밥을 펐다. 그리고 밥그릇을 식탁에 던지듯 내려놓았다. 허인회가 소리 나는 쪽을 바라보자 오진홍은 "당신은 안 먹어?" 하고 슬쩍 말을 걸었다. 허인회는 TV로 시선을 돌렸다. 진홍은 인회가 마주 보이는 의자에 앉아 식사를 시작했다. 결혼식 장면이 끝나고 있었다. 허인회는 녹화본을 되감기해서 결혼식 시작 장면을 재생했다. 오진홍은 밥을 먹으며 TV를 응시했다. 허인회는 속이 부글거리는 것을 느꼈다. 혼자 누리고 싶은 시간을 방해당하고 있었다. 쩝쩝대며 밥을 먹던 남편이 혼잣말하듯 말을 시작했다.

"저기, 인식이 알지? 사진관 하는 놈. 그놈이 한번 와서 결혼사진이나 찍으라더라고. 당신 이번 주에 시간이나 좀 비워놓지그래."

허인회는 결혼식 전문가였다. 스튜디오를 알아도 남편보다 훨씬 많이 알았다. 그런데 남편은 이제 와서 변두리에 열평 남짓한 사진관을 차려두고 가끔 증명사진이나 찍는 동창 이름을 들먹이며 형편없는 소리를 해댔다. 그동안 인회가 결혼식을 얼마나 원했던가. 결혼식이 어려우면 사진이라도 찍어두자고 몇번을 제안했던가. 인회는 대꾸하지 않았다. 침묵이 불쾌한 듯 킁킁거리던 진홍은 먹은 밥그릇을 개수대에 그대로 놓아둔 후 서재로 들어갔다.

남편의 외도는 우연이 아니었다. 남편이 총각 시절 사무치게 좋아했으나 그를 거절했던 여자의 이혼 소식을 듣고 의도적으로 접근해 맺은 관계였다. 남편과 여자 사이에는 열렬하고 아득한 무언가가 있었다. 그것이 허인회를 고통에 빠뜨렸다. 남편은 열병에 빠져 허인회와 쌓은 시간과 정이 아무 의미도 없는 것처럼 행동했다. 인회는 남편의 사랑을 지켜보았다. 그가 새벽에 혼자 끄적이는 일기, 사랑을 속삭이던 문자, 새로 산 듯한 속옷, 늘어가는 옷가지, 그러다 자포자기하듯 허인회에게 시험관을 시도하자고 제안하던 아침의 흐릿한 빛, 형편없이 비어가던 남편의 통장 잔고, 새벽 화장실에서 상대 여자에게 울며 매달리던 남편의 회백색 목소리, 임신했다는 허인회의 말에 낙담하던 얼굴, 임신이 아니었다는 인회의 말에 신이 나 까딱이던 발가락, 염보라에게 가기 위해 달려나가던 뒷모습, 허인회는 그 모든 것을 생생히 지켜보았다. 인회를 괴롭힌 것은 남편의 외도가 아니라, 남편이 하고 있는 사랑이었다. 누가 그것을 사랑이 아니라고 하겠는가. 그것을 지켜보는 동안 허인회는 자신을 죽일 뻔하기도 하고, 타인을 죽일 뻔하기도 했다. 그리고 상황은 돌변했다. 상대편 여자가 암에 걸렸다. 남편의 외도는 끝이 났다. 왜? 그들의 관계가 비로소 끝이 났음에도 인회의 고통은 새롭게 시작된 듯 부풀어올랐다. 꺼질 줄을 몰랐다. 왜? 이상한 말이지만 인회는 자신이 배신당했다고 느꼈다. 사정없이 당하고 말았다고, 그들이 쳐놓은 덫에 걸리고 말았다고 생각했다. 인회는 TV를 끄며 눈물로 범벅된 얼굴을 훔쳤다. 그리고 닫혀 있는 서재 문을 노려보았다. 벌레 같은 자식이 저 안에 있다.

*

조우경이 수영장에 들어선다. 그는 다른 강사들에게 손을 흔들며 웃는다. 수영장에 환한 조명이 켜진 것 같다. 3레인 강사가 그에게로 다가가 무언가 말을 건다. 우경은 몸을 풀며 그의 말을 듣는다. 3레인 강사 나부랭이 때문에 우경의 모습이 잘 보이지 않는다. 우경의 키가 3레인보다 한뼘 더 커서, 그의 솟아오른 얼굴만을 간신히 확인할 수 있을 뿐이다. 허인회는 중얼거린다. 비켜, 비키라고. 우경이 웃으며 고개를 젓는다. 3레인이 자리를 뜬다. 그제야 우경의 전신이 드러난다. 그의 넓은 어깨와 긴 팔은 수영을 하는 데 아주 유리한 조건이다. 우경은 한쪽 팔을 몸 안쪽으로 뻗고 다른 팔로 그것을 누르며 스트레칭을 한다. 그가 팔을 뻗은 방향과 반대편으로 고개를 돌리자 그의 길고 선명한 목선이 두드러진다. 저렇게 목 가운데 세로 선으로 서는 근육을 목빗근이라고 하던가. 아름다운 목빗근이다. 그는 시선을 느낀 듯 풀장을 바라본다. 허인회와 눈이 마주친다.

조우경은 허인회를 향해서도 손을 들어올린다. 그리고 자신의 하얀 수영 모자와 허인회의 수모를 번갈아 가리킨다. '같은 수모네요' 하고 말하는 듯하다. 국내에는 품절

되고 없어서 허인회가 해외 구매대행을 한 물건이다. 강사의 손짓에 허인회는 자신도 모르게 웃고 만다. 긴 시간과 비싼 배송료를 들여 물건을 산 보람이 있다. 그러자 조우경이 허인회에게 발목은 괜찮냐고 손짓한다. 고개를 끄덕이자 잠시 인회를 바라보던 그가 웃는다. 그리고 돌연 달리기 시작한다. 인회를 향해 달려온다. 다이빙해서 물속으로 풍덩 뛰어든다. 사방에 물보라가 튄다. 평상시의 그는 그렇게까지 요란한 다이빙을 하지 않는다. 사람들의 시선을 끌기 위한 다이빙이다. 한차례 잠수를 하고 수면 위로 솟아오른 조우경은 느긋하게 평영을 하며 "다들 건강해 보이시네요. 함성 시작!" 하고 외친다. 허인회는 사람들의 함성에 끼어 으아아아! 하고 아파 보이기도 하고 신나 보이기도 하는 광란의 짐승처럼 외친다. 옆 사람이 깜짝 놀라 허인회를 바라본다.

추석이 다가오니 강사들을 위해 떡값을 걷자는 말이 나왔다. 탈의실에 있던 여자들은 대부분 고개를 끄덕였다. 강사들의 인기가 좋아서 이의를 제기하는 사람은 없었다. 허인회도 그랬다. 그녀는 얼마든지 돈을 낼 준비가 되어 있었다. 하지만 도저히 참을 수 없는 사실이 하나 있었다. 허인회는 정수기 옆에 서서, 2레인의 떡값을 주도하는 삼십대 여자를 조용히 노려보았다. 사람 좋은 교회 권사처럼 생긴 여자는 활짝 웃으며 살갑게 말했다.

"여러분들이 흔쾌히 좋다고 말씀해주시니까 제가 괜히 기분이 좋네요."

너를 위한 흔쾌함이 아니다.

삼십대가 계속 말했다.

"남자반 담당자에게도 연락해봐야겠어요. 그전에 문제가 될 수도 있으니까, 마지막으로 한번만 여쭙겠습니다. 떡값을 걷는 데 우리 2레인 회원분들 전부 동의하시나요? 반대하는 분은 안 계시나요?"

"잠깐만요."

2레인 사람들이 전부 허인회를 바라보았다. 허인회는 종이컵에 받은 물을 한차례 들이켠 후 말했다.

"떡값을 걷으려면 떡값 걷을 사람부터 뽑아야 하는 것 아닌가요?"

허인회를 향해 상체를 기울이던 삼십대가 양손을 모으며 조심스럽게 입을 열었다.

"아, 제가 떡값을 걷는 게 마음에 차지 않으시나보네요. 제가 나선 건 다른 의도는 없고, 조금이나마 여러분의 의견을 모을 수 있지 않을까 하는 생각으로 말을 꺼낸 거예요. 그런데 회원님께서는 어떤 부분이 걱정이세요? 모금 명세는 투명하게 공개할 생각인데요."

"떡값을 걷으려면 떡값 걷는 사람부터 뽑아야 하는 것 아니냐고요."

사람들은 누구도 나서지 않은 채 삼십대와 허인회를 응시하고 있었다. 삼십대가 구조 요청을 하듯 허인회 뒤편을 힐끗 바라보았다. 허인회가 몸을 돌리자 그곳에 서 있던 육십대의 백발 여자가 걸어 나오며 말했다.

"저는 김경희 회원이 떡값을 걷는 데 불만이 없는데요. 김경희 회원은 수영장에 오래 다녔고 지난번에도 얼마나 야무지게 떡값을 걷었는지 몰라요."

백발은 보통 까랑까랑하게 생긴 늙은이가 아니었다. 운동으로 다져 넣은 듯 그녀의 작은 몸에는 근육이 옹골차게 들어차 있었다. 허인회가 백발을 바라보며 말했다.

"저는 불만이 있는데요."

"제가 오랫동안 지켜봐왔지만 김경희 회원은……"

허인회가 백발의 말을 자르며 물었다.

"2레인 분이신가요?"

"아뇨. 그건 아니지만……"

"2레인 회원도 아닌데 참견을 하시는 건가요."

백발이 무표정한 얼굴로 허인회를 바라보았다. 허인회도 그 눈을 피하지 않았다. 그때 김경희라고 불린 삼십대 여성이 분위기를 전환하듯 박수를 짝, 치며 말했다.

"고미선 회원님은 수영장이 생길 때부터 이곳에 계셔서 저를 잘 아세요. 그래서 하시는 말씀이에요. 그러니까 회원님께서는 투표를 원한다는 말씀이시죠? 그 편이 낫겠네요. 모든 게 투명해야 하니까…… 혹시 여기 떡값을 걷고 싶은 분 계신가요?"

아무도 손을 들지 않았다. 김경희가 이것 봐라, 하고 말하듯 난처하게 웃으며 허인회를 향해 고개를 돌렸다. 그러다 흠칫 놀라 몸을 떨었다. 허인회의 손이 높이 치켜올라가 있었다.

거수가 이루어졌다. 2레인에 소속된 서른명의 여자들이 김경희와 허인회를 놓고 투표했다. 누가 떡값을 걷을 것인가. 뻔한 싸움이었다. 몇명을 제외한 대부분이 김경희의 이름에 손을 들었다. 허인회는 젖어서 눅눅해진 일회용 종이컵에 다시 한번 물을 받아 마셨다. 갈증이 풀리지 않았다. 세상에는 모두가 알고 있는데 자신만 이해하지 못하는 어떤 논리가 존재하는 것 같았다. 어째서 떡값은 걷는 사람만 걷어야 하나. 자신은 그저 의견을 모으기 위해 나섰을 뿐이라고 하면서 저렇게 떡값 걷기에 집착하는 사람이야말로 의심해봐야 하는 것 아닌가. 김경희는 허인회를 힐끔 쳐다본 후 가슴에 손을 얹고 말했다.

“돈이 관련된 문제라 여러분의 심려가 크다는 사실을 충분히 이해하고 있습니다. 여러분이 염려하실 일 없이 투명하게 떡값을 걷을게요. 저는 이 수영장에 오래 다녔고, 데스크에서 봉사활동도 하고 있습니다. 그러니까 저를 믿고 맡기셔도 될 거예요. 회원명부를 받아서 여러분께 곧 연락 돌리겠습니다. 감사합니다.”

김경희가 고개 숙여 인사했다. 그 모습을 지그시 바라보던 허인회는 젖은 종이컵을 구겨 쓰레기통에 던져 넣었다. 그리고 입을 열었다.

“수영장 소속이라고요?”

“데스크 봉사니까 소속이라고 하기는……”

“봉사는 소속이 아닙니까? 수영장에 소속된 직원이 수영강사에게 줄 떡값을 걷는다고요?”

“……”

“직원이 떡값에 개입하는 건 불법 아닌가요? 우리는 그저 사적인 성의 표시를 하려고 했을 뿐인데요.”

김경희가 흔들리는 눈동자로 허인회를 바라보았다.

*

새벽 다섯시 이십분이었다. 이십분 후면 수영장 첫 타임 회원들이 들이닥친다. 수영장 접수처 직원은 컴퓨터를 켠 뒤 기지개를 켜고 있었다. 지민은 2미터가량 떨어진 비상구 문 뒤에 웅크려 이를 지켜보았다. 지난밤 한숨도 못 잔 탓인지 신경이 몹시 날카로웠다. 이십분 동안 비상구 뒤에 숨어 있었지만 좀처럼 기회가 생기지 않았다. 사람들이 들이닥치면 그녀의 잠입도, 기다림도 모두 허사가 될 터였다. 그때 돌연 핸드폰 진동음이 울렸다. 지민은 주머니 속 핸드폰을 움켜잡았다. 기지개를 켜던 직원이 진동 소리를 들은 듯 잠시 허공을 응시했다. 지민은 숨쉬기를 멈춘 채 입술을 앙다물었다. 수영장에 들어설 때 무음 전환을 생각하지 않은 건 아니었다. 다만 직원들의 출근을 위해 잠깐 출입문을 열어두는 시간에 맞추려고 서두른 데다 이 새벽에 누가 연락을 하겠느냐고 가볍게 무시한 터였다. 허공을 바라보던 직원은 기지개 켜기를 그만두고 티슈를 한장 꺼내 코를 풀었다. 지민은 한숨을 쉬며 핸드폰을 꺼냈다. 거기에는 떡값을 입금하라는 문자가 와 있었다. 떡값? 지민은 문자 내용이 잘 이해되지 않아 그것을 다시 읽어내렸다.

코를 다 푼 직원이 몸을 일으켰다. 직원은 접수처를 나서고 있었다. 지민은 황급히 핸드폰 전원을 꺼 주머니에 넣었다. 직원이 슬리퍼를 질질 끄는 걸음으로 맞은편에 있는 사무실로 들어갔다. 사무실 문이 닫힌 걸 확인한 지민은 조용히 비상계단 밖으로 나왔다. 방범용 카메라가 접수처를 정면으로 찍고 있었지만, 그것을 무시한 채 접수처 유리문을 열고 컴퓨터 책상 앞에 다가가 앉았다. 다급히 마우스를 흔들었다. 그리고 바탕화면에 아무렇게나 나와 있는 회원명부 파일을 응시했다. 복지회관 수영장 회원명부를 엄중하게 관리할 이유는 없을 것이다. 엑셀 파일은 예상했던 것보다 더 쉽게 열렸다. 지민은 그곳에서 엄마의 이름을 검색했다. 검색한 내용을 찾을 수 없다는 알림창이 떴다.

보라가 갈 만한 곳을 전부 찾아다녔지만, 지민이 얻은 소득은 전무하다시피 했다. 엄마를 보거나 연락이 오면 알려달라고 주변에 일러두었지만 작은 것조차 제보를 해오는 사람이 없었다. 보라가 수영에 미쳐 있었다는 사실을 알던 이모 하나는 '보라 성격상 수영장에 혼자 다니지는 않았을 테고, 수영을 함께하던 사람들에게 그녀에 관해 묻는 게 빠르지 않겠느냐'고 조언을 해왔다. 일리 있는 말이었다. 하지만 지민은 매일 수영장에 가면서도 보라가 소속된 레인과 시간을 알지 못했다. 한심하기 짝이 없었다.

데스크로 가 보라의 등록 상황을 물었으나, 본인이 아닐 시에는 회원정보를 알려줄 수 없다는 대답만 돌아왔다. 지민은 낙심했다. 더 일찍 보라의 상황을 파악했어야 했다. 머뭇거리고 회피하느라 소중한 시간을 전부 흘려보내고 말았다. 지민은 심한 죄책감을 느꼈다. 그리고 자책의 결과는 데스크 불법침입이라는 다소 과격한 방향으로 이어지고 말았다.

다시 한차례 검색을 시도했지만 보라는 검색창에 뜨지 않았다. 이상했다. 지민은 초조함을 느끼며 닫혀 있는 직원 사무실을 힐끗 쳐다보았다. 그리고 엑셀 검색 환경을 통합검색으로 바꿔 설정했다. 손가락을 덜덜 떨며 염보라를 검색했다. 그제야 보라가 떴다. 지민은 보라의 이름이 등록된 시트들을 훑어보았다. 최근 명부에 없을 뿐이지 보라가 꾸준히 수영장에 다닌 건 틀림없었다. 그러나 보라의 기록은 넉달 전을 마지막으로 끊겨 있었다. 이상한 건 석달 전 지민이 보라와 싸우던 그날, 베란다에 걸린 젖은 수영복과 수영가방을 본 기억이 있다는 점이다. 화면을 응시하던 지민은 보라가 소속돼 있던 레인과 담당 강사의 이름을 메모했다. 고개를 들자 언제 온 건지 모를 경비가 데스크 유리 너머에서 지민을 바라보고 있었다.

지민은 튀어오르듯 자리에서 일어나 접수처 유리문을 열고 나갔다. 경비가 의심스러운 눈초리로 바라보았다. 지민은 묵례를 하며 그를 지나치려 했다. 경비가 지민을 부르려는 듯 손을 들어올렸다. 달아나는 것 외에는 다른 방법이 떠오르지 않았다. 한차례 사달이 날 것이다. 무단 침입으로 경찰서에 가야 할지도 모른다. 그때 직원 사무실 문이 열렸다. 접수처 담당 직원이 손에 종이컵을 든 채 걸어나오고 있었다. 경비와 직원이 서로를 바라보았다. 경비가 지민을 가리키며 뭔가를 말하려 했다. 지민은 반사적으로 그들 사이를 뚫고 들어가 직원을 향해 "오셨어요" 하고 말했다. 담당 직원은 지민을 보고 혼란스러운 얼굴을 했지만 "예" 하고 고개를 끄덕였다. 지민은 직원의 팔꿈치를 잡고 그녀를 경비의 시야 바깥으로 끌어당기며 "급하게 여쭤볼 게 있어요" 하고 속삭였다. 지민의 몸짓이 비밀스러웠기 때문인지 종이컵에 든 커피가 흔들리는 걸 막기 위함인지 직원은 순순히 그녀의 움직임에 끌려왔다. 그 모습을 지켜보던 경비는 지민을 직원과 아는 사이라고 생각한 듯 다시 순찰을 시작했다. 지민은 멀어지는 경비의 등을 바라보며 직원에게 회원명부를 볼 수 있겠느냐고 부탁했고, 다시 거절당한 후 수영장을 빠져나왔다. 그러고 나니 걷잡을 수 없이 배가 고팠다. 지민은 인근 24시 패스트푸드점에서 햄버거세트를 하나 사 먹고 수영장으로 돌아갔다.

조우경은 핸드폰 사진을 유심히 바라보았다. 그리고 사진 속 염보라와 지민의 관계를 가늠하듯 잠시 그녀를 응시하다 "제가 가르친 회원이 맞는 것 같기는 한데, 잘 모르겠어요" 하고 말했다. 지민은 식은땀을 닦으며 고개를 끄덕였다. 음식을 먹고 물에 들어간 탓에 속이 좋지 않았다. 강사는 수모를 벗었다. 흘러내린 자신의 머리카락을 천천히 쓸어 넘겼다. 몸이 크고 잘 빠져서 그렇지 미남이라고 보긴 힘든 얼굴이었다. 하지만 그의 눈빛에는 뭔가가 있었고 그것이 그를 더 잘생겨 보이게 했다. 강사 자신도 그 사실을 잘 아는 듯했다. 그는 지민을 보며 미소 지었다.

모녀가 함께 살면서 부딪쳤던 문제들 중 하나는, 무른 과일이었다. 그들이 가는 과일가게 사장은 홀아비였는데 보라는 그곳에만 가면 많이 웃었다. 지민이 보기에는 조금 과하고 느글거릴 정도였다. 그러면 과일가게 사장은 보너스 과일을 이것저것 안겨주었는데, 보라는 신이 나서 그것을 안고 집에 돌아오곤 했다. 지민이 볼 때 보라가 그러는 건 과일 때문이 아니었다. 그녀는 늘 확인받고 싶어 했다. 아직 예쁘고, 사람들이 뭔가를 쥐여주고 싶어 할 만큼 매력적이라는 사실을 끊임없이 증명하고 싶어 했다. 그 때문에 썩기 직전의 무른 과일을 먹는 건 늘 지민의 몫이었지만 말이다. 문제는 보라가 과일을 얻어오는 횟수가 줄고 그와 비슷한 일들은 거듭 발생하는데, 보라가 그 사실을 잘 받아들이지 못했다는 데 있었다. 그때 엄마가 보였던 몸부림을, 낙담을 지민은 기억하고 있었다.

우경의 습관적으로 시선을 끌려고 하는 면은 보라를 닮았다. 그에게는 지민의 신경을 자극하는 무언가가 있었다. 우경은 수영장에서만 회원들을 보기 때문에 일상 사진을 보면 분간이 잘 되지 않는다고 덧붙였다. 지민은 알았다고 한 뒤 핸드폰을 돌려받기 위해 손을 뻗었다. 그러나 우경은 핸드폰을 쥔 채 말이 없었다. 그가 지민을 응시하며 "나중에 떠오르는 게 있을지도 모르겠어요" 하고 말했다. 어째서 지금 떠오르지 않는 일이 후에 떠오르나. 그럴 수 있다 하더라도 누가 그걸 예견하나. 여지를 남긴다고 해야 할지 끊임없이 암시를 주는 듯한 조우경의 불분명한 태도가 마음에 들지 않았다. 지민이 심드렁하게 "그럼 번호를 찍지 그래요" 하고 말하자 우경은 피식 웃으며 핸드폰을 돌려주었다. 뒤에서 그를 지켜보고 있는 여자들을 의식한 듯했다. 지민이 수영장을 나서는데 그들을 응시하던 여자 하나가 등 뒤에 대고 "정말 엄마 찾는 거 맞아?" 하고 말했다. 지민은 그 말을 무시하고 화장실로 가 불편한 속을 게웠다.

엄마는 수영장에 미쳐 살았다는데 엄마를 아는 사람은 없고, 무분별하게 추파를 던지거나, 진위를 의심하거나, 여기는 사람 찾는 곳이 아니라고 성을 내는 사람들을 잔뜩 만났다. 왜일까. 착각인지도 모르겠지만 지민은 자신이 이곳에서 자신으로서가 아니라 그저 이십대 여자로만 존재하고 받아들여지는 것 같아서 조금 진저리가 났다. 종일 묻고 다녔음에도 소득이 지나치게 없었다.

속을 게워낸 후 세면대에서 세수를 하고 있을 때였다. 등 뒤에서 불쑥 사람이 튀어나왔다. 지민이 고개를 들자 선풍기 때문에 울었던 중년 여자가 지민을 바라보고 있었다. 선풍기가 목소리를 낮추고 다급하게 말했다.

"그 여자 딸이었어?"

"엄마를 아세요?"

"알지."

선풍기는 갑자기 몸을 돌려 닫혀 있는 화장실 칸막이

문을 밀었다. 그리고 칸막이 안이 비었다는 것을 확인하고는 말했다.

“몇달 전 조우경이랑 차를 타고 가는 걸 봤어.”

“강사는 엄마를 모른다던걸요.”

“그럼 내가 잘못 본 거겠지. 하지만 정말 잘못 본 걸까.”

“정확히 언제요?”

“몰라.”

“엄마를 어떻게 아세요?”

선풍기는 지민의 질문이 성가신 듯 얼굴을 씰룩이다, 자신이 괜한 말을 한 것 같다며 지민을 밀치고 자리를 떠났다. 엄마가 조우경이랑 차를 타고 갔다고? 지민은 얼굴을 타고 흐른 물이 바닥 위로 뚝뚝 떨어지는 걸 바라보다 황급히 화장실 밖으로 달려나갔다. 선풍기는 이미 사라지고 없었다.

*

모르는 번호로 전화가 왔다. 그것이 보라의 소식을 알리는 연락일까봐, 지민은 황급히 전화를 받았다. 그러나 전화를 건 자는 정신 나간 사람처럼 ‘왜 문자에 답이 없냐’는 말만을 거듭했다. 창과 방패처럼 “문자요, 무슨 문자요?" "제가 보낸 문자 말이에요" 따위의 기분 나쁜 문답을 반복하다, 지민은 비로소 전화를 건 중년 여자가 새벽에 떡값 문자를 보낸 사람이라는 사실을 깨달았다. 지민이 실망하느라 말이 없어진 틈을 타 여자는 또다시 떡값 이야기를 시작했다. 수영장에서 강사에게 줄 떡값을 걷고 있는데 거기에 참여하라고 말이다. 여자의 목소리는 떡값을 걷는 데만 사용하기에는 아깝다는 생각이 들 만큼 열정적이고 호소력 있어서, 지민은 잠시 여자의 말에 귀를 기울였다. 아니 그보다도 비집고 들어갈 틈도 없이 자기 말만을 하고 있었다. 지민은 좀처럼 기회를 잡을 수 없었다. 그러다 간신히 틈을 낚아챈 지민이, 그것을 놓칠까 봐 다급히 말했다.

"저, 그런데 저는 수영장 회원이 아닌데요. 일일수영권을 끊어서 자유수영을 하고 있을 뿐이에요."

"알고 있어요. 하지만 지민씨, 비회원이라고 해서 수영장에 한번만 나오고 말 생각인가요?"

"그건 아니지만……"

"지금 비회원들이 더 적극적으로 떡값을 내고 있어요. 다들 돈을 내겠다고 해서 얼마나 바쁜지 몰라요. 지민씨도 이참에 돈을 내고 편하게 수영을 하는 게 낫지 않겠어요? 사람들이 떡값을 낸 사람과 내지 않은 사람들 명단을 공개하라고 난리인 걸 제가 지금 간신히 막고 있는 상황이라고요. 그런데 이렇게 나오면 저도 힘들어서 어떻게 해야 할지 모르겠어요."

여자의 말투는 점점 협박조로 변해갔다. 지민은 짜증이 솟았다. 강습을 받지 않는데 강사에게 떡값을 내야 한다는 사실도, 떡값을 내지 않으면 수영을 나올 수 없을 거라는 말 역시 받아들이기 힘들었다. 그들은 그 문제로 잠시 실랑이를 벌였다. 그러나 지민이 아무리 반박을 해도, 여자는 물러설 기미를 보이지 않았다. 떡값을 내지 않으면 끊임없이 전화할 기세였고 그 사실을 감추지도 않았다. 무의미한 싸움에 지친 지민은 패배를 예감하며 물었다.

"얼마를 내면 되는데요?"

"얼마까지 생각하고 있어요?"

만원 정도를 생각했으나 기세에 밀려 이만원이라고 대답했다. 그러자 핸드폰 너머에서 한숨이 흘러나왔다.

"너무 적어요. 받는 사람을 모욕하고 싶은 거예요?"

"아니, 그럴 생각은……"

"십만원 어때요. 이참에 수영장에 등록한다, 생각하고 내보는 건 어떠냐고요."

지민은 자신도 모르게 전화를 끊었다. 다시 핸드폰이 울렸지만 받지 않았다.

오후가 되자 장대비가 내리기 시작했다. 비가 내리고 나면 뜨거웠던 날씨가 한풀 꺾이겠지만 지민은 축축하고 답답한 물속에 갇힌 느낌이었다. 그녀는 경찰서로 가 보라가 위험에 처한 것 같다고 말한 후, 이유를 묻는 경찰에게 "엄마는 원래 문자에 마침표를 찍지 않아요" 하고 대답했다. 경찰은 고개를 끄덕이며 알았다고 했지만 그 사실을 진지하게 받아들이는 것 같지는 않았다. 발견 당시에는 대단하게 다가왔던 사실이 그런 반응을 접하자 보잘것없이 느껴졌다. 맥이 빠졌다.

지민은 집으로 돌아가 보라의 침대 밑에 엎어졌다. 그러다 침대 위로 올라가 다시 누웠다. 보라가 집에 돌아왔을 때 지민이 자신의 침대에 함부로 누웠던 걸 안다면(그것도 옷을 입은 채로 말이다) 불같이 화를 낼 것이다. 지민은 앙심을 품고 매트리스에 양말 신은 발을 조금 비비다, 그 위에서 뒹굴다, 발로 매트리스를 탕탕 차며 "날 버렸지, 날 버린 거지! 사라졌어? 죽어버린 거야?" 하고 소리쳤다. 보라가 미웠다. 만나면 심하게 때려주고 싶었다. 욕을 하고 싶었다. 그러나 만나야 욕도 하고 때리기라도 하는 것 아닌가. 한참을 엎어져 있던 지민은 몸을 일으켜 수영강사의 이름을 검색하기 시작했다.

동명이인이 많았지만 조우경을 찾는 데는 긴 시간이 걸리지 않았다. 복지회관 홈페이지 강사 소개란에서 조우경을 찾아낸 다음, 거기에 나온 이력들을 연관검색어에 보태 검색을 거듭하는 지루한 시간이 이어졌다. 그 결과 지민은, 조우경이 이년 전까지 멕시코 칸쿤에서 다이빙 강사로 일했다는 사실을 알아냈다. 인터넷에는 칸쿤으로 다이빙 여행을 갔던 사람들이 찍어 올린 사진이 몇장 올라와 있었다. 사진에는 지금보다 까맣고 마른 조우경이 웃고 있었다. 그러나 그것은 어쩐지 입만 활짝 웃는 듯한 이상한 느낌의 사진이었다. 지민은 그 사진을 바라보다 사진 속 사람들이 들고 있는 다이빙 로그북을 확대했다. 손에 가려 로그북에 박힌 회사 로고는 보이지 않았지만, 칸쿤에 있는 한인 다이빙 업체가 많지 않을뿐더러 업체마다 제각기 다른 로그북을 쓰는 까닭에 조우경이 일했던 회사를 찾아내기란 어렵지 않았다.

검색하던 중 지민은 당시 칸쿤에서 있었던 다이빙 사고도 알게 되었다. 그것은 이년 전 칸쿤에서 신혼여행 중이던 한국인 부부가 당한 변고로, 신부가 다이빙 체험 중에 조류에 휩쓸려 익사하고 만 사건이었다. 여기에서 지민이 주목한 부분은, 신혼부부가 다이빙 체험을 위해 등

록했던 업체가 조우경이 있던 회사라는 점이었다. 같은 회사, 게다가 사고가 일어난 시점과 조우경이 한국에 오게 된 시기가 겹치는 데 의아함을 느낀 지민은 그와 관련한 기사를 전부 찾아 읽었다. 그건 문외한인 지민이 보기에도 좀 이상한 면이 있는 사건이었다.

사고는 부부가 귀국을 이틀 앞두고, 마지막 펀다이빙을 나간 오전에 발생했다. 그날 부부는 세건의 짧은 다이빙을 즐겼다. 그들은 마지막 다이빙을 마친 다음 강사의 지시에 따라 수면 상승을 시도했다. 그러나 수면에 도달한 남편의 눈에 아내와 강사의 모습은 보이지 않았다. 한참을 기다려도 그들은 나타나지 않았다. 남편은 타고 온 다이빙 배에 도움을 요청했다. 배에 타고 있던 사람들은 물 안과 밖을 오가며 강사와 신부를 찾았다. 그럼에도 그들을 찾을 수 없어서, 남편은 혼자 육지로 돌아와야만 했다. 그리고 늦은 오후가 되어서야 강사가 지나가던 고깃배에 구조돼 치료를 받고 있다는 사실이 전해졌다. 아내의 행방을 묻는 남편의 외침에는 누구도 대답하지 않았다. 아내의 시체는 한달 후 수초에 걸린 채 발견되었다. 그녀가 입은 짙은 녹색 수영복이 아니었다면 누구도 그 시신이 사라진 신부일 거라고 생각지 못했을 터였다.

남편은 그날, 그들이 내려갔던 수심 30미터의 다이빙 지역은 아내가 휩쓸릴 만큼 조류가 거센 지역이 아니었다고 주장했다. 아내가 제때 상승하지 못한 건 뭔가 문제가 있었던 것이고, 이는 명백한 업체의 책임이라고 말이다. 그러나 다이빙 회사는, 강사가 신부에게 수면 상승을 지시했으나 그녀가 그것을 따르지 않고 물속 깊이 하강하는 돌발행동을 하는 바람에 그런 사고가 발생했다고 해명했다. 강사가 통제할 수 있는 상황이 아니었다고 말이다. 경찰 조사가 이루어졌지만 사체는 검시가 불가능할 정도로 손상된 상태였고 강사의 진술에 반하는 증거는 발견되지 않았다. 사건은 그렇게 무혐의로 마무리된 듯했다.

한참 기사를 찾아보던 지민은 눈을 감은 채 한숨을 내쉬었다. 사람이 죽는 이야기도 그렇지만 그런 식으로 사랑이 파괴되는 이야기는 조금 괴로웠다. 아름답고 찬란했을 어떤 것들이 순식간에 무너져버리는, 인과관계를 들이댈 수도 없는 이야기에 지민은 삶의 지침이 흔들리는 듯한 배반감을 느꼈다.

망설이던 지민은 다이빙 회사에 전화를 걸었다. 그녀는 이년 전 사고 당시, 담당 강사가 누구였냐고 물었다. 회사는, 그 사고는 무혐의 처분이 났으며 강사의 개인정보를 발설하는 건 사규상 금지되어 있다고 대답했다. 예상했던 말이었다. 거기에서 갈 길을 잃고 배회하던 지민은 사측에 문제를 제기했던 남편의 SNS를 찾아냈다. 오랫동안 방치된 듯 활동이 없는 계정이었다. 칸쿤의 다이빙 사건이 보라와 무슨 관련이 있나. 지민은 자신의 행동을 설명하기 어렵다는 걸 인정하면서도 강사의 이름을 묻는 다이렉트 메시지를 작성했다. 주저하다 전송 버튼을 눌렀다. 그때 갑자기 초인종이 울렸다. 굳은 채로 앉아 반응하지 않자 대문이 쿵쿵 울리기 시작했다.

문 앞에는 비에 홀딱 젖은 중년 여자가 서 있었다. 몸이 두툼하고 키가 작은 여자는 몸서리를 치며 코를 훌쩍였다. 그녀의 머리카락에서 물방울이 뚝뚝 떨어지고 있었다. 지민은 그녀를 단번에 알아보았다. 몰래 무수히 기대했지만, 다시 만날 거라고는 상상조차 하지 않으려 했던 만남이었다. 그래서 조금 꿈결 같은 데가 있었다. 지민은 눈을 깜빡이며 여자의 부리부리한 눈동자를 바라보다 그녀의 어깨 언저리로 시선을 돌렸다. 그러다 여자의 이마 부근으로 눈길을 옮겼고, 다시 어깨로 돌아갔다. 허인회의 어깨에서는 김이 올라오고 있었다. 엄지민은 목소리가 떨려서 나오는 걸 들키지 않으려고 애쓰며 말했다.

"여긴 어쩐 일이세요?"

"어쩐 일이긴! 전화를 안 받아서 온 거 아냐."

인회는 이해할 수 없을 정도로 화가 나 있었다. 팔년 만에 만난 것치고는 너무 현재진행형인 분노였다. 지민은 의아함을 느끼며 물었다.

"무슨 전화요?"

"통화하고도 시치미를 떼네."

지민은 그럴 리가 없다, 아줌마와 통화한 걸 내가 잊을 리 없지 않느냐고 생각하다 문득 좀 전에 했던 정신 나간 통화를 떠올렸다. 지민이 아연해서 "떡값이요?" 하고 묻자, 인회가 콧방귀를 뀌며 고개를 끄덕였다. 인회가 떡값을 받기 위해 끈질기게 전화했던 사람이라는 사실을 알게 된 지민은 잠시 할 말을 잃었다. 인회는 기선제압에 성공했다고 여긴 듯 의기양양해졌다. 그리고 조금 부드러워진 태도로 말했다.

"전화를 받아야지, 그래야 흥정이라도 하는 거지. 돈은 있어요?"

지민이 쇳소리가 섞인 목소리로 말했다.

"없어요."

"그러지 말고 얼마가 있는지 말해봐요. 고시원에 갔다가, 비상연락망까지 알아내서 아주 힘들게 왔으니까 다른 소리 할 생각은 하지도 마."

"아줌마가 왜 여기 계신 거예요?"

"자꾸 동문서답이네. 댁이 전화를 안 받아서 떡값을 받으려고!"

지민은 어디서부터 대화를 풀어나가야 할지 가늠이 잘 되지 않았다. 늘 어떤 재회를 상상해왔다. 그러나 인회가 자신을 잊어버리는 상황은 생각해본 적이 없었다. 지민은 낙심하고 화가 나서 차근차근 설명할 여유를 잃고, 자신이 염보라의 딸이라고 내지르듯 말해버렸다. 인회는 당황해서 침묵하다가 지민의 얼굴을 빤히 바라보았고, 지민이 마주 보자 시선을 피하며 "서울로 갔다고 들었는데" 하고 중얼거렸다. 그리고 안으로 들어오라는 지민의 제안을 거절하고 뒷걸음질로 사라지려 했다. 지민은 그 사실에 실망했다. 손을 뻗어 인회의 팔을 잡았다.

"엄마가 사라졌어요."

"……"

"아줌마는 엄마가 어디 있는지 알고 계세요?"

"……몰라."

"엄마를 만나려고 수영장에 다니시는 거 아니에요? 아줌마가 수영장에 계신 줄 알았다면 아줌마부터 찾았을 거예요. 정말 엄마를 보신 적 없어요?"

"없어."

"엄마가 아파요. 그래서 걱정이 돼요."

"……"

"그럼 수영장에는 왜 다니시는 거예요? 아무것도 몰랐다는 말은 하지도 마세요. 안 통하니까."

"난 네가 수영장에 다니는 줄도 몰랐어."

"지금은 알았잖아요. 돌아왔을 때 아줌마한테 연락할까 고민했어요. 그런데 할 수 없었어요."

"난 떡값을 받으러 온 거야."

지민은 자신의 손아귀 안에 미동 없이 딱딱하게 잡혀 있는 인회의 팔을 내려다보았다. 팔이 요동쳐주길 바라며 그것을 자기 쪽으로 당겼다. 잡힌 팔이 맥없이 끌려왔다. 지민은 그것을 놓았다.

"왜요?"

"……"

"젊은 남자에 미쳐버려서요? 이혼은 하셨어요? 불륜이 싫다고 하지 않았어요? 아줌마 남편이 병든 사람을 버리는 걸 보고 젊은 사람을 선택하기로 한 거예요?"

인회가 지민을 쏘아보았다. 눈에서 안광이 뿜어져나왔다.

"벌레들이야."

"……"

"남편은 벌레 같은 놈이야. 네 엄마도 벌레 같은 년이야."

"그래요, 본인은 퍽 다르시겠죠."

"……"

"떡값을 드릴게요. 십만원 받고 싶다고 하셨죠?"

"됐어."

"계좌나 알려주세요. 떡값을 들고 가서 잘해보셔야죠."

허인회가 엄지민에게 달려들었다. 짧은 팔을 뻗어 지민의 멱살을 잡아 현관 벽면에 밀쳤다. 지민은 코 밑에서 씩씩대고 있는 인회를 바라보았다. 이전에도 땅땅하고 살집이 있었지만 지금은 더 그렇게 보였다. 지민은 과거, 인회가 잘린 나무 밑동같이 생겼다고 생각했다. 그 작고 땅땅한 몸이 자연의 이치를 역행해 나무줄기와 가지를 억지로 키워낼 것 같은 힘을 응집하고 있다고 느꼈었다. 그런 부분들이 지민을 미치게 하는 점이었다. 지민은 목을 졸린 채 속삭이듯 말했다.

"그때 저를 죽여버리지 그러셨어요."

허인회는 엄지민을 밀어 쓰러뜨린 후 빗속을 철벅철벅 달려나갔다.

*

떡값을 건네면 해일이 몰려올 거라고 생각했다. 세상이 뒤집힌다. 그런 파도가 그들을 덮치면 허인회는 양팔 벌려 그것을 맞을 생각이었다. 하지만 떡값을 받는 조우경의 눈동자는 고요하기 짝이 없었다. 물결조차 일 기미가 보이지 않았다. 늦게까지 살아남은 매미가 맥없이 맴맴 울다 소리를 그쳤다. 한철 살다 죽는 건데 저렇게 대충 울어도 되는 걸까. 혹시 모를 시선이 신경 쓰이는 건지 조우경은 복지회관 야외주차장을 한차례 둘러본 후 봉투로 눈길을 돌렸다. 수영장에서 나올 때는 젖어 있던 그의 머리카락이 늦여름 볕에 바짝 말라 있었다.

"이게 뭔가요?"

"열어보세요."

허인회는 자신이 있었다. 봉투 안에는 그녀가 오전에 은행에서 바꾼 빳빳한 수표가 들어 있었다. 국산 경차 정도는 살 수 있을 정도로 큰 금액이었다. 그 돈을 건는 데 허인회가 가진 다양한 기술이 발휘되었다. 헬퍼로 일할 때 쌓은 처세술, 남편이 불륜을 저지를 때 습득한 추적술 같은 것들…… 허인회에게 주어진 것은 수영장 회원들의 연락처 명단뿐이었지만 그녀는 접수처 직원을 구워삶아주소록과 비상연락망까지 손에 넣었다. 막무가내로 보일지 몰라도 떡값을 걷는 데는 회원들의 인적사항과 습성, 인간관계가 전부 고려되었다. 데이터 분석을 마친 허인회는 폭주기관차처럼 나아갔다.

연락이 안 되는 자에게 찾아가는 일도 서슴지 않았다. 야행성인 회원의 집에는 새벽에 찾아갔고, 야근이 잦은 회원의 경우에는 일터로 쫓아가기도 했다. 타인의 시선을 신경 쓰는 자에게는 사람들이 보는 앞에서 떡값을 요구했다. 과시하기 좋아하는 사람에게는 돈을 더 내라고 도발했다. 수영장 텃세에 초조해하는 신규 회원에게는 곧 회원들과의 자리를 마련하겠다며 넌지시 떡값을 높여 불렀다. 배우자의 눈치를 과하게 보는 회원에게는 배우자의 퇴근 시간에 맞춰 찾아갔다. 2레인에 속하지 않은 비회원들에게도 손을 뻗쳤다. 그들은 어리둥절한 상태로 떡값을 강탈당하곤 했다. 문을 열어주지 않으려 하는 자들이 있으면 때에 따라 소독이나 가스 검침원 연기를 하기도 했다. 그것은 범죄의 영역이고 신고를 당하지 않은 게 다행이었다.

그럼에도 돈을 낼 수 없다고 버티는 몇몇 사람에게 허인회는 자신이 돈을 꿔줄 수 있다고 제안했다. 그럼 상대는 “그럴 거면 아예 당신이 내지 그래요?” 하고 기가 차서 말했다. 허인회는 "가르치는 학생이 이렇게 매몰차게 군 걸 알면 선생님이 상처받으실 거예요" 하고 낙심해서 말했다. 진심이었다. 수영강사가 떡값을 보고 '내가 가르친 학생들의 마음이 고작 이 정도……' 하고 생각할 걸 상상하면 몸서리났다. 아니에요, 선생님! 그게 결코 아니에요! 실망하시면 안 돼요! 허인회는 자다 깨서 식은땀을 흘리며 홀로 중얼거리곤 했다. 새벽에 사람들에게 보낸 떡값 문자는 주로 그때 보낸 메시지들이었다. 그래서 남자에 미친 여자라고 소문이 난 모양이었다. 늙은 여자가 주책이라는 말도 많이 들었다. 그렇게까지 늙은 것 같지 않지만 수영강사보다 나이가 많은 건 사실이니까. 그러나 허인회는 개의치 않았다. 그녀는 물속에서 그녀를 움켜쥐던 강인한 팔을 떠올렸다. 그것이 허인회를 살렸다. 그녀는 최선을 다하고 싶었다. 무엇에 대해? 허인회는 눈을 깜빡이며 어떤 욕구와 기갈이 생각을 뿌옇게 만드는 것을 느꼈다. 어쨌거나 최선을 다했음에도 거둬들인 돈은 턱없이 적어서 허인회는 자신의 단기 적금을 깼다. 모금액의 삼분의 이는 그녀가 낸 돈이었다.

조우경은 봉투를 열지 않았다.

"돈인가요?"

"이제 곧 명절이니까요."

"성의는 감사하지만, 이런 사적인 선물은 받을 수 없어요. 죄송합니다."

허인회가 다급히 말했다.

"개인적인 게 아니에요. 수영장 회원들과 함께 모은 거예요. 봉투 안에 돈을 낸 사람 이름 목록이 있어요. 봉투를 열어보세요."

목록의 제일 위에는 허인회가 있었다. 다른 사람이 낸 액수는 적어놓았지만 자신의 자리는 공란으로 남겨두었다. 내 마음은 돈으로 표현할 수 없을 만큼 크다고 말하고 싶었기 때문이다. 조우경이 그것을 봤으면 했다. 그러나 그는 얼굴 위로 떨어지는 볕 때문인지, 불편한 마음 때문인지, 눈을 찡그린 채 허인회를 응시했다. 그리고 끝내 봉투를 열어보지 않고 주머니에 넣으며 말했다.

"일단은 알겠습니다. 신경 써주셔서 감사해요."

"안 열어보세요?"

"나중에 열어볼게요."

떡값을 걷는 데 집중하느라 그 너머의 일을 상상해본 일이 없었다. 고마워요, 인회씨! 인회씨밖에 없어요. 그런 종류의 말을 기대했나. 봉투를 연 조우경이 허인회를 얼싸안길 바랐던가. 모르겠다. 허인회는 프로그램 오류가 난 로봇처럼 삐걱대며 쨍하고 아득한 하늘을 바라보았다. 매미라도 울어주길 바랐으나 뜨거운 적막이 그녀를 휘감았다. 강사에게 떡값을 건넸고 그가 그것을 받았다. 바란 건 그게 전부 아니었나. 자리를 떠야 했지만 몸이 움직이지 않았다. 인회는 어쩐지 숨을 쉴 수가 없어서 가슴을 들썩이며 심호흡을 했다. 뜨겁고 텁텁한 숨이 몸속으로 들어왔다. 이다음은 뭐지? 이대로 끝인 건가? 자전거에 올라타 자리를 떠나려던 조우경은 그런 허인회를 힐끗 보고는 멈춰 서더니, 자전거 페달 위에 한 발을 느슨하게 올리며 물었다.

"회원님은 성함이 어떻게 되세요?"

이름을 모르므로 봉투 속 목록을 본다 한들 허인회의 공을 알지 못했을 것이다. 허인회는 그 사실을 깨닫고 당황한 얼굴로 자신의 이름을 중얼거렸다. 대체 뭘 원했던 거지? 어디에서도 해일이 몰려올 기미는 보이지 않았다. 이토록 뜨거운데. 조우경은 고개를 끄덕인 후 허인회를 바라보다 입을 열었다.

"회원님이 수영을 열심히 나오셔서 수업 분위기를 주도해주시니까 힘이 많이 돼요."

"예……"

"그런 데다 저를 이렇게 아들처럼 챙겨주시니까 몸 둘

바를 모르겠네요. 앞으로 어머니라고 불러도 될까요?"

허인회는 충격에 휩싸여 뒷걸음질을 쳤다. 조우경의 어머니라고 하기에 그녀는 너무 젊다. 그를 아들로 생각한 일도 없다. 만일 그랬다면 그것은 근친상간이다. 허인회는 자신을 빤히 바라보는 조우경의 시선을 피하며 자신도 선생님이 자꾸 아들 같은 생각이 든다고 더듬더듬 말했다. 아니, 일찍 장성한 조카같이 느껴진다고 그들의 나이 차를 좁혀볼까 했으나, 조우경이 그은 선을 넘어갈 용기가 솟지 않았다. 허인회가 고개를 떨궜다. 이상한 건 조우경이었다. 허인회를 응시하던 그는 피식 웃으며 실망한 듯 고개를 끄덕였다. 그리고 페달을 밟아 자리를 떠나려 했다. 조우경의 등을 바라보던 허인회가 돌연 뭔가를 말했다. 작은 목소리 때문에 내용을 제대로 듣지 못한 조우경이 멈춰서 "네?" 하고 물었다. 허인회는 절망감에 사로잡혀 외쳤다.

"선생님, 제가 암에 걸렸어요."

"……"

"남은 날이 길지 않아요!"

더할 나위 없이 우렁찬 목소리로 그런 말을 했다. 거짓말이었다.

*

집으로 돌아간 허인회는 끙끙 앓았다. 장대비를 맞았던 게 탈이 난 듯했다. 그녀는 식음을 전폐한 채 오한과 무의식의 바다를 둥둥 떠다니다 정신이 드는 때면 낮이고 밤이고 벌떡 일어나 상처받은 짐승처럼 엉엉 울었다. 서재에서 통화하던 오진홍은 울음소리에 놀라 안방 문을 열었다가 문틈으로만 허인회를 살피고 사라지곤 했다. 허인회는 자신이 왜 그토록 아픈지 몰랐다. 조우경에게 떡값을 주었으므로, 예상대로라면 그동안의 갈급함은 해소되었어야 했다. 그러나 부족했다. 턱없이 모자랐다. 허인회는 벽을 쿵쿵 치며 물었다. 네가 원하는 게 뭐냐. 조우경과 살고 싶은가. 잠이라도 자고 싶은 건가. 그렇다면 차라리 쉬웠을 것이다. 그러나 그런 게 아니었다.

잠들 수 없는 새벽이면 가끔, 집에서 알몸으로 쫓겨났던 일이 떠오르곤 했다. 중학교 무렵이었다. 인회의 성장은 더딘 편이었지만 납작한 가슴은 이미 솟아오르고 있었다. 쫓겨나는 순간에는 신발도 신을 수 없었다. 인회는 그저 벌거벗은 모습을 들킬까봐 인적이 없는 곳으로 달리고 또 달리다 집 뒤의 낮은 산으로 숨어들었다. 어째서 도망치는 자들이 산에 숨는지 인회는 그때 알았다. 산에는 살아 있는 것들과 죽어 있는 것들이 지나치게 많았다. 여름 산은 특히 더 그랬다. 도처에 널린 삶과 죽음 사이에 인회 하나가 숨어든다 한들 큰 문제가 되지는 않을 터였다. 게다가 산에는 어둠이 지나치게 빨리 찾아왔다. 인회는 거칠고 무성한 수풀에 들어가 해가 지는 것을, 산이 깊은 적막에 휩싸이는 것을, 무력하고 작은 짐승들이 황급히 어둠으로부터 몸을 숨기거나 간헐적 비명을 질러대는 것을 지켜보았다. 인회 역시 힘없고 작은 짐승이었지만 몸을 숨기기에는 지나치게 컸다. 인회는 거친 숨을 몰아쉬며 푸른빛에 드러난 자신의 몸을 내려다보았다. 그런 상황에서 몸을 드러내고 있다보면 그것을 혐오하게 된다. 아니 튀어나온 가슴과 드러난 성기를 두려워하게 된다. 인회는 사라지고 싶다고 생각했다. 아버지는 발가벗기는 게 최악의 처벌이라는 사실을 어떻게 안 걸까. 차라리 죽어버리고 싶었다. 땅이 축축하게 젖어들고 있었다. 추위 때문이 아니라 시퍼런 달빛이 살갗을 낱낱이 베고 지나가서 소름이 돋았다. 인회는 헐떡이며 검푸른 산을 돌아다녔다. 산에 사는 모든 짐승들이 제 숨소리를 듣고 있는 것만 같았다. 그러다 미끄러져서 젖은 흙 위를 한차례 나뒹굴었고 인회는 자신이 밟은 것이 버려진 포대 자루라는 사실을 알았다. 엄청난 행운이었다. 인회는 포대를 끌어안았다.

뒤집어썼다. 자루에서 출처를 알 수 없는 흙가루가 떨어져내렸다. 자발적으로 그 안에 갇혔다. 시야가 전부 가로막혔지만 밤새 그것을 뒤집어쓰고 산속을 돌아다녔다. 돌아다니지 않고는 두려워 견딜 수 없었다.

인회는 자신의 삶이 늘 그런 식이었다는 생각이 들었다. 옷이 없어서 버려진 자루를 뒤집어쓰기에 급급한 삶. 한번 옷을 잃고 나면 자신에게 맞는 옷을 되찾기가 쉽지 않아서 포대 따위에 연연하게 된다. 그저 배가 고픈 사람이 된다. 검은 산을 헤매는 사람이 된다. 사랑에, 아니 사랑의 진위에 왜 그렇게 집착하느냐고 묻는다면 사랑을 하고 사랑받는 사람은 그렇게 아무 포대나 걸치지 않아도 될 거라는 막연한 믿음이 있기 때문인지도 모른다. 자꾸 그때 생각이 났다.

다음 날 허인회는 수영장으로부터 연락을 받았다. 직원 사무실로 가니 그곳에 데스크 직원과 삼십대 김경희, 백발 고미선이 앉아 있었다. 셋이 있는데 그중 둘이 팔짱을 끼고 있었으니 좋은 징조는 아니었다. 비난할 지적이나 당위를 얻은 자는 본인이 세상에서 제일 밥맛 떨어지는 얼굴을 하고 있다는 사실을 모른다. 그들이 그랬다. 수영장 직원이 말했다.

"수영장에서 그만 나가주세요. 사람들이 당신을 부담스러워해요."

허인회가 떡값을 걷는 방식 때문에 회원들로부터 항의가 빗발쳤다고 했다. 무엇보다도 강사에게 그렇게 큰돈을 건넨 건 문제가 된다고, 이건 용인될 수준이 아니라고 말했다. 맞는 말이다. 그러나 허인회는 고개를 돌려 김경희와 고미선을 바라보았다. 무엇보다도 기분이 나빠서, 너희는 왜 이 자리에 있는 거냐고 묻고 싶었다. 너희 모두 한패냐 하고 내뱉고 싶은 걸 참으며 허인회는 수영장 최고담당자를 불러달라고 말했다. 떡값을 걷는 건 회원 모두가 합의한 일이고, 돈을 걷는 절차에 어떤 규율이 있었던 것도 아닌데 이런 부당한 내쫓김을 당할 수는 없다고 말이다. 수영장 직원이 고개를 저으며 그냥 조용히 나가주시죠, 하고 말했다. 고미선이 고개를 끄덕였다.

"최고담당자를 불러달라고요!"

그때 직원 사무실 문이 열렸다. 왜소한 팔십대 영감이 허인회의 부름에 응답하듯 문간에 서서 움직이지 않았다. 노인은 눈꺼풀이 너무 늘어져서 무엇을 응시하는 것인지 알 수 없는 시선으로 여자들이 있는 쪽을 바라보았다. 정체는 알 수 없었지만 노인이 걸친 니트웨어와 면바지만은 은은한 광택이 뿜어져나오는 것이 퍽 비싸 보였다. 잠시 서 있던 노인은 손잡이가 새 대가리처럼 생긴 나무지팡이를 짚으며 사무실 안으로 들어섰다. 세 여자는 당황한 듯 엉거주춤 일어섰다. 그러나 노인은 그들을 무시한 채 허인회에게 다가와 빙그레 웃었다. 그러고는 앉아 있는 인회의 머리에 천연덕스럽게 손바닥을 얹었다. 그리고 말했다.

"무엇에 그렇게 상처 입었는가."

허인회가 노인을 바라보자 노인이 자애롭게 고개를 끄덕였다. 이 영감은 뭐야, 하고 말하려던 허인회는 이상한 기분에 사로잡혀 노인을 응시했다. 그때 건장한 남자가 사무실 안으로 달려 들어왔다. 뭔가를 속삭이며 그는 노인을 데리고 사라졌다.

대화는 다시 원점으로 돌아갔다. 여자들은 마치 노인이 존재하지 않았던 것처럼 행동했다. 그들은 허인회에게 조용히 나가달라고 강경히 말했다. 허인회는 참지 못하고 화를 터뜨렸다. 수영장 직원은 옳다구나 경비원을 불렀다. 경비 다음에는 경찰을 부르겠다고 했다. 허인회는 경비인에게 붙들려 나가며 수영장 게시판에 이 사실을 전부 올리겠다, 너희들이 모두 물에 빠져 죽었으면 좋겠다고 외치다가 결국에는 이 자식들아 나를 쫓아내지 말아라, 떨리는 목소리로 애원했다. 사무실 문이 쿵, 하고 닫혔다.

더 하고자 한다면 할 수 있겠지만 허인회는 이제 그만 멈추고 싶었다. 지쳤고, 계속 가다가는 위험해진다. 일상으로 돌아가야 할 때였다. 조우경을 알기 전의 삶으로. 허인회는 고개를 떨궜다. 핸드폰에는 주말에 일해줄 수 있겠느냐고 묻는 헬퍼들의 연락이 넘쳐났다. 결혼 철이 다가온다. 메인헬퍼 자리는 잘렸지만 어쨌거나 일은 많다. 일을 하자. 헬퍼들의 연락 사이로 부재중전화가 보였다. 회원들의 연락처 명단을 받을 때 함께 받아 저장한 조우경의 번호였다. 그것을 알게 되었을 때 얼마나 신이 났던가. 이미 외워버리고 말았지만 허인회는 전화번호를 물끄러미 바라보다 그것을 삭제했다. 그리고 엄지민에게 문자를 보냈다. 다섯달 전쯤, 염보라의 전화를 받았다. 암에 걸렸다는 말을 그때 들었다. 그 사실이 내내 마음에 걸렸다. 뭘 어째야 한다는 생각도 없이 염보라를 만날 수 있을까 해서 수영장에 갔는데 본 적은 한번도 없다는 내용이었다. 수신 확인이 떴으나 답장은 오지 않았다. 허인회는 멍하니 앉아 창밖을 바라보다 남편의 서재로 갔다. 낙심한 듯 앉아 있는 오진홍의 눈에는 핏발이 서 있었다. 그는 허인회를 바라보며 어색하게 웃었다. 진홍은 심신이 허약해질 때만 인회에게 마음을 연다. 허인회는 그와 그녀가 볼품없이 늙어버렸다고 생각했다. 나이 든 사람들이 전부 그런 건 아니지만 그와 자신은 아주 추해져버렸다.

수영강사를 만나고 허인회가 알게 된 건 자신이 결코 남편을 사랑한 적이 없다는 사실이다. 허인회는 생존을 위해 남편을 만났고, 남편은 남자라면 응당 아내가 있어야 한다는 고루한 생각 때문에 인회와 결혼했다. 거기서 만족했다면 허인회는 괜찮았을 것이다. 살아 있다는 사실에 감사하며 살 수 있었다. 그러나 남편은 결혼으로 제 자격지심을 조금 해소하고 나자 사랑을 좇겠다고 가버렸다. 더 높은 곳으로 가겠다고 허인회를 버리고 뛰박질을 했다. 허인회는 질투가 났다. 남편이나 염보라에게 질투했다기보다는 그들이 하는 사랑에 질투했다. 그런 면에서 허인회는 염보라의 도움을 받았다고 할 수 있었다. 남편이 돌아오지 않는 밤이면, 다른 여자의 흔적이 느껴지는 때면 허인회는 분노에 휩싸였고 울음을 터뜨렸다. 남편을 빼앗길 수 없다는 투지에 불타올랐다. 그리고 그것이 남편을 사랑하기 때문이라고 생각했다. 남편과의 관계는 그 이 의도 덕분에 유지되었다고 해도 과언이 아니었다. 그러나 그것은 얼마나 바보 같은 착각이었나. 허인회는 깔깔한 입을 열어 말했다.

"결혼사진을 찍읍시다."

마치 이혼을 요구하는 어투였다. 남편은 겁에 질린 눈으로 허인회를 바라보다 고개를 끄덕였다. 허인회는 서재를 나오며 모든 게 끝났다고 느꼈다.

*

허인회는 바보다. 엄지민은 수면 위로 물안경을 낀 눈만 내민 채 조우경을 노려보았다. 그가 허리를 구부려 플로팅보드를 주워 모으고 있었다. 탈의실에서 만난 여자들은 조우경의 엉덩이가 정말 대단하다고 말했다. 날렵하고 단단하게 올라붙은 그것이 지방 한점 없는 근육 뭉치라고 말이다. 하지만 그런 말이 나올 때면 다른 주장을 하는 여자가 있었다. 평소 입이 걸기로 유명한 그녀는, 두툼한 뽕브라를 걸치며 "앞은 뒤랑 다른 거 같아, 나처럼 말야. 나도 뽕, 조우경도 뽕, 다 같이 뽕뽕뽕뽕" 하고 깔깔대고 웃었다. 그러면 사람들은 질색하며 성희롱은 그만하라고 손을 휘젓거나 화를 냈다. 엎어치나 메치나 똑같은 성희롱인데 그들 사이에서도 정도와 수위의 차이가 있는 모양이었다.

지민은 조우경의 엉덩이를 물끄러미 바라보았다. 사람들의 이야기를 허인회에게 전해주면, 그녀는 조우경을 싫어하게 될까. 정떨어진다고 생각할까. 아마도 아닐 것이다. 허인회 앞에서 조우경의 바지를 벗기지 않는 한 그런 일은 일어나지 않을 것 같다. 허인회는 바보다. 지민은 물 속으로 고개를 처박았다.

며칠 지켜본 바에 의하면 조우경은 깔끔하고 빈틈없이 일한다. 수업 시간에 늦는 법이 없고 강습을 허투루 진행하지도 않는다. 수업이 끝난 후에는 뒷정리를 하면서 자신의 회원들이 전부 수영장을 나설 때까지 자리를 지킨다. 회원들이 풀장을 나설 때면 그는 여자 남자 할 것 없이 하이파이브를 하며 그들을 배웅한다. 회원들은 대체로 조우경을 좋아한다. 하지만 엄지민의 눈에는 거슬리는 사실이 몇가지 있다.

이를테면 조우경이 시범 조교를 두는 부분이 그렇다. 그는 반마다 회원 하나를 조교로 정해두고 시범이 필요할 때마다 "시범 조교, 앞으로 나오세요!" 하고 말한다. 그리고 그들을 물에 눕히거나 엎어뜨린 채 자세를 설명하곤 한다. 여기까지는 특별할 게 없다. 그러나 희한한 건 수업마다 있는 이 시범 조교들의 외형이 묘하게 닮았다는 점이다. 그들은 주로 키가 작고 뚱뚱한 남자들이다. 그들 중에는 자세를 잘 잡는 사람도 있지만 그렇지 못한 자들이 태반이다. 제대로 자세를 취하더라도 시범 조교의 팔다리가 짧고 통통해서 그 움직임이 좀처럼 아름다워 보이지 않는다. 조우경은 그 모습을 흐뭇하게 내려다본다. 시범 조교가 조우경의 지시에 따라 물에 고개를 박고 어푸어푸하고 있으면 조우경은 "멋지다! 잘생겼다!" 하고 요란하게 추임새를 넣는다. 그리고 그는 수영이 이렇게 힘들다고 우스갯소리를 한다. 날렵하고 운동신경이 뛰어난 분들도 처음에는 자세 잡기가 힘들다고 말이다. 사람들은 강사가 이해심 있고 소탈하다고 느끼며 웃는다. 그러고 나면 조우경은 "아무래도 안 되겠네요" 하고 직접 시범을 보인다. 날아오른다. 휘몰아친다. 사람들은 감탄하며 그가 시범 수영을 하는 모습을 바라본다. 조우경의 반에는 잘생긴 사람도 있고 수영을 잘하는 사람도 있다. 그러나 그런 자들은 결코 시범 조교가 되지 못한다.

엄지민이 기괴하다고 느끼는 부분은 또 있다. 사람들이 랠리를 돌 때마다 조우경은 자주 수영장 안전상황실 앞에 선다. 언뜻 보면 풀 바깥에서 회원들을 지켜보는 듯 보이지만 그게 아니다. 그는 풀을 등진 채 안전상황실 안을 물끄러미 바라본다. 상황실은 텅 비어 있어서 볼만한 게 전혀 없다. 그럼에도 조우경은 상황실을 떠나지 못한다. 그러다 엄지민은 조우경이 그 앞에서 수영 모자를 정리하고 매무새를 다듬는 걸 보고 깨닫는다. 조우경이 상황실 앞에 서는 이유가 그곳 유리창에 자신을 비춰 보기 위함인 걸 말이다. 조우경은 때때로 취한 것처럼 멍하니 유리를 응시한다.

이런 관점으로 접근하면 조우경의 빈틈없는 모습은 종일 거울에 둘러싸여 포즈를 취하고 있는 자의 자세처럼 느껴지기도 한다. 그러나 자신이 돋보일 만한 상황을 연출한다고 해서, 거울을 자주 본다고 해서 그게 범죄의 증거가 되지는 않는다. 조우경이 아픈 염보라를 데려갔다는 진술을 설명해주지도 않는다. 조우경이 또다시 상황실 유리 앞에 섰다. 엄지민은 한숨을 내쉬었다. 저 인간은 대체 뭘까. 지민은 풀장을 나서 탈의실을 둘러보았다. 선풍기 때문에 운 여자를 며칠째 찾고 있었다. 그러나 그녀가 조우경에 대해 발언한 그날 이후 그녀를 다시 본 일은 없었다. 이건 우연일까.

칸쿤에서 아내를 잃은 남자는 사고 당시 담당강사가 조우경이었다고 망설임 없이 답했다. 그는 그 사실을 물어온 사람이 지민이 처음이 아니라고 말하며 그 사건과 관련한 여러가지 이야기를 해주었다. 그중 유독 지민의 기억에 남는 말이 있었다. 그것은 조우경이 수영을 못하면서 다이빙 자격증부터 딴 이례적인 경우를 거쳐 다이빙 강사가 되었다는 이야기였다.

죽은 신부는 물 공포증이 있었다. 그 사실을 고백하자 당시 조우경은 '나 역시 물에 빠져 고생한 경험이 있어서 물이 두렵다. 그러나 스킨스쿠버 다이빙은 공기통과 오리발만 있으면 얼마든지 유영이 가능하다. 이건 경험담이니 나를 믿고 물에 들어와도 된다'며 그녀를 다독였다고 했다. 처음에는 그게 으레 하는 말인 줄 알았으나 다이빙 자격증을 따면서 지켜본 바에 의하면 조우경의 수영 실력은 개헤엄만 간신히 하는 수준이었다. 남편은 아내의 죽음이 강사의 실력 미숙과 부적절한 대처 때문이 아니라면 무엇이겠느냐고 물었다.

그건 정말 이상한 이야기였다. 물이 무서워서 수영이 서툴다는 자가 어떻게 수영강사를 하나. 그것은 조우경이 접영을 하는 모습을 본 적이 없는 자나 할 법한 이야기였다. 날렵하고 큰 상체가 솟아오르고 긴 양팔을 힘차게 철썩일 때의 그는 한마리의 거대한 새 같았다. 그 움직임은 다른 강사들보다 힘 있고 호소력 있었다. 그런데 수영을 못한다고? 물을 무서워한다고?

이상한 점은 또 있었다. 지민이 조사한 바에 의하면 조우경은 연오시에 별다른 연고가 없었다. 그는 서울에서 나고 자랐다. 대학도 군생활도 그곳에서 했다. 심지어 제대하고 입사해서 이년 정도 다녔던 IT 회사도 서울 한복판에 있었다. 그러다 여행으로 갔던 칸쿤에서 조우경은 돌연 진로를 바꿨다. 그러니까 칸쿤에 가기 전까지는 서울을 벗어난 일이 없다고 봐야 했다. 그런데 칸쿤에서 돌아와 정착한 곳이 서울과 두어시간 떨어진 연오시였다. 왜?

조우경은 휴일을 제외하고는 내내 수영장에 살다시피 했다. 그리고 일이 끝나면 복지회관 인근의 개인 오피스텔로 돌아갔다. 체력 소모가 심한 듯 퍽 많이 먹었다. 식료품점에서 대량의 장을 보거나 배달음식을 받을 때 외에는 숙소에서 잘 나오지도 않았다. 약속을 잡거나 사람을 만나는 법도 없었다. 일주일에 한두번 교회에 가는 게 전부인 단출한 삶이었다. 그 때문에 그를 감시하기는 쉬웠지만 지민은 어쩐지 석연치 않았다. 대체 누가 소도시 복지회관에서 타임 강사 일을 하기 위해, 그것도 대기업 정규직이었던 자가 살아본 적도 없는 곳으로 이사를 오나. 그건 좀 과한 면이 있는 주거 이전이었다.

처음 이 사실들을 접했을 때 지민은 쾌재를 불렀다. 조우경에 대해 더 조사할 필요가 있겠다고 말이다. 하지만 새롭게 알게 된 사실들은 시시한 것들뿐이었다. 조우경의 행적 중 어떤 부분이 염보라의 실종과 관련 있단 말인가. 엄지민은 지금 조우경의 스토커 이상도 이하도 아니었다. 처음부터 가닥을 잘못 잡은 건지도 모른다. 의중을 알 수 없는 타인의 말을 지나치게 믿었던 건지도 몰랐다.

*

열대야가 끝나지 않고 있었다. 젖은 공기가 못되고 지독하게 살갗에 달라붙었다. 오후 열시가 되자 복지회관 직원들이 하나둘 퇴근을 시작했다. 그러나 회관 정문이 폐쇄될 때까지 조우경은 나오지 않았다. 길 건너편 편의점에 앉아 있던 지민은 서서히 지쳐갔다. 여름의 노천 자리를 확보하기 위해 라면과 호떡과 핫바와 삼각김밥과 호떡과 아이스크림과 젤리와 호떡과 호떡을 먹었다. 입안이 썼다. 그러다 결국 잘 마시지도 못하는 맥주 두어 캔과, 마른안주를 사 들고 테이블로 돌아왔다. 노천 자리를 지키기 위함은 핑계일 뿐이고 그저 마음이 허한 건지도 몰랐다. 지민은 속상한 마음에 맥주를 단번에 들이켰다. 얼굴이 금세 달아올랐다.

보라가 원한 건 재혼이었다. 그녀는 자신이 이혼녀라는

사실을 잘 받아들이지 못했다. 지민은 그게 뭐 그리 큰 문제인가 싶었지만 보라는 그렇지 않은 모양이었다. 그녀는 이혼 후에도 무수히 많은 남자를 만났다. 남자를 만나는 중요한 기준은 재혼이 가능한 사람인가였다. 그런 면에서 오진홍은 보라에게 퍽 괜찮은 상대라고 할 수 있었다. 공무원이니 직장이 탄탄했고, 연금을 보장받았으며, 아이가 없고, 지고지순하게 보라를 사랑해왔다. 게다가 그의 오래된 아내는 투박하고 매력이 없어 보였다. 허인회는 보라의 상대가 되지 않았다. 그러므로 오진홍과 새 가정을 꾸리는 건 어렵지 않을 거라고 보라는 확신했다. 결혼을 간절히 원했으므로 그것에 연연하지 않는 척했다. 그렇게 십년이 갔다. 투자한 시간이 길면 몸을 돌리기가 쉽지 않다. 이때쯤 놀라운 일이 일어났다. 그렇게 남자에게 헌신해서는 안 된다고 부르짖던 염보라가 자신이 사랑하고 인내하면 오진홍의 마음을 돌릴 수 있을 거라고 노선을 바꿨다. 마음을 돌린 건 오진홍이 아니라 자신이라는 사실을 깨닫지 못하고 말이다. 오진홍과 염보라는 같은 시간 속에 있었다. 그러나 오진홍이 가진 힘은 시간이 갈수록 커져만 갔는데 염보라가 오진홍에게 발휘했던 힘은 쪼그라들고 급기야는 사라져버렸다. 염보라의 계산법에서 그녀는 이혼녀이고, 아이가 있으며, 직업이 별 볼일 없고, 재산이 없었으며, 나이가 들어 더는 아름답지 않았으므로, 사랑을 바쳐야만 원하는 것을 얻을 수 있었다. 지민은 보라의 그런 계산법을 이해하기 힘들었다. 염보라의 기준에서 사랑은 더는 내밀 패가 없는 사람들이 하는 것이었다. 패배를 앞둔 염보라의 최후의 패였던 셈이다. 그러나 사랑은 원하는 데 데려다주기는커녕 보라를 시궁창에 빠뜨렸다. 보라가 재혼을 꿈꾸지 않았다면 이런 상황까지는 오지 않았을지도 모른다. 지민은 고개를 떨궜다. 하지만 가질 수 없는 것을 열망했던 보라의 마음만큼은 누구보다도 잘 이해할 수 있었다.

엄지민은 술김에 허인회에게 보낼 문자를 작성했다.

아줌마, 왜 저를 잊으셨어요? 저는 잊을 수가 없는데.

문자를 지웠다. 보낼 마음은 없었다. 이전에도 그랬고 내내 그래왔다. 그러므로 지민은 인회의 그 뜨거운 얼굴을 평생 다시 보기 힘들 거라고 생각했었다. 하지만 자신이 잊힐 수도 있다는 사실은 상상조차 해본 일이 없었다. 그건 자의식 과잉이라기보다는 어떤 믿음에 가까웠다. 연애를 안 해본 것은 아니다. 남자도 사귀고 여자도 사귀고 많지는 않았지만 마음이 통한다 싶으면 만남을 가졌다. 남의 남자나 남의 여자가 아니라면 크게 마음의 장벽을 세우지도 않았다. 그러나 과거의 연인들은 지민에게 네 곁에 있으면 자꾸만 외로워진다고 말하곤 했다. 지민은 당시에는 그 말들이 무슨 의미인지 이해하지 못했다. 어쩌면 그건 지민이 방어적이고 사랑에 인색한 인간이라는 비난이었을 것이다. 지민이 사랑을 믿지 않고 내심 혐오한다는 것을, 여차하면 떠날 생각을 한다는 걸 눈치챘기 때문에 했던 사랑의 호소였을 것이다. 사실이었다. 지민은 사람을 좋아하게 되면 마음을 열면서도 반쯤은 닫았다. 다가가면서도 도망칠 궁리를 했다. 그래서, 그렇게 사귀었던 사람들을 좋아했냐고 묻는다면, 그때는 그랬던 것 같은데 선뜻 대답이 나오지 않았다. 좀처럼 마음이 채워지지 않았다. 누군가의 마음을 채울 수도 없었다.

그러므로 조우경에게 품는 질투는 의미가 없다. 자신을 잊었다고 해서 허인회를 원망하는 것 역시 앞뒤가 맞지 않는다. 이런 부글거리는 마음은 그저 팔년 전, 처음 허인회를 만났을 때 느꼈던 감정이 너무 강렬했던 탓이다. 허인회의 호떡처럼 불타는 얼굴을 사랑의 지표로 삼아버려 생긴 문제일 뿐이다. 지민은 사랑이 싫었다. 호떡도 싫었다. 그녀는 허공을 바라보다 맥주캔을 모조리 비웠다.

자정이 지나도 조우경은 나올 기미를 보이지 않았다. 예전 같으면 이미 퇴근을 하고도 남았을 시간이었다. 뭔가가 이상했다. 지민은 자리에서 일어나 비틀거리며 길을 건넜다. 밤 산책을 나온 사람처럼 보이길 바랐지만, 맥주 두어 캔에 고주망태가 되어버린 술꾼이었다. 지민은 회관 안으로 들어섰다. 정문 앞 주차장에는 조우경의 자전거가 그대로 서 있었다. 지민은 그것을 힐끗 보고는 복지회관 출입문을 잡아당겼다. 역시나 문은 잠겨 있었다.

두리번거리며 주변은 살피던 지민은 복지회관 측면에 있는 작은 화단으로 갔다. 젖은 흙냄새가 올라왔다. 지민은 그곳에서 회관 유리문을 깰 수 있을 만한 돌을 찾았다. 여차하면 복지회관 안으로 들어가야 하는 수가 있었다. 이대로 기다리기만 하는 건 능사가 아닌지도 모른다. 어쩌면 지금이 조우경을 추궁하기 가장 적합한 때다. 지민이 주먹만 한 돌을 골라 들었다. 그것을 허공에 휘두르며 뜨거운 숨을 내뿜고 있을 때였다. 차 소리가 났다. 순간 지민은 화단에 엎어졌다. 낮이라면 틀림없이 모습을 들켰겠지만 얼기설기 심긴 덜 자란 나무들과 어두운 사위가 지민을 가려주었다. 움직이지만 않는다면 그럭저럭 은폐가 가능할 것이다.

낡은 회색 승합차가 복지회관 정문 쪽으로 들어섰다.

차량 옆면에는 파란색으로 '오름교회'라는 글자가 붙어 있었다. 래핑은 오래전에 이루어진 듯 '오름'의 ㅁ받침이 떨어지기 일보 직전이었다. 승합차는 정문을 지나쳐 복지회관 뒤편으로 들어갔다. 차가 사라지는 걸 본 지민은 몸을 일으켜 휘청휘청 그것을 쫓았다. 건물 벽에 몸을 바짝 붙인 채 고개를 뺐다. 후문 앞에 승합차가 멈춰 섰다. 운전석 문이 열렸다. 지민의 손아귀에는 미처 내려놓지 못한 돌이 쥐어져 있었다. 운전사는 본 적이 있는 얼굴이었다. 운전사는 경계하듯 주위를 한차례 둘러본 다음 주머니에서 열쇠를 꺼내 후문을 열었다. 그러자 승합차 뒷문이 열렸다. 그곳에서 열댓명이 넘는 여자들이 줄줄이 쏟아져나왔다. 여자들은 몸을 던지듯 후문 안으로 다다 다닥다닥 빨려 들어갔다. 지민은 그들을 보기 위해 벽 바깥으로 목을 길게 뺐다. 그러나 어둠과 위치상의 문제 때문에 여자들의 얼굴이 잘 보이지 않았다. 그때 후문을 잡고 서 있던 운전사가 지민이 있는 쪽으로 시선을 돌렸다. 지민은 벽 안쪽으로 몸을 숨겼다. 운전사가 잠시 건물 벽면을 응시하다 차 문을 닫았다. 그리고 자신의 짧은 백발을 쓸어 넘겼다. 수영장 터줏대감이 어째서 야밤에 사람들을 실어 나르고 있는 걸까. 지민은 그녀가 선풍기 때문에 운 여자를 끌어안고 다독이던 모습을 기억하고 있었다. 백발이 후문 안으로 들어갔다. 문이 잠겼다. 지민은 자신이 대체 뭘 본 건지 이해가 되지 않았다. 맥주 두 캔에 미쳐버린 건가. 지민은 비틀대며 문 앞으로 다가갔다. 주차된 차와 후문을 번갈아 바라보았다. 그리고 움켜쥐고 있던 돌을 들어올렸다.

*

동트기 전으로 하늘은 먹먹한 남회색을 띠었다. 잠깐 바람이 불었다. 지민은 몸을 움츠렸다. 술이 깨자 체온이 내려가 몸이 덜덜 떨렸다. 그 상태로 다섯시간 동안 후문 앞에 있었다. 그럼에도 지민은 문을 부수고 회관 안으로 들어갈 수 없었다. 그건 수영장 데스크 유리 부스 안으로 들어갔던 것과는 완전히 다른 일이다. 흔적을 남기는 범법행위다. 위험천만한 짓이다. 회관 안에는 조우경만 있는 게 아니니까. 하지만 지민은 생각했다. 그럼에도, 들어갔어야 하는 것 아닐까. 유리문은 약하고, 손에는 돌을 쥐었고, 불치병의 엄마는 사라지고 없는데. 술기운에 기대서라도 그 안으로 들어갔어야 하는 것 아닐까. 그러나 도저히 문을 부술 수 없었다.

자기 집조차 쉽게 가지 못하는 사람은 타인의 공간을

함부로 내리칠 수 없다. 거리를 두다 못해 엄마가 아픈지 어떤지 제때 알아채지도 못하는 자식은 엄마의 실종 앞에서도 머뭇거린다. 좋아하는 사람이 있어도 마음을 억누르기만 하고 연락조차 할 수 없는 사람은 문을 부수고 들어가는 일 따위의 능동적인 행동은 할 수가 없다. 지민은 자조했다. 열패감과 무력감에 휩싸여 후문을 바라보았다. 개입하지 않고 발 담그지 않음으로써 간신히 평정을 유지하는 삶을 살아온 건지도 모른다. 밤을 보낸 매미들이 떼창을 시작했다. 지민은 매미가 부러웠다.

살며시 열리는 문 소리에 눈을 감고 있던 지민은 고개를 들었다. 차마 깨지 못한 문이 열리고 있었다. 새벽 다섯 시였다. 지민은 핸드폰 카메라를 켰다. 조우경이 수영장을 나서고 있었다. 십여분 후 여자들이 나왔다. 그들은 어둠에 익숙한 듯 숨소리도 내지 않고 움직였다. 지민은 여자들의 얼굴을 보기 위해 더 잘 보일 법한 곳으로 이동한 상태였지만 역부족이었다. 단체로 어둠 속을 재빠르게 이동하는 사람들을 일일이 가려내기란 쉽지 않았다. 수영장 터줏대감 다수가 그 안에 있다는 사실을 확인했을 뿐이다. 그들은 나타났던 때와 마찬가지로 잽싸게 차에 올랐다. 마지막으로 복지회관을 나온 백발이 후문을 잠그고 운전석에 올랐다. 그 모든 일이 일어나는 데 일분이 채 걸리지 않았다. 지민은 홀린 듯 멀어지는 승합차를 바라보았다. 찍은 영상을 재생했지만 플래시 없이 찍은 영상이다보니 화면 속 사람들의 얼굴이 잘 보이지 않았다.

지민은 다음 날 다시 복지회관을 찾았다. 같은 일이 있을까 기대했기 때문이다. 그러나 수영장은 휴무로 굳게 닫힌 상태였다. 새벽까지 기다렸지만 그곳에서는 어떤 일도 일어나지 않았다. 다음 날도 마찬가지였다. 지민은 밝기와 해상도를 높였으나 여전히 얼굴을 분간할 수 없는 영상을 거듭 들여다보았다. 엄마가 그 안에 있었을까, 없었을까. 지민은 까만 실루엣만 찍힌 영상을 바라보다 아무래도 승합차를 탄 사람들을 찾아가봐야겠다고 생각했다.

정오가 되기 전이었지만 기온이 또 치솟고 있었다. 가장 싼 차를 빌렸기 때문인지 에어컨이 제대로 작동되지 않았다. 렌터카 창문을 열자 더운 바람이 훅 하고 들어왔다. 지민은 숨을 몰아쉬며 인적 뜸한 구시가지 언덕을 올랐다. 오르막길을 오분 정도 달리자 낡은 교회 간판이 보였다. 걸어서 방문하기에는 쉽지 않을 장소였다. 지민은 교회 건물 앞에 대충 차를 세운 뒤 주변을 훑어보았다. 상권도 주택도, 이렇다 할 부대시설도 없었다. 언제 세워진 건지 모를 2층 상가만이 외따로 서 있을 뿐이었다. 지민은 1층은 철물점, 2층은 발레교습소인 그 건물을 응시했다. 간판이 없었다면 그 안에 교회가 있을 거라고는 생각하지 못했을 것이다. 고딕양식은커녕 상가 옥상에는 첨탑과 십자가도 없었다. 교회가 첨탑을 세울 수 없을 정도로 가난하거나, 건물주가 첨탑을 반대했을 공산이 컸다. 그것이 한국에 있는 많은 교회가 건물주가 되려고 기를 쓰는 이유 중 하나일 것이다.

의아한 건 지민이 오름교회를 찾은 게 처음이 아니었다는 점이다. 그녀는 조우경을 쫓다 이곳에 온 일이 있었다. 이상했다. 조우경을 쫓으면 여자들이 나오고, 여자들을 쫓으면 조우경이 나왔다. 한동네 사람들이 같은 교회를 다니는 건 이상할 게 없다지만 그게 이렇듯 외진 데 있는 허름한 교회라는 사실은 썩 자연스러워 보이지가 않았다. 차에서 내린 지민은 상가 앞에 주차된 회색 승합차로 다가갔다. 그것은 며칠 전 지민이 봤던 교회 차량이었다. 그녀는 차창에 붙어서 선팅 때문에 잘 보이지 않는 차 안을 살폈다. 그때 승합차의 경적이 빵, 하고 울렸다. 지민은 움찔 놀라 물러섰다. 운전석 창문이 내려갔다. 그곳에 앉아 있던 이십대인지 삼십대인지 나이를 가늠하기 힘든 여성이 창밖으로 고개를 빼고 히쭉 웃었다. 처음 보는 얼굴이었다. 여자가 풀어헤친 머리카락을 흔들며 다시 한번 요란하게 경적을 울렸다.

"교회분이세요?"

여자가 대답도 없이 경적을 빵, 빵, 빵, 빵, 울렸다. 일반적인 반응은 아니었다. 지민이 차에서 물러섰다. 경적이 건물 안에 있는 사람들에게 누군가가 왔다는 것을 알리기 위한 용도라면, 자리를 뜨는 편이 나을지도 모른다. 지민이 몸을 돌리려 할 때였다. 여자가 운전대를 바라보며 속삭이듯 말했다.

"퀴즈가 있다."

"……"

"내가 커서 되고 싶은 것은?"

"……"

여자는 아이처럼 머리카락을 흔들며 고집스럽게 외쳤다.

"내가! 커서! 되고 싶은 것은?"

"……운전사?"

"땡! 이 모자란 새끼야. 덜떨어진 게 그것도 몰라. 역시 모자란 새끼들은 가르쳐줘도 아는 게 없어."

여자는 운전대에서 시선도 돌리지 않고 지민을 향해 갑작스러운 욕설을 퍼부었다. 그러나 그녀는 지민의 오답에 신이 난 듯 보였다.

"내가 커서 되고 싶은 것은?"

또 욕설이 튀어나올까봐 지민은 고개를 저었다. 여자는 그것을 무시한 채 계속 물었다.

"내가 되고 싶은 것은?"

지민은 차로 돌아가려 했다. 여자를 만나니 더더욱 건물 안으로 들어갈 엄두가 나지 않았다. 여자가 지민을 향해 고개를 돌렸다. 그녀는 지민 때문에 골치가 아프다는 듯 손으로 머리를 짚고 웃었다. 그때 지민의 눈에 여자의 새끼손가락이 들어왔다. 여자가 욕설을 뱉으려 했다. 지민이 그녀의 팔목을 잡았다. 여자가 외쳤다.

"나는 크면 엄마 배 속으로 다시 들어간다! 차를 타고 슝, 들어간다! 거듭난다, 거듭나!"

"이 반지 어디서 난 거예요?"

"엄마 배 속으로 들어간다!"

"이 반지 어디서 났어요!"

왼손 약지에나 어울릴 법한 다이아 반지가 여자의 통실통실한 새끼손가락 두번째 마디에 억지로 걸려 있었다. 그것은 보라가 오진홍에게 받은 고가의 반지였다. 결혼을 기대하게 했던. 지민의 격앙된 반응에 여자가 고개를 갸웃거리며 말했다.

"우리 엄마가 준 건데?"

"엄마가 누군데!"

"몰라."

여자가 다시 운전대로 고개를 돌렸다. 지민은 반지의 출처를 알아내려 부단히 노력했지만 여자는 요지부동이었다. 운전대만 바라보며 몸을 앞뒤로 흔들고 있었다. 의사소통 계통에 장애가 있는 듯 보였다. 지민은 고개를 돌려 교회를 응시했다. 심장이 사정없이 요동쳤다. 엄마가 저 안에 있는지도 모른다. 들어가야 한다. 지민이 양손으로 머리를 감싸 쥔 채 걸음을 옮겼다. 등 뒤에서 다시 빵, 빵, 빵, 빵, 클랙슨이 울렸다. 지민이 멈춰 섰다. 등 뒤의 여자가 물었다.

"엄마 배가 터질까?"

지민이 멈춰 선 채 대답이 없자 여자가 다시 물었다.

"배 속으로 들어가면 엄마가 터질까?"

"죽을걸."

여자가 웃음을 터뜨렸다.

*

중학생이 된 그해 가을은 지독했다. 가을이라는 말이 무색하게 더위는 계속되었고 지민은 좀처럼 잠들 수 없었다. 그럴 때면 그녀는 불 꺼진 방에서 눈을 깜박이며 시간을 보냈다. 화장실에 가는 것도 될 수 있는 한 참았다. 방 밖으로 나갔다가 보기 싫은 사람을 마주쳐야 하는 경우가 있었기 때문이다. 그 무렵엔 그런 일들이 유독 잦았다. 지민은 어두운 방에 갇혀서 치미는 요의를 느끼며 영영 사라져버리고 싶다고 생각했다. 사라진다면 꽉 찬 방광 따위는 걱정하지 않아도 되겠지. 지민은 손바닥을 들어올려 얼굴을 감싼 채 숫자를 세곤 했다.

다행히도 그날은 엄마와 오진홍이 평소보다 일찍 잠자리에 들었다. 그들은 음주를 하면 다른 때보다 빨리 방에 들어갔고 깨는 일 없이 깊이 잤다. 그날이 그런 날이었다. 그러면 지민은 방 밖으로 나가 창가를 서성이기도 하고, 괜히 거실에서 굴러보았다가, TV를 보곤 했다. 특별히 뭔가를 하는 건 아니지만 자신이 속한 공간을 마음대로 돌아다닐 수 있다는 사실이 좋았다. 그러나 그날 지민은 엄마와 오진홍이 방으로 들어간 후에도 방 안에 있었다. 그러다 새벽 두시가 되었을 때 조용히 거실로 나가 TV를 무음으로 해두고 한동안 지구촌뉴스를 보았다. 뉴스 말미에는 오스트레일리아에 사는 서너살쯤 되는 흑인 꼬마가 맨홀에 빠지는 흐릿한 CCTV 영상이 거듭되었다. 그러다 뉴스도 끝이 났다. 자막이 뜨지 않아서, 맨홀에 빠진 꼬마가 어떻게 되었는지 도통 알 수 없었다. 지민은 TV를 끄고 창가로 다가가 어슴푸레한 하늘을 바라보았다. 꼬마 생각을 했다. 죽었을까. 살았다면 그 좁고 냄새나는 어둠을 어떻게 견뎠을까.

지민은 거실을 서성이다 창밖을 한차례 바라보고, 엄마와 오진홍이 있는 안방으로 다가갔다. 방문에 귀를 대고 안의 동태를 살폈다. 어떤 소리도 들리지 않았다. 지민은 조심스럽게 문고리를 돌려 방문을 열었다. 방에는 슬립 차림의 엄마와 상의를 벗은 오진홍이 서로를 등진 채 잠들어 있었다. 그런 무방비한 모습을 보면 왠지 화가 났다. 그들이 방에서만 그런 차림을 하는 건 아니기 때문이다. 이 불륜 커플은 집 안에 중학생 딸이 있다는 사실을 알기는 할까. 게다가 지민은 그들처럼 깊이 자본 지 퍽 오래되었다. 잠시 그들을 응시하다 침대 옆 협탁으로 가 충전 중인 엄마와 오진홍의 핸드폰을 수거했다. 그때 오진홍이 잠깐 몸을 비틀며 머리를 긁기는 했지만 지민이 방을 빠져나올 때까지도 그들은 깨지 않았다. 지민은 거실에 주저앉아 오진홍의 핸드폰을 열었다. 바람을 피우는 사람들은 전화기를 반드시 잠가놓는다는데 그의 핸드폰은 잠금조차 되어 있지 않았다. 지민은 오진홍의 연락처 목록에서 그의 아내 번호를 찾았다. 그리고 보라의 핸드폰에 그

번호를 입력해 문자를 보냈다.

제가 당신 남편과 만나고 있어요.

사귀고 있다고 해야 했나. 잠시 후회했으나 문자는 이미 발송됐다. 지민은 문자 발신 기록을 삭제하고 핸드폰 전원을 꺼서 제자리에 돌려놓았다. 그러는 동안에도 남녀는 깨지 않았다. 지민은 방문을 닫고 나오며 우울한 얼굴로 중얼거렸다. 다들 엿 먹어라.

중학교에 입학하고 한 학기를 보냈을 뿐이다. 그런데 보라는 지민에게 아빠 집에 가서 살 준비를 하라고 말했다. 그해 안에 오진홍의 청혼을 받아낼 생각이라고 말이다. 그러려면 지민이 네가 자주 그의 눈에 띄어서는 안 되지 않겠느냐고, 너도 이제 알 건 알 만한 나이가 아니냐고, 보라는 말했다. 얼마 전 보라가 오진홍에게 좁쌀만 한 보석이 달린 반지를 선물받고 난 뒤의 일이었다. 보라는 심하게 들떠 있었다. 너희 아빠는 금이 최고인 줄 알지 이 남자처럼 다이아를 선물할 줄은 몰랐다고 말이다. 지민이 "그럼 난 언제 집에 돌아올 수 있어?" 하고 묻자 보라는 "차차 상황을 봐야지" 하고 대수롭지 않은 듯 대답했다.

지민이 불퉁하게 “내가 여기 사는 걸 아저씨가 모르는 건 아니잖아” 하고 말하자 보라는 “네가 없어야 일이 성사된단 말이다” 하고 웃으며 대답했다. 그래서 지민은 별다른 말을 하지 못하고 TV로 시선을 돌렸다.

그렇게 아무 말도 하지 않으면 보라는 지민이 자신의 말에 동의했다고 생각할 것이다. 하지만 안 된다고, 싫다고 거절하는 게 무슨 의미가 있나? 어차피 모든 건 보라가 원하는 대로 굴러간다, 늘 그래왔듯. 그런 상황에서 저항하면 마음이 더 괴로워진다. 싸우면 싸울수록 엄마가, 자신이 없는 상황을 간절히 원한다는 사실을 사무치게 깨닫게 되기 때문이다. 그럴 바에는 차라리 자신의 마음을 바꾸는 편이 낫다. 인간은 생각에 지배당하는 동물이라고 하지 않나. 그래서 사람들이 그렇게 개같은 생각을 많이 하는 걸까, 지민은 멍하니 생각하다 자신이 튼 적도 없고 선택한 일도 없는 TV 채널을 물끄러미 바라보았다.

낯가림이 심해서 친구를 사귀는 데 애를 많이 써야 했다. 새 학기가 되면 아이들에게 먹을 걸 사주고 가방이라도 들어줘서 환심을 사고 싶을 정도로 마음이 초조했다. 혼자는 너무 튀니까. 친구를 몇 사귀어서 그들을 둘러싸거나 그들에게 둘러싸이는 걸로 보호색을 획득하고 싶었다. 상당히 불순한 의도였으나 지민은 걸음마를 새로 배우는 사람처럼 낯선 관계를 버텨서 간신히 친구를 몇 사귀었다. 그럼에도 학교생활에 완전히 적응되지는 않아서 내색하지 않은 채 열심히 애를 쓰고 있었다.

아빠 집에 가면 그 노력이 전부 허사가 된다. 처음부터 다시 쌓아올려야 한다. 게다가 아빠가 꾸린 새 가정에는 지민과 나이 차가 많이 나는 아이들이 둘이나 있다. 새엄마도 있다. 심지어 지민은 아빠하고 친했던 적조차 없었다. 낯선 것들과 낯선 자들의 바다에서 출렁이다 익사하기 딱 좋은 환경이었다. 그러나 아빠 집에 가 있으라는 보라 말에 그 모든 어려움을 차치하고 지민이 제일 먼저 떠올린 건 태이였다. 지민은 아뜩함을 느끼며 생각했다. 더는, 태이를 볼 수 없는 건가?

태이를 만난 건 초등학교 4학년 때였다. 그들 사이에는 친구 이상의 무언가가 있었다. 지민은 태이가 노란 번개 같다고, 자신의 심장을 감전시켜 따뜻하게 만드는 노란 전기 같다고 생각했다. 그들은 떨어지면 너무 외로워져서 수업 시간이나 쉬는 시간에도, 학교가 끝난 후에도, 각자의 집으로 돌아가 잠자리에 들기 전까지도, 서로를 찾았다. 둘이 붙어서 특별한 무언가를 하는 건 아니었지만 세상에는 전기가 있어야만 돌아가는 것들이 있지 않나. 한참을 붙어 있다보면 지민은 누구에게도 하지 않았던 이야기, 그러니까 엄마와 아빠가 너무 많이 싸운다거나, 그들이 자신을 싫어하는 것 같다는 말을 불쑥 내뱉곤 했다. 그러면 태이는 단거리 육상 훈련이 견디기 힘들다거나, 코치를 패버리고 싶지만 달리기 왕은 되고 싶다는 말을 붉어진 얼굴로 두서없이 늘어놓았다. 그러면 그들은 외로움을 참을 수 있었다. 그러나 외로움이 심한 날은 무수한 말을 토해내도 마음이 가라앉지 않았다. 그럴 때면 생각하게 되는 것이다. 어떻게 하면 우리는 더 가까워질 수 있을까. 말을 하지 않아도 영혼이 통하는 것처럼 하나가 되어 서로를 이해하고 위로할 수 있을까.

그것을 위해 지민과 태이가 한 행동은 당연하고 단순했다. 그들은 손깍지를 꼈고, 서로를 끌어안았다가, 상대의 볼을 쓰다듬고, 뽀뽀하며, 서로의 목덜미에 고개를 박았다. 사랑하는 사람들끼리는 서로를 떠나지 않고 또 온전히 갖기 위해 그런 일을 하니까 그들은 당연히 그게 괜찮을 줄 알았다. 그들의 뽀뽀는 그들의 마음만큼 대단하지 않았고 별 느낌이 있는 것도 아니라서 조금 실망스러웠지만 말이다. 문제는 그 모습을 누군가가 봤다는 데 있었다.

소문은 금세 퍼졌다. 여자아이 둘이 뽀뽀를 한다고 아이들은 그들을 변태 취급하고 괴롭혔다. 후폭풍이 커지자 담임은 태이와 지민의 부모에게 연락을 취했다. 지민의 부모는 그때 숨을 쉬듯 싸우던 때라서 지민의 문제는 그들에게 좋은 연료가 됐다. 그때 부모의 입에서 처음 이혼 이야기가 흘러나왔다. 돌이켜보면 그 발언은 예정된 수순에 지나지 않았지만, 지민은 모든 것이 자기 때문이라고, 자신이 모든 걸 망쳤다고 겁에 질렸다.

지민은 웅크리다 못해 쪼그라들었다. 그럴수록 태이는 화를 냈다. 뽀뽀가 뭐가 나쁘냐고 싸움을 벌이고 다녔다. 지민에게 다가와 너도 뭐라고 말 좀 해보라고 소리쳤다. 그러면 지민은 책상에 엎드려 아무 말도 하지 않았다. 왜 진정하고 기다리지 못하는 걸까. 소리치고 싸우는 태이의 방식은 거칠고 사람들의 기분을 상하게 할 뿐이라고, 이미 폭풍우가 치고 있는데 거기에 불필요한 벼락을 더하고 있다고, 지민은 내심 화를 냈다. 그러니까 그들은 겉으로 안으로 둘 다 화를 내고 있었다.

하늘은 파랗고 어린이는 영차 영차, 분위기를 바꿀 기회가 왔다. 운동회 철이 되면서 태이가 학급에서 중요한 존재로 급부상했다. 태이는 도내 달리기 대회에서 입상한 경력이 있었고, 단거리 육상 주자가 되기 위해 전문적인 훈련을 받고 있었다. 그러므로 반 아이들이 태이를 계주로 추천한 건 어찌 보면 당연한 일이었다. 태이에게는 아이들의 기대에 응답하고 그들의 팀을 우승으로 이끌 만한, 그러니까 뽀뽀 사건 따위는 가볍게 눌러버릴 만한 힘이 있었다. 지민은 태이가 그것을 해주길 바랐다. 잊히고 싶었다. 그러나 태이는 계주선수가 되는 걸 내내 거부하다, 운동회 당일에 도살장에 끌려가는 짐승처럼 억지로 운동장에 불려나갔다. 지민은 이제 됐다고, 모든 게 괜찮아질 거라고 생각했다.

총성이 울리고 이어달리기가 시작되었다. 태이는 누구보다 빨리 달렸다. 운동장 반 바퀴 차이로 앞서 달리던 상대편 주자를 앞지르기까지 했다. 그런데 그렇게 멋진 추월을 해놓고 돌연 방향을 틀었다. 텅 빈 운동장 한가운데로 뛰어들었다. 그곳을 가로질러 달리기 시작했다. 태이를 지켜보던 모든 사람이 비명을 질렀다. 지민은, 태이가 달리기를 할 때마다 "왜 운동장 가운데를 비워놓고 달려야 해? 난 한가운데로 달리고 싶은데" 하고 투덜거리며 웃던 모습을 기억했다. 큰 혼란 속에서 태이는 조금도 한눈팔지 않고 그대로 운동장을 횡단해 지민이 있는 곳으로 왔다. 태이의 얼굴은 분노와 흥분으로 빨갛게 불타고 있었다. 태이는 숨을 헐떡이며 지민을 향해 무언가를 외쳤다. 하지만 지민은 경악하는 사람들과 그들의 비명 때문에 태이의 외침을 제대로 들을 수 없었다. 그저 입 모양을 통해 태이가 "가자!" "나랑 같이 가자!"하고 말한 게 아닌가, 짐작했을 뿐이다. 그리고 지민은 크게 화가 났다. 태이에게는 힘이 있는데, 반 아이들이 기억하는 둘의 모습을 지워버릴 만한 능력이 있는데, 태이는 다시 자신들을 도마에 올렸다. 지민은 참을 수 없었다. 태이가 바보처럼 그 기회를 날려버렸다고 생각했다. 지민이 움직이지 않자 태이의 얼굴에 낙담의 빛이 어렸다. 태이는 애원하듯 지민을 바라보다 등을 돌려 달리기 시작했다. 그리고 그대로 학교 운동장을 빠져나가버렸다. 지민이 저녁까지 학교에 남아 기다렸지만 태이는 끝내 돌아오지 않았다.

다음 날 가방도 없이 맨몸으로 학교에 온 태이는 아무 일도 없었던 것처럼 행동했다. 아이들이 놀리거나 비난해도 반응하지 않았다. 다음 날도, 그다음 날도 그랬다. 그러나 지민은 그들 사이의 무언가가 완전히 변해버렸다는 사실을 알았다. 그들은 이전처럼 눈을 마주치거나 서로를 찾지 않았다. 태이는 수업이 끝나면 육상 훈련을 받기 위해 부리나케 교실을 빠져나갔다. 지민은 학교에서도 집에서도 존재하지 않는 사람인 것처럼 행동했다. 내내 혼자

다녔고 문제를 만들지 않기 위해 애썼다. 그러나 그 노력이 무색하게 그해 말 지민의 부모는 이혼 서류에 도장을 찍었다.

초등학교를 졸업하고 지민과 태이는 다른 중학교에 갔다. 당연한 결과였다. 태이는 지역에서 달리기로 유명한 중학교에 스카우트되었다. 그들의 뽀뽀 사건은 그런 일이 있기나 했냐는 듯 모두의 기억에서 잊혔다. 지민은 동창들과 신문기사를 통해 종종 태이의 대회 수상 소식을 들었다. 육상을 하는 사람이라면 모를 수 없는 아주 큰 대회에서도 상을 탔다고 했다. 그런 이야기를 들을 때면 지민은 숨을 참고 귀를 쫑긋 세운 채 자기 안에 어떤 전기가 지나가는 것을 느끼며 생각했다. 여전히 달리고 있구나.

작은 행운이 있던 때도 있었다. 중학생이 되고 살던 곳에서 멀지 않은 동네로 이사를 했다. 지민은 새집이 낯설어 잠을 거의 자지 못하고 새벽에 눈을 떴다가 창밖을 통해 달리는 태이를 보았다. 자신의 집 앞이 태이의 조깅코스라는 사실을 그때 알았다. 매일은 아니었지만 지민은 가끔 잠들 수 없는 밤이면 날을 새우고 창가에 붙어서 태이가 달려오고 달려나가는 것을 바라보았다. 그러다 그 행운도 끝이 났다. 어느 날부터인가 태이의 아침 조깅이 끊겼다. 소문에 의하면 태이가 달리는 차에 뛰어들었다고 했다. 차가 태이를 향해 달려들었다는 말도 있었다. 사람들은 그게 너무 큰 사고라서 태이의 선수생활이 끝났다고 말했다.

그들 역시 끝난 사이였으므로 지민은 태이의 근황을 물을 수도, 병실에 찾아갈 수도 없었다. 용기를 내도 병원 언저리를 기웃거리다 집에 돌아오기 일쑤였다. 그렇게 한 달 동안 병원을 맴돌았다. 그러다 보라에게 아빠 집으로 가라는 말을 들었다. 그 통보를 들은 날, 지민은 마음을 주체하지 못하고 태이가 있는 병원으로 달려갔다. 작별인사라는 말도 웃기지만, 태이에게 제대로 된 인사를 하고 싶었다. 그러나 역시나 병실에 들어갈 수 없었다.

병실 주변을 서성이다 태이의 언니와 마주쳤다. 태이의 언니는 누구인지 안다는 듯 지민을 지그시 바라보았다. 거기에서 지민의 용기가 다시 꺾였다. 수치심을 느꼈다. 지민이 고개를 숙이고 돌아가려 하는데 태이의 언니가 손짓해 지민을 불렀다. 그리고 이렇게 자주 병원에 오는데 태이를 만나야 하지 않겠느냐고 말했다. 지민은 그동안 자신이 병원을 맴돌던 걸 들켰다는 사실을 깨닫고 몸서리치며 달아났다. 그러다 다시 병원으로 갔다. 그러나 병실

언저리에서 또 도망쳤고, 또다시 병원으로 갔다. 지민은 그 과정에서 탈진해버린 나머지 종래에는 자포자기하는 마음으로 병실 앞에 이르렀다. 그러나 태이는 침대에 없었다.

태이를 본 것은 뜻밖의 장소로, 지민이 모든 걸 포기하고 병원 비상계단을 내려가고 있을 때였다. 지민은 아래층 층계참에서 휠체어를 탄 채 고개를 숙이고 있는 여자아이를 보았다. 정수리만 봐도 태이라는 것을 알 수 있었다. 태이는 비상계단에 숨어 휠체어에서 일어났다, 앉았다, 일어났다, 앉았다를 거듭하며 울고 있었다. 휠체어를 두드리며 소리 없이 흐느꼈다. 지민은 위층 계단에 웅크려 앉아 움직이지 않았다. 움직일 수 없었다. 그렇게 한참을 울던 태이는 눈물을 닦고 심호흡을 하고는 비상계단을 빠져나갔다. 지민은 한동안 계단에 앉아 있다 병원을 나섰다. 세상이 눈앞으로 쓰러지고 있는 것 같았다.

작별인사를 하고자 했지만 작별은 훨씬 전에 이루어졌다. 그 사실을 비상계단에서 알았다. 지민은 태이의 울음 안으로 들어갈 수 없었다. 들어가서도 안 됐다. 그런 건 함부로 봐서도 안 되는 장면이었다. 거기서 지민이 무슨 말을 할 것인가. 태이가 과거를 마무리 짓고 다음 단계로 넘어가기 위해 달리고 또 상처받는 동안 지민은 계속 같은 자리에 있었다. 없는 사람이 되는 일에 골몰하다 정말 투명인간이 되어버리고 말았다. 투명인간이라면 투명인간답게 살아야지. 지민은 어째서 태이를 만나고자 했나? 이제 곧 떠나니까? 관계가 끝나지 않았다는 생각에? 작별인사를 하고 싶어서? 아니었다. 다 거짓말이었다.

태이는 자신이 줄 수 있는 최고의 자리를 지민에게 주었다. 다른 사람의 눈치를 보지 않고 뜨겁게 달려와 그것을 주었다. 그 자리를 거부한 건 지민이었다. 그리고 지민은 투명인간이 되는 길을 택했다. 그러면서 그리워했다. 태이가 주었던 자리를, 그 따뜻하고 노란 전기를. 지민은 자신이 내심 기대했다는 사실을 알았다. 태이를 만나면 그 자리를 돌려받을 수 있지 않을까, 노란 전기를 받아 선명한 색채를 가질 수 있지 않을까, 상상했다. 자신은 태이에게 최고의 자리를 내어준 일도 없으면서. 그렇게 그 아이를 학교 밖으로, 비상계단으로 내몰았으면서. 그러면서 태이의 달리기를 좋아했다고 말할 수 있을까. 말할 수 있느냔 말이다. 지민은 울음을 터뜨렸다. 좋아했다. 그럼에도, 너무 많이 좋아했다. 태이의 달리기엔 특별한 무언가가 있었다. 그것을 다시 보기 힘들다는 생각에 울었다.

지민은 집으로 돌아와 태이에게 보내는 편지를 썼다.

보낼 수도 없고 보내지 않을 수도 없는 편지였다. 보라가 무엇을 하고 있느냐고 물어서, 지민은 참지 못하고 화를 냈다. "보면 알잖아! 봐도 모르는 거야? 날 좀 봐. 내가 안 보여?" 하고 말이다. 보라는 지민의 외침에 "얘가 미쳤나. 별 이상한 말을 다 하네" 하고 대수롭지 않은 듯 반응했다. 하지만 그렇게 말하는 보라의 눈동자가 흔들려서, 지민은 엄마가 그저 대수롭지 않은 척할 뿐이라는 사실을 알았다. 그리고 내내 그런 척을 해온 거라면, 도저히 그럴 수 없는 상황을 만들어주면 되지 않겠느냐고 분노에 차서 생각했다. 그것이 오진홍의 부인에게 문자를 보내게 된 경위였다.

어른들 사이에서 큰 사달이 날 거라고 지민은 생각했다. 하지만 상황은 엉뚱하게 굴러갔다. 사달이 난 쪽은 지민이었다. 학교를 나서는데 빨간 승용차 한대가 거칠게 앞을 가로막고 섰다. 창문이 열렸다. 운전석에는 얼굴이 포동포동하고 이목구비가 짙은 중년 여자가 앉아 있었다. 중년 여자는 부스스하고 조금은 정신 나가 보이는 얼굴로 "지민이니? 난 엄마 친구야" 하고 말을 걸어왔다. 지민을 데려오라는 보라의 급한 부탁을 받았다고 말이다. 초등학생에게도 통하지 않을 거짓말이었다. 생전 학교에 온 적 없는 엄마가 사전고지도 없이 친구를 보낼 이유가 무엇인가.

게다가 지민은 그 여자의 얼굴을 일전에 본 일이 있었다, 사진으로. 그것은 염보라가 측근들에게 보여주길 즐기는 사진으로, 그녀는 사진을 본 사람들에게서 '오진홍은 이렇게 못생긴 여자랑 어떻게 사냐'는 말을 끄집어내기를 좋아했다. 지민은 저렇게 생긴 여자랑은 살 수가 없는 걸까, 생각하며 여자의 얼굴을 곰곰이 바라보았다. 여자의 얼굴은 그녀의 차 색깔처럼 붉고 형형했으며 절박하게 타고 있었다. 급박하게 깜빡이는 빨간 신호등 같았다. 여자의 눈은 충혈되어 부어오른 상태였다. 상의는 멀쩡했지만 운전대 아래는 잠옷 바지 차림이었다. 괴로움을 참지 못하고 울며 뛰쳐나온 기색이 역력했다. 좀 이상해 보이긴 하지만 같이 살 수 없을 정도는 아니다. 오히려 인상적인 생김새 아닌가. 지민이 물었다.

"성함이 어떻게 되시는데요?"

"허인회."

이상한 이름이었다. 지민이 고개를 끄덕이며 말했다.

"엄마한테 전화해서 물어볼게요."

그러자 허인회가 당황한 듯 고개를 저으며 "하지 마! 하지 마! 전화하지 마, 제발" 하고 외쳤다. 자신을 데려가서 엄마를 위협하려는 사람치고는 상당히 빈틈 많은 행동이었다. 지민은 한숨을 쉬었다. 이래서야 사달을 낼 수 있을까? 지민이 고개를 저으며 몸을 돌리려 할 때였다.

"그냥 좀 가면 안 되니? 가자! 나랑 같이 가자고!"

지민은 멈춰 섰다. 허인회가 간절한 빨간 얼굴로 지민을 응시하고 있었다. 지민은 잠시 하늘과, 자신과 무관하게 흘러가는 거리의 사람들을 바라보았다. 차에 타면 분명 위험해진다. 어떤 일이 일어날지 모른다. 그러나 가자, 나랑 같이 가자고 말하고 있지 않은가. 지민은 얼굴을 거칠게 비볐다. 그리고 그 말에 붙들려 차 문을 열었다. 이래선 안 된다고 생각하면서도 차에 오르지 않을 수 없었다. 지민이 차 문을 닫자 허인회는 도리어 당황한 듯 말이 없었다. 그리고 허둥지둥 운전을 시작했다. 차 안에서 블루스 한곡이, 오로지 그 한곡만이 끊임없이 반복되고 있었다. 사랑하는 사람을 죽이고 말았다는 내용의 노래였다. 지민은 머리가 지끈거리는 것을 느끼며 음악을 꺼달라고 부탁했다. 인회는 못마땅한 듯 지민을 노려보았지만 선선히 오디오를 껐다. 차 안이 침묵에 잠겼다. 지민은 교외로 뻗어나가는 길을 응시하다, 며칠 전 지구촌뉴스에서 보았던 맨홀에 빠진 꼬마 이야기를 했다. 그 꼬마가 살았는지 어쨌는지 모르겠다고 말하며 떨리는 손을 움켜잡았다. 그러자 허인회가 태연하게 말을 받았다.

"그 꼬마? 살았어."

*

지하에 있는 작은 예배당 안에는 사람들이 가득 차 있었다. 지민은 혼란에 빠져 그들을 둘러보았다. 염보라는 그곳에 없었다. 지민은 눈을 질끈 감았다. 이번에는 맞게 찾아왔다고 생각했다. 그런데 왜. 예배당에 앉은 사람들이 조용히 지민을 힐끔거렸다. 지민은 눈을 떴다. 이 중에 반지를 낀 여자의 엄마가 있을 것이다. 그녀는 누구인가. 두리번거리던 지민은 예배당 뒤편 구석으로 자리를 옮겼다. 조용히 핸드폰을 들어올렸다. 다른 일을 하는 척하며 몰래 예배당 안 사람들을 영상에 담았다. 보라를 찾지 못하게 된다면 영상 속 사람들을 빠짐없이 추적할 생각이었다.

카메라 화면에 담긴 예배당은 또다른 수영장 같았다. 입고 있는 옷만 수영복이 아닐 뿐 수영장에서 봤던 젊은 남녀가 뒤섞여 앉아 웃고 있었다. 그들의 조심스러우면서도 들뜬 분위기가 영상에서도 느껴졌다. 카메라 앵글은 그들을 지나쳐 예배당 앞쪽에 앉은 몇몇 수영강사들과 수영장 터줏대감들을 잡았다. 하품을 하거나 지루한 얼굴을 한 강사들과 달리, 터줏대감들은 조금은 가라앉은 분위기로 예배를 준비하는 중이었다. 예배당 제일 앞줄에는 백발이 앉아 있었다. 지민은 줌을 당겨 백발과 그 주변을 확대했다. 그때 영상 밖에서 익숙한 목소리가 들렸다.

"동영상인가요?"

지민이 고개를 돌리자 웃고 있는 우경이 보였다. 그는 지민 옆에 서며 그녀의 핸드폰을 바라보았다. 지민이 핸드폰을 내렸다. 가장 수상한 사람에게 들켜선 안 될 장면을 보인 느낌이었다. 지민이 핸드폰을 움켜쥐었다. 조우경이 동영상을 찍고 있던 거냐고, 다시 물었다.

"아뇨."

"흐음."

믿는 분위기는 아니었으나 지민은 고개를 돌리며 말했다.

"교회에 수영장 사람들이 많네요."

"보통은 소개로들 오니까요. 저도 타지생활이 외로워서 회원님들 추천으로 여기 다니기 시작한 거거든요."

"수영장에서 이렇게 멀리 있는 교회를요?"

"어쩌다보니 그렇게 됐어요. 소개해주신 분이 여기 장로님이시다보니까…… 회원님도 같은 경로 아닌가요."

"어떤 장로님 소개였는지 여쭤도 될까요?"

조우경은 말없이 지민을 바라보았다. 그리고 피식 웃으

며 대답했다.

"너무 저만 대답하는 것 같네요. 어머니는 연락이 됐나요? 내내 궁금했어요."

"아직요."

"힘드시겠네요."

지민은 우경을 바라보았다. 우경이 안타깝다는 얼굴로 지민을 응시했다. 저 얼굴은 거짓일까, 아닐까. 지민은 물끄러미 그를 바라보다 불쑥 물었다.

"엄마를 어디로 빼돌린 거예요?"

조우경은 의중을 알 수 없는 얼굴로 눈썹을 치켜올렸다. 지민은 그의 얼굴을 곰곰이 바라보았다. 위험한 발언인 건 알고 있었다. 단서가 나온 이상 조용히 숨을 죽이고 있다가, 반지를 낀 여자의 일행을 추적하는 편이 나을지도 모른다. 하지만 지민은 여유 있는 우경의 얼굴이 싫었다. 그의 존재가 지민을 끝없이 도발하고 있었다. 내면의 풀장이 찰랑댔다. 우경이 입술을 달싹이며 물었다.

"무슨 말씀이세요?"

"몰라서 물으시는 건가요?"

조우경은 말없이 예배당 앞쪽을 응시했다. 그의 눈이 아주 잠깐 백발에게 머물렀다. 그러나 조우경은 곧 시선을 돌리며 말했다.

"전혀 모르겠네요."

지민은 실망한 기색을 감추려 고개를 돌렸다. 경솔한 짓을 한 건지도 모른다. 울컥하는 바람에 이쪽 패만 보이고 얻은 게 없었다. 그때 잠자코 서 있던 조우경이 물었다.

"예배에 참석하실 건가요? 앞으로 쭉?"

지민이 대답하지 않자 우경이 백발이 있는 쪽을 힐끗 바라보고는 말했다.

"말을 건 이유는 다름이 아니라, 어머니에 대해 드릴 말씀이 있어요. 뒤늦게 생각이 났는데 회원님 연락처가 없어서 연락을 못하고 있었어요. 특별한 내용은 아니지만 말씀드려야 할 것 같아서요. 그런데 오늘 뵙네요. 아주 잘됐어요."

특별한 내용은 아니지만 말씀드려야 할 것 같다…… 지민은 미간을 찌푸리며 물었다.

"무슨 이야기인가요?"

"이 자리에서 할 말은 아닌 것 같고…… 나갈까요?"

"지금은 좀 그렇고, 나중에 따로 만나죠."

"아뇨. 지금 아니면 제가 시간이 없을 것 같아요."

왠지 모를 석연찮음에 망설이던 지민은 정수리의 경보음이 울리는 것을 느꼈다. 조우경의 말은 거짓말이다. 그는 일주일 내내 수영장에서 살다시피 한다. 교회에 가는 것 외에는 외출하거나 사람을 만나는 법도 없다. 그런데 시간이 없다? 그를 지켜보지 않았다면 몰랐을 사실이었다. 우경은 왜인지 모르지만 지민을 교회에서 내보내고자 한다. 지민이 이곳에 있으면 안 된다고 생각한다. 지민은 고개를 저으며 말했다.

"그럼 시간이 될 때 이야기해주세요."

조우경의 얼굴에 미미한 짜증이 어렸다. 엄지민 쪽으로 상체를 기울인 조우경은 속삭이듯 말했다.

"지금 나가면 안 될까요? 같이. 난 그러고 싶은데."

지민이 고개를 돌려 조우경을 마주 보았다. 그들의 얼굴이 닿을 듯 가까웠다. 우경은 싱긋 웃으며 물러나지 않았다. 지민은 그때 허인회를 떠올렸다. 이런 게 좋아서 떡값을 바치고 수영장에서 쫓겨난 걸까. 내면의 풀장이 필요 이상으로 넘실대고 있었다. 지민은 자신도 모르게 내뱉었다.

"못생긴 게 더럽게 냄새만 피우네."

조우경의 얼굴이 굳었다. 생김새를 가지고 사람을 공격해보긴 처음이었다. 하지만 지민은 그 말이 우경에게 타격이 되리란 사실을 본능적으로 알았다. 우경이 몸을 뒤로 물렸다. 그는 태연한 척 "못생겼다는 말은 생전 처음인데" 하고 중얼거렸다. 입꼬리에서 경련이 일어나는 듯했다. 잠깐 침묵하던 우경은 낮은 목소리로 말했다.

"예의가 없으시네요."

조우경은 엄지민이 뱉은 말을 정정하길 바라는 듯 초조하게 발을 굴렀다. 그러나 돌아오는 대답이 없자 그는 주변을 한차례 둘러본 뒤 조용히 말했다.

"너 때문에 네 엄마가 죽을 거라는 생각은 안 들어?"

"……엄마를 데려갔다고 인정하는 거야?"

"아니, 나한테 너 같은 딸이 있다면 죽고 싶을 것 같아서."

"못생긴 게 입도 더럽네."

"너, 그 말 한 걸 후회하게 될 거야."

그들은 서로를 무섭게 노려보았다. 저열한 말싸움이 이어지려 할 때 예배가 시작되었다. 조우경은 엄지민을 위협하듯 다가서다 마음을 고쳐먹은 듯 자리로 돌아갔다. 엄지민은 부글거리는 속을 내리누르며 설교대를 쏘아보았다. 찬송가 두어번과 함께 시작된 예배에서는 마태복음 27장 59절이 울려퍼졌다.

요셉이 시체를 가져다가 깨끗한 세마포로 싸서 바위 속에 판 자기 새 무덤에 넣어두고 큰 돌을 굴려 무덤 문에 놓고 가니 거기 막달라 마리아와 다른 마리아가 무덤을 향하여 앉았더라

예수가 죽은 후 그가 무덤에 안치되는 걸 지켜보는 여자들을 묘사하는 구절이었다. 설교가 이어졌다. 예수는 죽은 지 삼일째 되는 날 부활한다. 그의 시체에 향료를 바르러 갔던 여자들은 그의 부활을 맞닥뜨린다. 그들의 처절한 믿음은 예수의 살아남으로 만개한다. 지민은 설교 내용이 싫었다. 무신론자라 할 수 있는 말이겠지만, 죽었으면 끝이지 뭘 믿고 예수가 부활할 걸 기다렸나. 게다가 사흘 내에 부활했으니 다행이지 그게 십년 걸리고 백년 걸리는 일이었으면 어쩌려고들 그러나. 대책 없는 인간들 같으니라고. 어떤 믿음은 사람을 미치게 한다. 아프게 한다. 하지만 예수를 기다리던 여자들은 말할 것이다. 그럼에도. 그럼에도가 대체 뭔가. 지민은 끓는 마음을 진정시키지 못하고 예배당 뒤편에 꽂힌 성경을 뽑아 넘기다 찬송가가 이어질 때 성경 한장을 북, 찢어 주머니에 넣었다.

예배가 끝났다. 조우경과 터줏대감들이 몸을 일으키고 있었다. 지민은 예배당을 빠져나와 차로 갔다. 시동을 켠 채 그 안에서 기다렸다. 잠시 후 열댓명의 터줏대감들이 교회를 나와 승합차에 우르르 올랐다. 지민이 그들을 쫓아가려 할 때였다. 자전거 한대가 지민의 차를 가로막고 섰다. 조우경이었다. 엄지민이 클랙슨을 눌렀다. 우경은 비웃듯 지민을 바라보았다. 지민은 그를 응시하다 액셀을 밟았다. 우경이 황급히 몸을 날렸다. 그가 차 옆으로 나뒹굴었다. 자동차가 우경의 자전거를 밟고 지나갔다. 엄지민은 승합차를 뒤쫓아 달리기 시작했다.

*

승합차는 구시가지를 지나 시 외곽으로 달려나갔다. 이십분을 달리자 주변 풍경이 논밭으로 변했다. 교회 차는 거기에서 이십여분을 더 달렸다. 그러다 고속도로 나들목에 인접한 농촌 마을로 굽이굽이 들어가, 마을 안 외따로 있는 농가 앞에 멈춰 섰다. 여자들이 승합차에서 내려 담으로 둘러싸인 주택 안으로 들어가는 게 보였다. 마을은 지민이 사는 곳과 같은 행정구역에 속했지만 그렇다고 믿기 힘들 정도로 외지고 인적이 드물었다. 문제는 지민이 그런 상황을 예상치 못했다는 데 있었다. 그런 곳에서 차를 뒤따라가는 건 대놓고 추적을 알리는 꼴이다. 인근에 주차하거나 여자들의 농가에 다가가는 것 역시 날 봐달라고 외치는 격이었다. 농가는 은밀한 접근 자체가 불가능해 보였다.

여자들의 농가에서 오분 정도 떨어진 거리의 빈 축사

마당에 간신히 주차를 마친 지민은 차에서 내려 밖으로 걸어나왔다. 비어 있는 것은 축사뿐만이 아니었다. 축사에서 멀지 않은 가정집 역시 대문이 떨어지기 직전인 폐가였다. 여자들의 농가를 향해 걸어가는 동안 본 집들은 전부 그랬다. 사이사이 펼쳐진 논밭에서도 농사는 이루어지지 않고 있었다. 사람이 살기는 하는 건가 싶을 만큼 조용한 마을이었다. 2킬로미터 내외로 보이는 거리에 거대하게 솟은 소각장 굴뚝이 보였다. 그곳에서 연기가 흘러나왔다. 공기가 후텁지근하게 느껴졌다.

여자들이 들어간 주택은 높은 나무 담에 둘러싸여 있었다. 어떤 장신이라도 사다리 없이는 그 안을 엿보는 게 불가능할 것이다. 간신히 찾아낸 담 틈으로는 빨랫줄에 걸려 빳빳하게 건조된 옷가지와 속옷들이 조금 보였을 뿐이다. 언뜻 봐도 꽤 많은 양의 빨래였다. 아무래도 농가는 가정집으로 사용되는 듯했다. 지민은 자신도 모르게 주먹을 쥐었다. 인적 없는 시골 마을에서 같은 교회에 다니는 여자들이 폐쇄적이고 비밀스러운 집단생활을 한다. 왜? 생각하고 싶지 않았지만 지민은 그런 거주 형태를 TV나 인터넷에서 몇번 본 일이 있었다. 주택은 전형적인 사이비종교 공동체의 분위기를 풍기고 있었다. 지민은 눈꺼풀이 경련하는 것을 느꼈다. 보라가 이들과 연관되어 있다면 지민은 엄마를 되찾기 힘들 것이다. 제 발로 들어간 종교 공동체를 무슨 수로 나오게 할 것인가. 법도 그런 자는 보호해주지 않는다. 그러다 지민은 반문하는 것이다. 엄마가 종교에 심취하는 사람이었나? 지민은 자신도 모르게 고개를 저었다. 보라는 신이 나한테 동전 한푼을 준 적이 없는데 무슨 신을 믿느냐고 말하는 부류였다. 하지만 모른다. 피폐해진 몸과 마음은 동전 너머의 무언가를 간절히 원했을 수도 있었다. 지민은 흥건한 땀이 등을 타고 흘러내리는 것을 느끼며 담벼락을 바라보았다. 그때 대문이 열렸다.

여러 종이 섞인 것으로 보이는 늙고 큰 개가 문밖으로 뭉그적거리며 걸어나왔다. 눈이 피로하고 온몸이 축 늘어져 있는 게 움직이기 싫은 기색이 역력했다. 백발이 개를 재촉하며 대문을 나섰다. 그러나 개는 영 의욕이 없어 보였다. 백발과 지민의 눈이 마주쳤다. 백발의 얼굴이 차갑게 굳었다. 개는 멈춰 선 주인을 한차례 바라보고는 그 자리에 주저앉았다.

"일어서!"

개가 엉거주춤 몸을 일으켰다.

"그대로 버텨."

늙은 개의 얼굴이 울상이 됐다. 백발은 개의치 않고 지민을 향해 시선을 돌렸다. 지민은 백발을 보며 사관학교에서 숱하게 만났던 군인들을 떠올렸다. 그들은 딱딱하고 사람을 주눅 들게 하는 면이 있었다. 백발이 지민을 쏘아보며 말했다.

"여긴 사유지야."

"엄마를 찾고 있어요."

"자네 어머니는 여기 없어."

"있는 걸로 알고 있는데요."

"말도 안 되는 소리. 왜 그렇게 생각하지?"

보라의 반지를 보았을 뿐 그 외에 아는 사실은 없었다. 그러나 넘겨짚는 말일수록 자신 있게 할 필요가 있다. 군인들은 태도가 전부라고 생각하는 족속들이다. 지민은 떨리는 속내를 감추며 손을 들어올렸다. 그녀는 오른손 검지로 왼쪽 새끼손가락을 가리키며 말했다.

"엄마 반지를 낀 사람을 봤어요. 저희 엄마가 여기 있을 때 줬다고 하던데요."

"하…… 그런 물건까지 주고받았단 말이지. 정말 곤란하다."

"……"

"다시 말하지만 정말 곤란해."

“아주머니는 저한테 엄마를 본 적이 없다고 거짓말하셨죠?”

“고미선씨라고 불러.”

“저한테 거짓말을 하셨죠?”

고미선이 지민을 쏘아보며 대답했다.

“이런 문제가 생길까봐 자네 어머니를 모른다고 했어. 조용히 살고 싶은데 그 사람이 얽혀들면 자꾸 문제가 생겨.”

“그렇다면 더 솔직하게 말씀해주셨어야죠.”

“왜? 자네 어머니 때문에 사생활을 노출하라고? 자네같이 알지도 못하는 어중이떠중이가 여기저기서 달려드는 걸 넋 놓고 보고만 있으라고? 넉달 전에 자네 어머니가 여기 살았던 건 사실이야. 일주일 머물렀나. 아마 일주일도 못 있었을 거야. 단체생활이 어울리는 사람은 아니었어. 여기 있는 동안 온갖 문제를 다 일으켜서 조용히 나가달라고 했지. 그런데 자네 어머니가 어떻게 했는지 알아?”

“……”

“입양 보내려고 준비 중이던 고양이를 데리고 도망쳐 버렸어.”

“고양이를요? 왜요?”

“몰라! 남의 고양이를 데리고 사라졌다고! 고양이를 돌려받고 싶으면 자기를 계속 여기 머물게 해달래. 지금도 틈만 나면 와서 행패를 부려. 고양이는 돌려주지도 않고! 어디에 머무는지도 몰라서 그만 오라고 할 수도 없어. 이게 뭐 하는 짓이야. 자네 어머니는 미친 인간인가?"

"……엄마는 미치지 않았어요. 조금 아플 뿐이에요."

"내가 볼 땐 미친 사람이야."

"아니라고요! 엄마를 찾으면 누구보다 제가 먼저 데려갈 거예요. 고양이가 있다면 고양이도 돌려드릴 거예요."

"퍽이나."

"다른 방법이 있나요? 제 어머니를 아세요? 저지할 자신이 있으시냐고요."

보라를 저지할 방법은 지민도 알지 못했다. 그러나 질러보는 것이다. 미선은 고민에 빠진 듯 말이 없었다. 지민은 고개를 저으며 말했다.

"집 안을 보여주세요. 고미선씨 말을 다 믿을 순 없어요. 여기 엄마가 갇혀 있는지, 겁박당하고 있는지 누가 아나요?"

"지금 무슨 소리를……"

"왜 여기서 단체생활을 하고 계시죠? 여긴 허가받은 시설이 맞나요? 뭐 하는 곳이죠? 사람들한테 돈을 받고 운영하는 건가요? 제가 구청에 연락하면 어떻게 되는 거죠? 어째서 엄마를 신고하지 않으셨죠? 고양이를 훔쳤다면 절도죄에 해당할 텐데요."

"그런 시선이 싫어서 여기 숨어든 거야. 가족과 함께 살 수 없는 외로운 사람들이 많아. 여긴 그런 사람들이 모여 사는 공간일 뿐이야. 자네가 생각하는 그런 게 아니야. 우리는 방해받길 원하지 않아."

"모두가 같은 교회에 다니고 있고요?"

"뭘 의심하는 거지?"

엄지민이 대답하지 않자 고미선이 눈을 치켜떴다.

"모욕적이야. 집에서 자네 엄마를 발견하게 되면 꼭 데려가서 꽁꽁 묶어두고 한발자국도 움직이지 못하게 하게."

"제가 바라는 바예요."

고미선은 코웃음을 치며 누군가에게 전화를 걸었다. 개 산책을 맡기는 전화였다. 핸드폰 너머에서 개가 스무살이 넘었으면 인간 나이로 백수가 넘는다, 그렇게 힘들어하는데 산책을 좀 쉬는 게 어떻겠냐고 말하는 목소리가 흘러나왔다. 미선은 녀석이 며칠 더 살아주길 바라는 게 그렇게 무리한 바람이냐고 역정을 냈다. 잠시 후 담이 열리고 중년 여자 하나가 터덜터덜 밖으로 나왔다. 늙은 개가 지친 기색이 역력한 얼굴로 끌려가듯 산책을 나섰다. 고미선은 못마땅한 기색으로 멀어지는 그들을 바라보았다. 지민은 예전에, 늙은 개들이 집에 돌아오지 못하게 될까봐 산책을 꺼린다는 이야기를 들은 적이 있었다. 지민이 혼잣말하듯 그 말을 하자 미선은 "저 녀석이 돌아와야 할 곳은 이런 집이 아니야" 하고 무표정하게 대꾸했다. 그러고는 지민에게 들어오라고 눈짓했다.

*

주택은 두 동을 하나로 이어 한채로 만든 목조 건물이었다. 주택 앞에 펼쳐진 마당은 수영장에 있는 아동용 풀 하나는 너끈히 들어갈 정도로 넓었다. 마당 한편에는 공들여 키운 듯한 녹색의 화초가 가득 차 있었다. 농사가 이루어지지 않는 누렇고 황폐한 농지만 보다가 쭉쭉 뻗은 짙푸른 화초들을 보니 눈이 부실 지경이었다. 지민이 무심코 말했다.

"아름답네요."

"좋은 퇴비를 먹여 키운 화초들이야. 당연히 잘 자라야겠지."

고미선은 좀 전에 화를 낸 사실도 잊고 대답했다. 그녀는 젊은 시절 비료공장에 다닌 경험이 있어서 거름을 잘 안다고 말하며, 쓴 얼굴로 덧붙였다. 소각장이 없을 때는 농작물을 키워 팔던 재미도 쏠쏠했다고 말이다.

화단 옆에는 나이 든 여자 넷이 선베드에 누워 볕을 받고 있었다. 칠팔십대로 보이는 그들은 팬티만 입었거나 팬티조차 걸치지 않은 나체였다. 그들의 육체는 무심하고 방만하게 풀어져 있었다. 지민은 그들의 몸이 야하다거나 부끄럽다는 생각을 좀처럼 할 수 없었다. 노인들은 갑작스러운 지민의 등장에도 눈길조차 주지 않았다. 그저 태평하고 나른한 눈으로 공기 중에 떠다니는 분진을 바라보다가 차례로 돌아오는 위스키병을 받아 목을 축였다. 한 사람이 병째로 술을 들이켜면, 그 옆 사람이 술병을 받아 마시고, 그럼 또 그 옆 사람이 병을 넘겨받는 식이었다. 백발이 그새 또 술이냐, 그건 어디서 난 거냐고 추궁하자, 그들은 고개를 살래살래 저으며 눈을 감았다. 백발이 한숨을 내쉬었다.

그들의 반대편에는 옷은 걸쳤으나 네발로 기어다니는 할머니가 있었다. 작고 앙증맞게 생긴 노인은 담에 몸을 붙이고 "야옹아, 야옹아, 예뻐해줄게, 어서 나와, 야옹아" 하고 속삭였다. 고미선이 날카로운 목소리로 화를 삭이듯 말했다.

"자네 어머니가 불러온 여파야. 고양이가 없다는 사실을 받아들이질 못해."

지민은 아무 말도 하지 못하고 고개를 돌렸다. 마당 한 편에는 대용량 쓰레기봉투가 나와 있었다. 크고 묵은 쓰레기들이 봉투 안에 담겨 있는 게 언뜻 보였다. 그들은 마당을 가로질러 집 안으로 들어갔다.

집은 방에서 방으로 이어지는 폐쇄적인 구조였다. 백발은 대기실로 들이며 "자, 실컷 봐. 자네 어머니가 있는지 없는지" 하고 빈정거리듯 말한 후 잠시 자리를 비웠다. 지민은 책장과 소파, 테이블뿐인 깔끔하고 단출한 대기실을 훑어보았다. 서가에는 여러 사람이 중고서점에서 마구잡이로 산 듯한 책들이 꽂혀 있었다. 한 사람의 취향만으로 이루어진 서가는 아니었다. 지민은 책을 둘러보다 성경이 버전별로 꽂힌 책장 앞에 섰다. 몇권을 꺼내 살펴보았다. 그러다 제일 아래 칸에 꽂힌 먼지 쌓인 팸플릿들을 발견했다.

그것은 가로로 눕혀 욱여넣은 종이뭉치로, 팸플릿이라는 사실 외에는 그 내용물이 무엇인지 전혀 알 수 없었다. 지민은 손가락에 힘을 줘 그것을 한장 뽑았다. 코팅된 종이는 너무 빽빽이 꽂혀 있어서 거의 찢어진 상태로 뽑혔다. 지민은 찢어진 부분을 맞추어 판촉물을 들여다보았다. 그것은 알칼리 이온 정수기에 대한 퍽 오래된 듯 보이는 광고지였다. '당신을 살리는 물, 당신을 죽여 없애는 물'로 시작되는 팸플릿에는 이 정수기 물을 마시면 몸에 좋을뿐더러 가진 병마저도 치유될 것 같은 과장된 문구가 적혀 있었다. 책장 더 아래쪽에 꽂힌 판촉물을 다시 뽑았지만 그 역시도 같은 광고지였다. 왜 이렇게 같은 팸플릿이 많은 거지? 그때 누군가가 대기실에 다가오는 소리가 들렸다.

지민은 들고 있던 판촉물을 주머니에 욱여넣었다. 그러나 팸플릿을 뽑을 때 딸려 나온 아래 장이 책장 밖으로 비죽 튀어나와 있었다. 그 역시 정수기 광고지였다. 지민은 그것을 다시 책장에 맞춰 넣으려 했다. 하지만 한번 나온 종이는 구겨지기만 할 뿐 도저히 제자리로 돌아가지 않았다. 지민이 튀어나온 팸플릿을 뽑았다. 그 아래 꽂혀 있던 종이가 또다시 딸려 나왔다. 대기실 문이 열렸다. 지민이 종이를 든 손을 등 뒤에 감추며 팸플릿이 튀어나와 있는 책장 앞에 섰다. 돌아온 고미선이 어색하게 서 있는 지민을 바라보며 말했다.

"엄마와 하는 짓이 똑같군."

엄마와 다르게 살려고 평생을 노력해왔는데 그런 평가를 받으면 막살고 싶어진다. 지민이 미선을 노려보자 미선은 지민의 손에 들린 팸플릿을 빼앗으며 다음 장소로 이동하라고 명령했다.

“자 뒤져보게. 부엌이야.”

부엌에서는 교회에서 봤던 여자 몇이 냉장고를 정리하고 있었다. 그들 중 몇은 냉장고에 있던 반찬통을 꺼내 밑반찬들을 양푼에 전부 넣고 밥과 함께 비비는 중이었다. 상한 반찬이 양푼에 들어가려다 저지당했다. “냄새는 맡아보고 넣어야 할 거 아냐” 하고 신경질을 내는 사람이 있는가 하면, “남은 반찬을 다 넣으라며, 이걸 누가 먹어. 밥맛 떨어지게” 하고 반찬을 분류해 개수대에 쏟는 사람도 있었다. 비빔밥인데 순 짠지밖에 없다며 인간적으로 계란프라이라도 넣자고 말하는 누군가에게, 있는 계란도 간신히 먹어치웠는데 무슨 계란프라이냐며 면박이 날아왔다. 지민은 그들을 뚫고 들어가 찬장을 열거나 식탁 밑을 살폈다. 여자들은 지민을 힐끗대긴 했지만 제지하지는 않았다.

부엌을 통과하자 세탁기와 건조대가 있는 빨래방이 나왔다. 그곳에서는 여자 한명이 젖은 빨래를 꺼내며 해도 해도 끝이 없다, 바깥에 빨래를 널어도 깨끗하게 마르질 않는다며 투덜거리고 있었다. 고미선은 그 말을 무시한 채 또 “뒤지게” 하고 말했다. 지민도 지지 않고 세탁기 뒤편에 있는 창고에 들어가 그들이 사용하는 세제까지 살폈다. 그곳을 나오자 TV와 소파가 있는 공용 공간이 나왔다. 그곳에는 익숙한 얼굴이 아주 많았다.

공용 공간에서는 수영장 터줏대감들이 수영 방송을 틀어놓고 열띤 토론 중이었다. 다른 방과는 사뭇 다른 분위기였다. 바다수영 대회에 나가면 순위권 안에 들 수 있느니 없느니, 바다에서는 파도와 물살 때문에 영법 자체가 달라져야 한다는 말들이 열광적으로 오갔다. 거실로 들어선 사람 하나가 그들을 향해 "꼴통들" 하고 중얼거렸다. 그 말에 반응하듯 누군가가 수영 자세를 취해 보였다. 지민은 그들이 대화하든 말든 공용 공간을 수색하고 돌아다녔다. 백발은 팔짱을 낀 채 그런 지민을 지켜보았다. 그래도 사람들은 대화를 멈추지 않았다. 지민이 TV 앞을 지나가 화면을 가릴 때나 잠깐 말을 멈추는 정도였다. 벽에는 바다수영 대회 일정이라든가 유명 수영선수가 찍힌 포스터가 붙어 있었다.

대체로 집 안에 있는 모두가 지민의 방문에 별다른 관심을 기울이지 않았다. 대기실에서 봤던 성경책을 제외하고는 종교적 색채도 느낄 수 없었다. 벽에는 그 흔한 십자가조차 없었다. 뭐랄까, 그곳은 제멋대로 사는 나이 든 여성들의 쉼터 그 이상도 이하도 아닌 듯 보였다. 하지만 지민은 집 안을 둘러보는 내내 어떤 위화감에 시달렸다. 자신이 무언가를 놓치고 있다는 느낌, 무언가가 잘못되어간다는 느낌을 떨쳐내기 힘들었다.

백발과 지민은 공용 공간을 벗어나 회의실로 갔다. 회의실은 말이 회의실이지 큰 원탁만 하나 있는 휑뎅그렁한 방이었다. 원탁 옆에는 큰 액자가 뒤집힌 채 바닥에 놓여 있었다. 원탁 위에는 탁상 달력이 있었다. 지민이 달력을 집어 들자 백발이 자연스럽게 그것을 빼앗아 책상에 엎으며 말했다.

"이건 자네 어머니가 아니야."

그러고는 그곳에서 주로 공동생활에 필요한 상의가 이루어진다고 말하며 "여긴 볼 게 없나? 저 너머가 끝 방이야. 침실인데 보겠어?" 하고 도발하듯 물었다. 지민이 고개를 끄덕였다. 미선이 한숨을 쉬며 주택 가장 안쪽에 있는 공용 침실로 지민을 데려갔다.

그곳은 방 두개를 터서 만든 듯한 큰방이었다. 이불장이 있고 암막 커튼을 친 굉장히 단출한 공용 침실이었다. 많은 사람이 함께 살려면 가구나 가전을 최소화해야겠지만 그곳은 지나치게 삭막하다는 느낌이 들었다. 지민은 낙심하며 방을 천천히 둘러보았다. 집 안에서 보라의 흔적을 찾을 수 없을뿐더러 그곳은 보라와 어울리는 공간이 아니었다. 보라는 그런 공동생활을 견딜 수 있는 사람이 아니다. 그녀가 일주일도 버티지 못했다는 고미선의 말은 퍽 설득력 있었다. 그런데 왜 보라는 여기로 돌아오려고 하는 걸까. 어째서 고양이를 인질로 잡은 걸까. 지민은 침실을 훑어보다 닫혀 있는 이불장으로 다가갔다. 이불장을 열어젖혔다. 미선은 그런 지민은 못 본 척했다. 지민은 장을 닫으며 물었다.

"몇분이 여기 머무시는 거예요?"

"이제 호구 조사까지 하나?"

"제가 본 인원만 해도 스무명이 넘는데 어떻게 생활이 가능한 거죠?"

"무슨 말이지?"

"금전적으로요."

"우리는 수영장에서 일해. 복지관 건물 청소도 하고 관리도 해. 월급은 적지만 수영장에서 일하면 공짜 수영을 할 수 있거든."

"……"

"이제 다 봤나? 허락받은 쥐처럼 집 안을 샅샅이 살피니까 기분이 좋나?"

"예, 좋네요. 더 보고 싶을 정도로요."

"더는 안 돼. 이제 약속해. 자네 엄마가 나타나면 여기

한발자국도 들이지 못하게 하는 걸로."

지민은 미선을 바라보았다. 아직 하지 않은 질문들이 있었다. 밤에 복지회관을 찾는 이유는 뭔가요? 아주머니들과 조우경의 관계는 어떻게 되죠? 지민은 그 질문을 하려 했다.

그때 비명이 울렸다. 백발과 지민은 공용 공간으로 달려나갔다. 그곳에서 고양이를 찾던 노인이 난동을 부리고 있었다. 너희가 내 야옹이를 숨기고 돌려주지 않는다고 말이다. 노인은 격노해서 야옹이가 있는 곳을 알려주지 않으면 TV를 부숴버리겠다고 외쳤다. 손에는 빨래방에서 본 것 같은 몽둥이가 들려 있었다. 여자들이 노인에게 매달렸다. 그때 여자 중 하나가 고미선에게 다가와 무언가를 속삭였다. 미선이 잠시 곤란한 표정을 짓다가 여자에게 지민을 맡긴 후 공용 공간을 빠져나갔다. 노인의 난동에 가세하는 다른 할머니들도 있었다. 술에 취해 그곳에 들어온 나체의 할머니가 덩실덩실 춤을 추었다. 지민은 그들을 바라보다 슬그머니 뒷걸음질했다. 뒤늦게 지민을 발견한 여자가 저지하려 다가왔지만 지민이 더 빨랐다.

지민은 회의실로 들어가 문을 잠갔다. 그리고 엎어져

있는 탁상 달력을 집어 들었다. 달력에는 수영장 관리 일정이 적혀 있었다. 지민은 황급히 달력을 넘겨 야간 수영이 이루어졌던 날짜를 찾았다. 그곳에는 어떤 메모도 없이 빨간 동그라미만 무심하게 쳐 있었다. 지민은 급히 달력을 앞뒤로 넘겼다. 빨간 동그라미만 있는 날들을 찾았다. 이주일 주기로 동그라미가 있었다. 잠긴 문 너머에서 누군가가 문을 두드렸다. 지민은 바닥에 놓여 있는 뒤집힌 액자를 젖혔다. 액자 안에는 농가 앞에서 찍은 여자들의 단체사진이 들어 있었다. 서른명 남짓한 젊은 여자들이 카메라를 보며 웃고 있었다. 94년도 사진이었다. 낯선 얼굴도 있었지만 대부분이 공동 숙소에서 만난 얼굴들이었다. 지민은 사진 속에서 지금과 똑같은 단발을 한, 머리가 세기 전의 고미선을 바라보았다. 미선은 화창하게 웃고 있었다. 이런 표정도 지을 줄 아는 사람이었나. 어쨌거나 보고 싶었던 것은 전부 확인했다. 지민이 공용 공간으로 돌아가려 할 때였다.

침실로 이어지는 열린 문틈으로 움직이는 사람이 보였다. 지민은 발소리를 죽인 채 문가로 다가갔다. 침실에 여자가 있었다. 지민이 있는 위치에서는 여자의 뒷모습만 보였다. 여자는 소리 없이 암막 커튼으로 다가서고 있었다. 잠가둔 회의실 문이 격하게 흔들렸다. "열쇠를 가져와!" 하고 외치는 소리가 들렸다. 지민은 소리를 뒤로하고 침실로 뛰어들었다. 몸을 돌리고 있던 여자가 암막 커튼을 젖혔다. 지민은 빛이 쏟아질 거라는 생각에 움찔 뒤로 물러났지만 커튼 뒤에는 창문이 없었다. 그곳에 문이 있었다. 두 동을 하나로 이어붙인 집에는 입구와 출구가 따로 있다. 지민이 집 안을 탐색하는 사이 보라가 얼마든지 집 밖으로 뛰쳐나가는 게 가능한 구조였다. 몸을 돌린 여자가 출구를 열고 있었다. 지민이 팔을 뻗어 여자가 입고 있는 티셔츠의 목둘레를 움켜잡았다. 여자가 고개를 휘저으며 지민을 뿌리치려 했다. 그때 여자의 옆얼굴이 보였다. 선풍기 때문에 운 여자였다. 지민의 등 뒤에서는 급하게 문이 열리는 소리가 들렸다. 지민은 여자의 옷깃을 꼭 움켜잡은 채 외쳤다.

"어떻게 된 거예요!"

"놔!"

"조우경이 엄마를 데려가는 걸 봤다면서요!"

선풍기의 얼굴이 퍼렇게 질렸다. 그녀의 시선은 지민의 등 뒤를 향했다. 숙소에 있던 여자들이 전부 침실로 몰려들었다. 그때 누군가가 "엄마!" 하고 외쳤다. 지민이 몸을 돌려 뒤를 바라보았다. 보라의 반지를 낀 여자가 선풍기를 바라보며 "엄마! 어디 있었어!" 하고 외쳤다. 엄마? 지민이 선풍기를 바라보았다. 선풍기는 모여든 여자들을 향해 다급히 고개를 저었다. 뒤쪽에 선 고미선이 가라앉은 눈으로 말했다.

"조우경이 염보라를 데려가는 걸 봤어?"

"아니요!"

"봤다면 어떻게 봤는지 말을 해줘야지. 자네 때문에 우리가 다 같이 피해를 보고 있는데. 우리 몰래 속닥거리고 다니는 걸 보니 자네는 염보라가 어디 있는지도 알고 있는 것 같은데."

선풍기가 고개를 저었다.

"몰라요. 저는 그런 말을 한 적이 없어요!"

지민이 선풍기를 바라보았다. 선풍기는 입술을 벌벌 떨며 정신없이 고개를 젓고 있었다. 그제야 뭔가가 잘못되었다는 사실을 알았다. 지민이 잡고 있던 선풍기의 옷깃을 놓았다. 몸을 돌려 등 뒤의 여자들을 바라보았다. 여자들은 지민과 선풍기를 둘러싸며 다가오고 있었다. 방 너머에서는 "야옹이를 내놔!" 하는 비명과 함께 TV가 부서지는 소리가 났다. 지민은 자신을 둘러싼 크고 검게 확대된 눈동자들을 바라보며 자신이 느꼈던 위화감이 무엇인지 문득 깨달았다. 가족과 함께 살 수 없다는 이유로 이토록 인적 없는 마을에서 젊은 여성들이 삼십년을 함께 사는 게 가능한 일일까. 게다가 하나 더, 늙은 개는 그렇게 애지중지하면서 고양이는 어째서 입양 보내려고 했던 걸까.

그날 저녁, 지민은 뜻밖의 전화를 받았다. 보라였다. 그녀는 지민에게 살려달라고 외쳤다.

*

허인회는 소파에 비스듬히 기대 얼음물을 한잔 가득 들이켰다. 각얼음을 통째 씹어 삼켜도 자꾸 열이 올랐다. 그게 수영장에서 쫓겨난 울화 때문인지, 꺼지지 않는 열병의 증거인지 가늠이 잘 되지 않았다. 허인회는 얼음을 와자작 씹으며 TV로 시선을 돌렸다. 새로 시작한 아침 드라마는 흐름을 놓쳐서 보기 힘들고, 드라마 대신 빠진 건 WWE였다. 보기 시작한 지 며칠 되지 않았지만 홀로 밥을 먹거나, 일하다 짬이 날 때, 잠들 수 없는 밤이면 허인회는 레슬링을 봤다. 쫀쫀한 근육을 가진 덩치 큰 사람들이 서로를 도발하고 패대기치는 걸 보고 있으면 뭐랄까. 온몸을 돌며 후끈후끈 치밀어오르는 화기를 잠시 잊을 수 있었다.

TV에서는 장발의 레슬러가 형광팬티를 입은 레슬러를

링에 걸어두고 주먹으로 머리를 내리치고 있었다. 형광팬티가 살려달라고 비명을 질렀다. 영어를 알아듣지 못했지만 레슬링의 언어는 널 죽이겠다거나, 이러다 내가 죽겠다는 유의 내용뿐이라서 몸짓만 봐도 그 의미를 짐작할 수 있었다. 허인회는 달아오른 얼굴로 죽여, 죽여, 하고 중얼거리며 상체를 앞으로 기울였다. 화면 속 장발이 허인회의 말에 반응하듯 형광팬티를 바닥에 던지고 링 꼭대기에 올라섰다. 그리고 누워 있는 형광팬티 위로 고함을 지르며 날아들었다. 형광팬티가 세상에 없을 비명을 내질렀다. 허인회는 이글대는 눈으로 화면을 응시하다 볼을 타고 흐른 눈물을 훔쳤다. 형광팬티를 죽이라고 말하던 사람답지 않게 널브러져 있는 그를 바라보며 인회는 생각하는 것이다. 형광팬티도 가정이 있나. 아비와 어미가 있나. 사랑은 해봤나. 저렇게 죽어라 얻어맞고 집에 가면 무엇을 하나. 울까. 싸움의 후유증은 얼마나 가나. 형광팬티는 언제까지 저렇게 싸울 수 있을까. 온갖 생각을 다 하다가 저 빌어먹을 놈들은 왜 저렇게 죽자고 싸우는 걸까, 중얼거리며 흠씬 울었다. 허인회는 자신이 미친 사람 같았다. 사실은 누구도 때리고 싶지 않다. 얻어맞는 건 더 싫다. 치고받는 걸 보고 싶지도 않았다. 그러나 어디로 가고 싶은지는 모르겠다. 삶이 너무 배고프다. 공중에서 튼실한 무률이 끊임없이 날아드는데 허인회는 배를 까고 누워 무방비하게 허공을 바라보는 느낌이었다. 그런 형태로 노화를 맞이하고 있었다. 쥐어터지는 것 외에는 시간에 대해 달리 할 수 있는 일이 없다.

그때 오진홍이 서재 문을 벌컥 열고 나왔다. 한껏 상기된 얼굴이었다. 그가 허인회의 양 볼을 잡고 흔들며 "됐어, 이제 됐어! 내가 약점을 제대로 잡았지!" 하고 누구에게 하는 건지 모를 말을 내뱉었다. 내내 전화기만 붙들고 있더니 진행 중이던 일이 잘 성사된 듯했다. 그렇다고 이러는 건 너무 꼴사나운 것 아닌가. 허인회는 그의 손을 밀치며 TV만 응시했다. 그녀는 그들 사이의 평화가 끝나고 있다는 사실을 직감했다. 근래 오진홍이 밥을 차려달라거나 잠자리를 요구하는 일이 잦아졌다. 결혼사진을 찍기로 했으니 자신은 할 도리를 다하지 않았느냐, 그러므로 너도 내 요구를 들어주어야 한다는 식이었다. 허인회가 그에 응하지 않자 오진홍은 앙심을 품은 듯 보였다. 그러나 무엇보다도 그들의 관계를 하강 곡선으로 끌어당기는 것은 오진홍의 작은 성취들이다. 늘 그랬다. 그래서 허인회는 오진홍의 성공을 경계하고 두려워하는 버릇이 생겼다. 그건 좀 슬픈 일이었다.

오진홍은 흥분한 걸음으로 허인회가 반쯤 누워 있는

소파 주변을 서성였다. 그리고 그녀 옆에 털썩 주저앉아 레슬러들과 허인회를 번갈아 보며 말했다.

"저기 나가도 손색이 없겠어."

허인회가 반응하지 않자 오진홍이 손을 뻗어 불룩 튀어나온 허인회의 배를 쓰다듬었다. 허인회가 그의 손을 쳐내자 오진홍이 그녀의 뱃살을 움켜잡았다. 허인회가 TV를 응시하며 말했다.

"꺼져."

"이래서야 오늘 사진이나 찍을 수 있겠어?"

"왜 못 찍어."

"네 몰골을 봐라."

허인회는 팔꿈치를 세워 자신의 뱃살을 움켜쥐고 있는 오진홍의 가슴을 밀쳤다. 작고 왜소한 오진홍이 맥없이 밀쳐졌다. 그의 얼굴이 벌겋게 달아올랐다. 그는 자존심이 상한 듯 보자 보자 하니까, 하고 말하며 허인회에게 달려들었다. 그들은 서로를 얼싸안고 거실을 굴러다니며 몸싸움을 했다. TV 화면 안에서도 레슬러들이 굴러다니고 있었다. 오진홍의 더운 입김이 허인회의 얼굴에 닿았다. 허인회가 눈을 감고 마구 고갯짓을 했다. 그사이 오진홍이 허인회의 멱살을 붙들고 그녀의 배 위에 올라탔다. 그가 허인회의 양팔을 내리누르며 말했다.

"어떻게 하나 지켜봤어. 그런데 너, 뻔뻔하게 결혼사진을 찍을 자격이 있냐?"

"왜 없어. 식도 못 올리고 평생을 헌신하며 종년처럼 살았는데 그깟 사진을 왜 못 찍어."

"몰라서 물어?"

"모르는 건 너지, 나겠냐. 비켜."

"복수라도 하겠다는 거야?"

"비켜! 무슨 말을 하는 거야!"

"수영장 젊은 놈한테 껄떡이고 다녔다며! 날 망신 줄 셈이야?"

"……"

"미쳤구나, 아주."

"그런 거 아냐. 떡값을 걷어서 준 것뿐이야."

그렇다. 떡값을 걷어 전달한 게 다였다. 그렇게나 아무것도 아니었다. 허인회는 자신이 내뱉은 말에 상처받았다. 오진홍은 울분에 찬 눈으로 허인회를 쏘아보며 말했다.

"네가 나를 얼마나 우습게 봤으면 그런 짓을 하고 다녀."

"그런 거 아니라고!"

"너 그거 사랑 아냐. 미치광이 널뛰기지."

허인회는 오진홍으로부터 벗어나기 위해 몸부림을 쳤다. 오진홍은 언제부터 그 사실을 안 걸까. 그리고 하필 왜 이때 터뜨리는 걸까. 오진홍은 승마 자세를 하고 허인회의 배 위에서 꼿꼿하게 버텼다. 발버둥 치던 허인회가 지쳐 몸에 힘을 풀자 그는 승리에 젖은 눈으로 그녀를 내려다보았다. 허인회가 한쪽 팔을 접어 자신의 눈을 가리며 말했다.

"그게 왜 사랑이 아니야."

"넌 그걸 사랑이라고 생각하냐?"

허인회는 눈을 가리고 있던 팔을 치웠다. 얼굴이 새빨갛게 타고 있었다. 인회는 떨리는 목소리로 말했다.

"왜 사랑이 아니야. 그 사람만 보면 심장이 뛰고 숨이 쉬어지지 않는데. 내 눈에 그 사람밖에 안 보이는데 어째서 이게 사랑이 아니야!"

오진홍은 당황한 듯 허인회를 내려다보았다. 허인회가 그에게 압박당한 상체를 들썩이며 말했다.

"사랑이 뭐야? 그래, 네가 말해봐. 너는 염보라랑 사랑을 해봤으니까 그게 뭔지 알 거 아니야. 사랑이 대체 뭐냐!"

"……쓸데없는 소리."

"말해보라고. 왜 염보라한테 가지 않았어. 사랑한다며! 염보라를 미치게 사랑한다고 했잖아. 그 사람 없이는 살 수 없다고 했잖아."

"이게 미쳤나…… 시끄러워!"

"염보라는 당신을 기다리다 병이 들었다고 했어. 나랑 너 때문에 병이 들었다고! 내가 당신을 놔줬다면 자기는 아프지 않았을 거래. 그런데 아니잖아. 너는 내가 잡아서 안 간 게 아니잖아. 그저 가지 않은 것뿐이야. 왜 그랬어!"

"내가 날 배신했던 여자한테 가야 해? 날 버리고 다른 남자랑 결혼해서 애까지 낳은 여자한테 가야 하냐고. 병간호를 받을 마음이 있었으면 애초에 그러지 말았어야지!"

허인회는 고개를 돌려 창밖을 바라보았다. 그러니까 오진홍은 지난 십년 동안 절절하게 사랑했다고 하면서 삼십 년 전에 느낀 배신감을 포기하지 못한다. 그것을 몸에 칭칭 두르고 자신을 방어하기 위한 수단으로 쓴다. 거기 어디에 사랑이 있나. 허인회가 허탈감에 휩싸여 말했다.

"웃기지 마. 널 배신하지 않았어도 너는 염보라를 버렸을 거야. 병이 난 걸 안 순간부터 내뺄 생각밖에 없었겠지. 넌 그래. 늘 그래왔고."

오진홍이 주먹을 쥐고 바닥을 쳤다. 눈물이 차오른 얼굴로 연신 바닥을 치며 말했다.

"그게 내 잘못이야? 병에 걸리지 말았어야지! 아프지 말았어야지! 사람이 죽는 걸 어떻게 봐. 말라빠져서 죽어가는 걸 어떻게 보냐고!"

"왜 못 봐. 아픈 사람도 있는데 고작 보는 것도 못해? 그리고 누가 네 마음대로 죽는대. 염보라가 살 거라고 했어. 살아서 너랑 나한테 복수할 거라고 했어."

"죽는다고. 죽을 거라고! 나한테 그걸 보라고 하지 마. 이 잔인한 것들아."

"왜 네가 그걸 못 봐! 이 벌레 같은 새끼! 벌레만도 못한 새끼!"

오진홍이 허인회의 아래턱을 갈겼다. 허인회는 정신이 아찔해오는 것을 느꼈다. 부부 사이는 좋지 않았지만 얻어맞기는 처음이었다. 오진홍은 그녀의 어깨를 잡아 흔들며 말했다.

"너는 내가 불쌍하지도 않냐. 내 마음이 이렇게 아픈 건 보이지도 않아!"

아래턱을 맞아 뇌가 흔들리는 것 같았다. 정신이 혼미한 상태로 허인회는 눈물과 콧물을 흘리며 흐느끼는 오진홍을 바라보았다.

기억이 까마득할 정도로 아주 예전의 일이다. 허인회는 남편 서재가 너무 삭막하다고 생각해서 그의 책상에 화초를 가져다놓은 일이 있었다. 생명력이 강해서 한달에 두 번만 물을 줘도 살 수 있는 허브라고 꽃집 주인이 권한 물건이었다. 잎이 무성한 화초는 세상에 나온 지 얼마 되지 않은 연한 녹빛으로 아주 예뻤다. 오진홍도 그렇게 느꼈는지 책상에 화분을 놓는 허인회를 저지하지 않고 허브를 물끄러미 바라보았다. 그러나 오진홍은 좀처럼 화분에 물을 줄 생각을 하지 않았다. 식물을 관리하는 건 허인회의 일이었다.

가을이 되고 정신없이 바빠진 허인회가 화분에 물을 주지 못하자 오진홍은 그녀에게 왜 화분을 방치하느냐고 신경질을 냈다. 화초를 가져다놓고 사람을 성가시게 한다고 말이다. 허인회는 당신이 물을 주면 되지, 하고 대수롭지 않게 말했다. 오진홍은 그 문제로 몇번 더 짜증을 냈다. 바쁜 철이 지나고 허인회가 서재에 갔을 때 허브는 말라 죽어 있었다. 책상 귀퉁이로 옮겨진 화분은 떨어질 듯 위태로웠다. 허인회가 서재에 있던 오진홍에게 물을 단 한번도 주지 않은 거냐고 묻자, 오진홍은 너 때문에 화초가 죽었다고 성을 냈다.

그는 그런 사람이었다. 허브가 죽을까봐 전전긍긍하면서도 물을 주거나 죽은 화초를 치울 생각은 하지 않는다. 오히려 그것이 두려워 시야 밖으로 밀어내고 허브의 생명이 얼른 끝나버리길 기다린다. 화초는 그렇게 떨어지기 직전인 상태로 책상 위에서 죽어 있었다. 그때 생각이 났다.

오진홍이 허인회 배 위에 앉아 있던 자세 그대로 그녀 위에 엎드렸다. 그녀를 끌어안았다. 그리고 울며 말했다.

"정신 차려. 어린놈이 뭣 때문에 널 좋아할 거라고 생각해? 그 나이에 제비에 물리기라도 하겠다는 거야?"

"아니."

"그럼 뭐야?"

"모르겠어. 뭘 하고 싶은지 모르겠어."

"이혼은 안 돼."

허인회는 허공을 바라보았다. 정신을 혼미하게 하는 정오의 햇살이 거실 통창을 통해 쏟아지고 있었다. 오진홍이 허인회를 끌어안고 훌쩍였다. 울음소리가 잦아들었다. 그들은 잠시 그렇게 있었다. 서로의 숨소리를 들으며 옆얼굴을 맞댄 채로. 모든 생명이 말라 죽을 것 같은 긴 시간이었다. 오진홍이 어색한 목소리로 말했다.

"사랑 타령 그만하고 결혼사진이나 찍으러 가자."

사랑 타령은 그만해야 하는데 결혼사진은 된다니 이상한 말이었다. 게다가 그들은 사랑 근처에도 가본 일이 없다. 그러므로 더 사랑 타령을 해도 됐다. 그러나 처음이자 마지막일 대화는 그렇게 끝이 났다. 허인회는 고개를 끄덕였다. 오진홍이 몸을 일으켰다.

"나갈 준비해. 옷 입고 나올 테니까."

오진홍이 방으로 들어갔다. 허인회는 자리에서 일어나 창가로 다가갔다. 쏟아져 들어오는 빛에 눈을 깜빡이다 9층 창밖 아래로 시선을 돌렸다. 초인종이 울렸다.

*

인터폰으로 다가간 허인회는 화면에 뜬 엄지민의 얼굴을 물끄러미 바라보았다. 지난번에는 도망치기 바빠서 제대로 보지도 못한 얼굴이었다. 아이는 과거의 풍파를 뚫고 싱그럽고 아름답게 자랐다. 아이가 무사하지 못했다면 인회는 지금처럼 살 수 없었을 것이다. 그녀는 인터폰 화면에 잠시 손을 얹었다 시선을 떨궜다. 누구냐고 물으며 방에서 나오던 오진홍은 인터폰을 보고 "열어주지 마" 하고 다급하게 말했다. 그러나 열림 버튼은 눌린 뒤였다. 오진홍이 "들어오지 못하게 해" 하고 말했다. 하지만 그의 몸은 현관문을 막는 대신 허인회 뒤편에 있는 소파로 달아나고 있었다. 문이 열렸다. 엄지민은 검은 캡모자와 바람막이 차림으로 현관에 들어섰다. 날씨에 어울리는 복장은 아니었다. 그녀는 피로한 듯 우묵한 눈으로 집 안을 한 차례 바라보았다. 그리고 자신을 가로막고 선 허인회를 지나쳐 오진홍 앞으로 갔다.

"아저씨가 전화를 안 받으셔서 어쩔 수 없이 왔어요."

오진홍이 손바닥을 펴서 엄지민을 저지하며 말했다.

"난 할 말이 없어."

"도움이 필요해요. 엄마 목숨이 걸렸어요."

오진홍은 눈을 내리깐 채 허인회가 소파 팔걸이에 놓아둔 얼음 컵을 바라보았다. 허인회는 알고 있었다. 할 말이 없다고 한 것도 오진홍으로서는 어려운 일이었을 것이다. 그는 원하는 게 있으면 미친 듯이 매달리지만 싫다는 말을 해야 할 때는 야비한 콩벌레처럼 웅크린다. 오진홍은 엄지민이 제 풀에 꺾여 떠나길 기다리고 있었다. 참다못한 허인회가 나섰다.

"무슨 일인지 모르겠지만 저 사람이 사람 목숨을 어떻게 할 수 있겠어. 돌아가줘. 우리는 좀 이따 결혼사진을 찍으러 가야 해."

엄지민은 허인회의 말을 들은 건지 못 들은 건지 그녀를 외면하고 서서 말이 없었다. 그러나 화가 난 듯 보였다. 허인회가 다시 말했다.

"어른들이 너한테 못할 짓을 했어. 그런데 이런 식으로 집에 찾아오는 건 아냐. 그만 나가줘."

"못 가요. 엄마 목숨이 걸렸어요. 엄마는 아저씨한테

자기를 살릴 수 있는 중요한 물건이 있다고 했어요. 그걸 받아와야 한대요. 이렇게 말하면 아저씨가 알 거라고 했어요."

오진홍이 고개를 저으며 말했다.

"난 전혀 모르는 일이야. 너희 엄마랑 헤어진 게 언제인데 왜 여기 와서 그런 걸 찾는지 모르겠다. 무슨 말을 하는지 모르겠어."

엄지민은 고개를 숙였다. 숙인 채 조용히 말했다.

"엄마는 그게 뭔지도 모르고 아저씨한테 달라고 한 거지만요. 저는 그게 뭔지 대충은 알 것 같아요. 아저씨, 그 자료를 저한테 주세요. 두분이 결혼사진도 찍고……"

잠시 말을 멈췄던 엄지민이 다시 입을 열었다.

"결혼사진도 찍고 평화롭게 지내시는 게 목적이라면 그 파일은 아저씨한테 필요하지 않잖아요. 저도 그걸 받으면 다시 여기 올 일은 없어요. 돈이 필요하시다면 지금 당장은 없지만 차용증을 쓸게요. 그리고 최대한 빨리 갚아나갈게요. 그럼 되잖아요. 제가 떠나면 우리는 이제 평생 모르는 사람들처럼 살면 돼요. 우연히 만난다 하더라도 제가 두분을 알은척하는 일은 다시 없을 거예요."

"무슨 말을 하는지 전혀 모르겠어."

"사람 목숨이 달린 일이잖아요!"

오진홍이 핸드폰을 꺼냈다.

“가택 침입으로 경찰에 신고할 거야.”

“하세요.”

오진홍이 전화기 버튼 두개를 눌렀다.

“아저씨가 신고하시면 저는 제가 여기 왜 왔는지 경찰에 전부 털어놓을 거예요.”

“……”

“아니, 아저씨가 왜 실직하셨는지부터 이야기해야 하나요?”

오진홍은 버튼을 누르던 손가락을 멈췄다. 엄지민이 오진홍을 물끄러미 바라보며 말했다.

“이게 우리 모두한테 마지막 기회일 수도 있어요.”

오진홍은 고민에 빠진 눈으로 얼음 컵을 응시했다. 거기에서 얼음을 하나 꺼내 이마를 문지르며 엄지민을 훑어보았다. 오진홍의 눈동자에 잔인한 빛이 어렸다. 엄지민은 바람막이 아래 차고 온 과도를 떠올렸다. 만에 하나, 하는 마음에 들고 온 물건이었지만 안이했다. 더 치명적인 무기를 가지고 왔어야 했는지도 모른다. 손이 떨리고 있었다. 그때 그들 뒤에 서 있던 허인회가 말했다.

“줘. 목숨이 걸렸다잖아. 줄 수 있다면 주라고.”

엄지민은 입술을 물었다. 입술을 악문 채 오진홍에게

시선을 고정했다. 집에 들어온 이래 지민은 단 한번도 인회를 보지 않았다. 집 밖으로 나갈 때까지 그럴 생각이었다. 허인회와의 마지막 만남이 그렇게 흘러가고 있었다. 고민하던 오진홍은 한숨을 쉬며 몸을 늘어뜨렸다. 허인회가 다시 말했다.

"우리는 이제 괜찮아. 당신이 있고 내가 있어. 그거면 된 거 아니야? 그렇게 살려고 결혼사진도 찍고 그러는 거 아니냐고. 우리는 건강하니까 괜찮아. 그런데 저 아이 엄마는 목숨이 걸렸어. 뭔지 모르겠지만 줘버리라고."

오진홍은 경멸하듯 허인회를 바라보며 말했다.

"시끄러워. 당신하고 바꾸기에는 너무 값어치 있는 물건이야."

엄지민은 자신도 모르게 허인회를 돌아보았다. 인회가 오진홍의 말에 상처받았을까 걱정이 됐다. 그러나 인회의 얼굴을 확인하기도 전에 지민의 얼굴에 얼음 컵이 날아들었다. 지민이 코를 부여잡고 앞으로 몸을 숙였다. 컵이 깨지는 소리가 났다. 진홍이 달려들었다. 그가 지민의 팔을 꺾었다. 지민은 맥없이 앞으로 고꾸라졌다. 진홍이 인회를 바라보며 외쳤다.

"공구함을 가져와!"

당황한 인회는 그의 명령대로 움직였다. 신발장으로 가

공구함을 꺼내 들고 진홍에게 갔다. 지민은 제압당한 채 거친 숨을 내쉬고 있었다. 진홍이 턱짓을 하며 말했다.

"노끈을 꺼내. 그 안에 있어."

"얘를 묶어두고 결혼사진을 찍으러 가겠다는 거야?"

"그놈의 결혼 타령! 끈을 꺼내!"

"결혼 타령을 하려는 게 아니라 애 엄마가……"

"시끄러워!"

인회가 공구함을 열었다. 그녀는 망설이듯 그 안을 바라보았다. 진홍이 "끈을 꺼내라고!" 하고 다시 외쳤다. 인회의 얼굴이 퍼렇게 변한 채 혼란스럽다는 표정으로 망치를 꺼내 들었다. 진홍이 "이 멍청한 게" 하고 욕설을 퍼부으려 할 때였다. 인회가 망치로 진홍의 관자놀이를 갈겼다. 진홍이 인회를 바라보며 뒤로 넘어갔다. 인회가 몸을 부르르 떨며 다시 망치를 휘둘렀다. 진홍이 팔을 들어 망치를 막으려 했다. 인회가 다시 망치를 휘두르며 말했다.

"아프면, 사람이 아프면……"

오진홍이 고개를 저었다. 허인회가 헐떡이며 말했다.

"사랑한다며! 사랑하면 병간호를 해야지. 그렇게 버리면 안 되는 거잖아?"

오진홍이 비명을 지르려 했다. 허인회가 다시 망치를 휘둘렀다. 오진홍의 몸이 경련하다 떨림을 멈추고 늘어졌다. 허인회가 피가 튄 얼굴을 들어 엄지민을 바라보았다. 허인회는 빨갛게 부풀어올라 터질 것 같은 얼굴로 물었다.

"안 그래?"

엄지민은 숨을 삼켰다. 달아나고 싶었다. 지민은 그런 상황이 될 때마다 걸려 넘어지지 않고 자신을 지켜왔다고 어느 정도는 자부했다. 인회로부터 고개를 돌리려 했다. 뒷걸음질하려 했다. 그러나 눈이 마주치고 말았다. 인회가 슬픔과 두려움에 찬 얼굴로 지민을 응시하고 있었다. 지민은 눈을 깜빡였다. 눈을 감아도, 떠도, 불덩이같이 뜨거운 얼굴이 바로 앞에 있었다. 도망칠 수 없다. 이런 상황에 가당키나 한 생각이냐고 묻고 싶었지만 그랬다. 그 일이 일어나고 말았다. 그렇게 넘치지 않도록 애써왔는데, 넘실거리던 마음속 풀장이 넘쳤다. 허인회가 그 안으로 육중하게 뛰어든 탓이다. 풀장의 물이 뜨겁게 달아올라 폭포수처럼 흘러넘치고 있었다. 허인회가 제멋대로 유영하고 있었다. 안 돼, 안 돼. 지민은 쏟아지는 물길에 절망감을 느끼며 고개를 끄덕였다.

"그래요."

인회가 빨간 얼굴을 손으로 쥐어뜯으며 다시 물었다.

"사랑이 뭐라고 생각해?"

지민이 말없이 인회를 응시했다. 인회는 답을 찾듯 지

민의 눈동자를 바라보았다.

*

누군가가 나를 위해 죽어준다면 얼마나 좋을까. 죽여준다면 어떨까. 나는 바로 사랑에 빠지고 말 텐데. 야간 근무를 위해 낮잠을 자고 일어난 우경은 벌거벗은 채 전신거울 앞에 섰다. 중요한 날이었다. 그는 풍성한 머리털을 쓸어 넘기며 몸을 훑었다. 엄지와 검지로 뱃가죽을 잡았다가 얼굴을 이리저리 돌려 아슬아슬하게 버티고 있는 턱선을 바라보았다. 종일 물에 들어가 있어도 수영을 하는 건 그가 아니기 때문에 소비 칼로리가 높지 않았다. 그러나 물 밖에만 나오면 정신 줄을 놓고 먹기 일쑤였다. 복용하는 식욕억제제도 소용이 없었다. 약을 먹고 식욕을 조절한다는 사람들은 대체 누구인가. 우경은 기분이 급격하게 나빠지는 걸 느꼈다. 그러나 그는 그런 불안이 폭식으로 이어진다는 사실을 누구보다 잘 알고 있었다. 조우경은 손바닥으로 얼굴을 찰싹찰싹 때리며 거울 속의 눈동자를 노려보았다. 아직은 괜찮아, 폭식만 하지 않으면 돼. 그럼 되는 거야.

뜻한 바가 있었지만 넘어야 할 산이 많았다. 수영장을

붙들고 있는 늙은이들을 설득하기란 쉬운 일이 아니었다. 이년을 정신없이 달려왔다. 그러다보니 스트레스도 이만저만이 아니라서 숙소에 돌아오면, 음식을 입안에 퍼붓는 걸 멈출 수 없었다. 홀로 흥청망청 먹어대다 거기에 술이라도 곁들이는 날에는 다음 날 바로 턱선이 희미해졌다. 남들이 본다면 군살 없이 잘빠진 몸이라고 하겠지만 조우경은 그것이 서서히 내려앉는 형태로, 위태롭게 유지되고 있다는 사실을 알고 있었다. 삼십대에 들어서며 살은 이전처럼 쉽게 빠지지 않았다. 그가 가진 독하고 질긴 비만 유전자는 무수한 체중 감량과 요요를 거치면서 더 강해진 것만 같았다. 못생긴 게 냄새만 풍긴다니…… 그 말을 떠올리자 조우경은 다시금 화가 치미는 것을 느꼈다. 못생겼다는 말을 들은 건 정말 오래간만이었다. 조우경은 물끄러미 거울을 들여다보았다. 이만하면, 아니 확실히 예전만은 못하다. 그는 시골 바닥에서 썩어가고 있었다. 이대로 가다가는 두루뭉술한 턱선이 하루가 되고 이틀이 되다 결국 일상이 되는 날이 올 것이다. 노화는 그런 식으로 찾아오니까.

야간 출근까지 세시간 정도 남아 있었다. 조우경은 팬티 한장만 걸친 채 실내 사이클에 올랐다. 페달을 돌리기 시작했다. 운동할 때 숨소리가 너무 크다는 이웃의 항의가 들어와도 오늘은 멈추지 않을 생각이었다. 그런 치졸한 항의는 그의 외모를 지켜주지 않는다.

조우경은 사랑을 위해 이곳에 왔다. 그에게 흥미가 있는 여자들은 종종 물었다. 마지막 연애가 언제였어요? 그러면 그는 이년 전이라고 대답하곤 했다. 그사이 무수한 이성을 만났지만 조우경의 마음은 늘 그때 그 순간에 머물러 있었기 때문이다. 그럼 질문자는 의아하다는 듯 고개를 갸웃거렸다. 전 애인을 많이 사랑하셨나봐요. 옛 연인에 대한 험담을 늘어놓는 남자는 졸렬해 보인다. 그렇다고 절절함을 과시해서 여자를 도망가게 할 이유도 없다. 조우경은 아리송하게 대답했다. 그런가봐요. 그럼 상대는 조우경을 가늠하는 눈으로 물었다. 얼마나 사귀셨어요?

그런 어설프고 시끄러운 간 보기 질문에 조우경은 웃지 않을 수 없었다. 질문과 대답으로 과연 한 인간을 얼마나 파악할 수 있을까. 게다가 그런 유의 질문은 너와의 관계에 내가 발을 들일 수 있게, 나를 안심시켜달라는 요구에 지나지 않는다. 그럴 때면 조우경은 질문자의 몸이 자신을 향해 기울어진 것을 힐끗 바라보곤 했다. 그는 상대를 안심시키지도 그렇다고 불안으로 떠밀지도 않는 애매한 태도를 유지하며 말했다. 사랑을 하는 데 기간이 중요한 건 아니니까요. 오래 알고 지내야만 서로를 알게 되는 것도 아니고요. 우리도 그렇지 않나요? 조우경은 상대의 눈을 지그시 바라보며 말했다. 상대의 눈을 응시해야만 하는 그런 순간들이 있었다. 그런 불씨가 될 만한 요인을 흩뿌려놓지 않으면 대화는 지루하고 시시한 탐색전에 지나지 않을 터였다. 조우경은 여자들이 자신을 가지고 나아갈 수 있도록 독려와 찬탄의 감정을 담아 그들을 바라보았다. 그것은 진심이었다. 고작 그 정도의 독려에 여자들은 용기를 내어줄 테니까. 그 눈빛에 힘입어 핵심 질문을 향해 전진할 테니까. 감탄하지 않을 도리가 없었다. 여자들은 그의 지지에 호응하듯 마침내 그 질문을 던졌다. 전 애인과 왜 헤어지셨어요? 그러면 조우경은 나중에 얘기 할게요, 하고 말꼬리를 흐리며 웃었다. 질문을 던진 여자의 눈동자에 혼란의 빛이 어렸다. 조우경은 가만히 그것을 지켜보았다. 그는 자신이 아무것도 하지 않거나 침묵할 때 도리어 여자들의 감정이 열기를 띠고 부풀어오른다고 느꼈다. 그것을 응원했다. 실물보다는 망상 속의 남자가 훨씬 훌륭한 법이니까.

때때로 어떤 여자들은 매우 집요해졌다. 그들은 감정을 키우고 부풀리다 못해 급기야 조우경과 사귀었다는 여성을 찾아 헤맸다. 어떤 여자가 그의 마음을 훔쳤나. 자신에게도 기회가 있는 건가. 여성을 찾는 데 성공한 자는 없었지만 그들은 조우경의 과거를 통해 어떤 가능성을 점치고자 했다. 내가 이 잘생긴 남자를 가질 수 있을 것인가, 그것을 알기 위해서라면 미지의 여성과 흙바닥을 뒹구는 것도 서슴지 않을 기세였다. 아니 이미 그러고 있는 것처럼 보였다. 그들은 상상 속 결투를 거듭하다 녹초가 된 얼굴로 우경 앞에 나타났다. 그리고 결국 묻고 마는 것이다. 이전 애인과 대체 왜 헤어진 거예요?

물론 무턱대고 질문부터 던지는 건 아니지만 여자들의 얼굴은 그 질문을 던질 때에만 진심이 됐다. 조우경은 그런 순간들을 좋아했다. 자신 때문에 사람들이 흙바닥을 뒹굴고 스스로의 다짐을 무너뜨리며 누추해지는 그런 순간들 말이다. 조우경은 기대와 소유욕이 뒤섞인 여자의 얼굴을 응시하다 말했다. 죽었어요. 바다에서 사고를 당했거든요. 대답을 들은 상대는 낭패한 얼굴이 됐다. 죽은 사람을 어떻게 이기나. 사별한 남자를 좋아해도 되는 걸까. 그럼 조우경은 조금은 서글프고 차가운 태도로 그만 일어날까요? 하고 물었다. 그럼 여자는 당황했다. 그러나 그럴 때 가차 없이 일어나야만 한다. 그가 바라는 것은 매우 크기 때문이다. 모든 것은 여자들의 자발적인 선택에 의해 이루어질 것이다. 조우경은 결코 강요하지 않는다.

그 작업은 인내심을 필요로 했다.

사실을 말하자면 조우경은 죽은 여자와 사귄 적이 없었다. 칸쿤에서 그가 주로 한 일은 결혼한 여성들에게 작업을 거는 일이었다. 신혼여행차 칸쿤에 온 여자들, 체험 스노클링이나 스킨스쿠버 다이빙을 하기 위해 그를 찾아온 여자들이 그의 주된 표적이었다. 신랑이 버티고 있는 상황에서, 갓 결혼한 사람의 마음을 빼앗는 게 어떻게 가능한가. 그러나 조우경은 오히려 신랑의 존재 때문에 그 일이 가능하다고 생각했다. 그가 표적을 정할 때에는 여자의 남편이 어떤 사람인가가 큰 영향을 미치곤 했다.

조우경이 선호하는 남편상은 '대체로' 준수하다고 평가받는 남자들이었다. 학벌이 괜찮고 전문직이거나 부유한 남자들, 비싼 안경테와 시계, 옷을 걸쳤지만 스스로 착장한 건 아닌 듯 말 잘 듣는 초등학생 같은 차림의 남자들, 키나 외모가 좀 떨어져도 얼굴에 기름이 돌고 삶의 여유가 몸에 밴 유순한 성격의 남자들이었다. 그런 남자들과 결혼한 여자들은 저 여자가 왜 굳이 저 남자를, 싶을 정도로 예쁘고 매력적인 경우가 많았다. 남자에 비해 배경이 떨어지는 것도 아니었다. 여자들의 선택에서 조우경은 그들의 고뇌와 의지를 읽었다.

결혼은 인륜지대사, 결코 망쳐선 안 되는 것. 안전이 최우선시 되는 선택에서는 모든 평가가 감점제로 진행된다. 험난한 세상에서 여자들은 그들에게 닥칠지도 모르는 위험 요인들을 제거하는 데 집중하느라 중요한 문제들, 그러니까 남편의 외모라든가 인간적 매력, 내가 이 남자를 진심으로 사랑하는가 같은 문제들을 후순위로 미뤄버릴 때가 종종 있었다. 그리하여 최종 선발에 올라오는 남자들은 둥글리면 둥글리는 대로 굴러갈 것 같은 무색무취의 공 같은 얼굴을 하고 있었다.

둥근 공이 스노클링을 하겠다고 물 위에 엎어져 둥둥 떠 있으면 신부의 얼굴에는 '수영복을 엉덩이까지 말아 올리고 저렇게 허우적대는 남자가 정말 내 짝인가' 내지는 '정수리가 비어 있는 저 남자는 누굴까. 내가 도대체 뭘 포기한 거지?' 같은 종류의 혼란과 회의의 빛이 스몄다. 멕시코의 강한 태양 빛 아래에서는 모든 게 적나라하게 드러났다. 조우경이 여자의 시선 속으로 뛰어드는 건 늘 그런 순간이었다. 조우경이 아내의 곁에 다가가 서기만 해도 눈에 불을 켜던 남편들이 물속 풍경에 찬탄하는 그때, 신부의 눈빛에 진실이 드러나는 그 순간, 우경은 거울을 보고 백번 천번 연습한 싱그러운 미소를 지으며 여자에게 손을 뻗었다. 그리고 그녀의 머리 위에 손차양을 만들며 오늘도 덥네요, 하고 하늘을 가리켰다. (더럽고 못난 것들로부터 눈을 돌립시다.) 여자들의 남편들은 차양을 만들어줄 수 없는 경우가 대부분이었다. 그러려면 태반이 까치발을 서야 하기 때문이다. 그럴 때 우경의 손차양 아래에서 눈부시다는 듯 조우경을 응시하는 여자들이 있었다.

동료 강사들은 조우경에게 너무 위험한 짓을 하고 있다고 경고했다. 사랑하는 상대를 만나 정착하는 편이 낫지 않겠느냐고 진지하게 조언을 해오는 동료도 있었다. 하지만 조우경은 그들에게 고개를 저으며 "뚱뚱해본 적 있어?" 하고 묻곤 했다. 동료가 진저리를 치며 "비만이었던 아이들이 모두 너처럼 미친 바람둥이가 되진 않아" 하고 말하면 조우경은 미소 지으며 "그래 그들이 모두 나처럼 되진 않지. 그런데 자꾸 허기가 져. 몸속으로 들어와야 할 게 제대로 들어오지 않는 느낌이야" 하고 말하곤 했다. 그게 되도 않는 말이라는 걸 알면서도 그는 그 말 외에는 자신의 허기를 설명할 방법을 찾을 수 없었다.

*

통창 블라인드를 치자 거실로 쏟아지던 햇살의 키가

작아지다 마침내 사라졌다. 거실이 어둠에 잠겼다. 지민은 블라인드 하나를 들추고 맞은편 아파트를 초조하게 훑어보았다. 누군가가 그들을, 아니 오진홍이 망치에 고꾸라지는 걸 봤을지도 모른다. 그건 좀 노이로제에 가까운 생각이었지만 지민은 블라인드에 붙어서 맞은편 아파트를 노려보았다. 그러다 이편에서 볼 수 없으면 저편에서도 보이지 않을 거란 사실을 깨닫고 이런 멍청이, 하고 중얼거리며 블라인드에 머리를 박았다. 사실 문제는 맞은편 아파트가 아니었다.

아까부터 등 뒤에서 찰박거리는 이상한 소리가 나고 있었다. 거친 숨소리도 들렸다. 위험한 건 밖보다 안인지도 모른다. 지민은 두려움에 휩싸여 몸을 돌렸다. 그곳에는 상의를 벗어 바닥에 넘실대는 피를 정신없이 닦고 있는 허인회가 있었다. 그러나 여름 상의만으로는 그 많은 피가 닦일 리 만무했다. 허인회의 행동은 티셔츠에 피를 흡수시켜 다른 곳에 옮겨 묻히는 행위 그 이상도 이하도 아니었다. 그 일을 하면 할수록 허인회의 몸은 더 심한 피투성이가 됐다. 지민은 목소리가 떨리는 것을 느끼며 물었다.

"뭐 하시는 거예요?"

허인회가 숨을 헐떡이며 말했다.

"난 감옥에 갈 수 없어. 벌레를 죽였다고 감옥에 가는 사람은 없어."

"벌레가 사람 얼굴을 하고 있었죠."

혼란에 빠진 엄지민의 말에 허인회가 넋이 나간 얼굴로 오진홍을 바라보았다. 지민은 누워 있는 그의 앞으로 다가갔다. 오진홍의 맥박을 확인하고, 그가 살아 있다는 사실을 요란하게 외치면서, 그를 일으켜 구급차에 실어 보낼 수 있다면 얼마나 좋을까. 하지만 그는 죽었다. 이미 수차례 확인했다. 확인하지 않는다 하더라도 그의 으깨진 머리를 본다면 그가 살았다고는 도저히 생각할 수 없을 터였다. 지민은 깊게 팬 오진홍의 관자놀이를 보며 더운 숨을 몰아쉬었다. 그의 머리에 둔기로 수차례 공격당한 흔적이 있는 한 허인회는 형을 피할 수 없다. 정당방위는 물 건너갔다. 허인회가 오진홍에게 입힌 상해는 살해 의도가 명백하고, 방어행위를 넘어섰다고 판단될 것이다.

"나를 신고할 거니?"

"네."

지민은 정신을 차리려고 애쓰며 말했다. 신고해도 아줌마를 혼자 두지는 않겠다고 말하고 싶었지만, 그런 말들은 부질없다. 수갑을 차는 순간부터 허인회는 혼자가 될 것이다. 지민이 그걸 원치 않는다 하더라도 그렇게 되고 말 것이다. 허인회가 절박하게 고개를 저으며 말했다.

"난 감옥에 갈 수 없어. 지금은 아냐."

"현상금 전단지라도 붙어야 한다는 말씀이세요? 평생 도망 다니시려고요? 형량을 생각하면 빨리 자수하는 편이 나아요."

"그럴 수 없대도! 자수를 한다 해도 지금은 아냐."

"왜요?"

허인회는 말이 없었다. 눈동자가 먼 곳 어딘가를 헤매고 있었다. 두려워서 그냥 하는 말이겠지. 엄지민은 치솟는 불안을 누르며 다시 물었다.

"왜 지금은 아니에요?"

허인회는 할 말을 찾듯 다급하게 눈동자를 굴렸다. 지나치게 솔직한 얼굴이었다. 엄지민은 슬픔에 젖어 그 얼굴을 바라보았다. 저렇게 투명해서야 수사와 재판 과정을 견딜 수 있을까. 엄지민은 허인회를 달아나게 하고 싶었다. 도피시켜 은신처도 마련해주고 먹을 것도 가져다주고 어떤 것도 그녀를 해치지 못하도록, 아니 그보다는 함께…… 그러나 불가능한 바람이다. 사람이 죽었다. 돌이킬 수 없게 죽어버렸다. 게다가 지민에게는 해야 할 일이 있었다. 눈동자를 열심히 굴리던 허인회가 대답할 거리를 찾은 듯 다급하게 말했다.

"떡값."

"네?"

"조우경한테 떡값을 돌려받으러 가야 해. 생각해보니까 내가 돈을 너무 많이 준 것 같아. 재판을 받고 감옥생활을 하려면 돈이 필요해."

"무슨 말을 하시는 거예요?"

엄지민이 아연해서 그녀를 바라보았다. 허인회는 피 같은 자신의 돈을 받아와야 한다며 가슴을 쳤다. 지민은 참지 못하고, 이 상황에서 준 돈을 돌려받겠다니 너무 지저분한 것 아니냐고 중얼거렸다. 그러자 허인회가 씩씩대며 말했다.

"뭐가 지저분해. 그놈들은 나를 쫓아내도 되고 내가 돈을 돌려받는 건 지저분한 일이야? 나는 감옥에 갈 수 없어. 강사한테 그 돈을 돌려받아야겠어."

허인회는 과하게 번들거리는 눈으로 지민을 힐끗대고 있었다. 그 얼굴이 조금 교활해 보였다. 지민은 놀라움을 느끼며 인회를 응시했다. 자신이 오래도록 그리워한 사람은, 짐작했던 것보다 더 이상하다. 제정신이라고 할 수가 없다. 사람을 죽였는데 떡값이 중요한가? 자신의 안위가 위태로운 상황에서 떡값을 돌려받겠다고? 충격에 휩싸여 인회를 바라보던 지민은 문득 허인회의 눈을 보고 깨닫는 것이다. 그 눈은 한 방향을 향해 내달리는 짐승처럼 과하게 번쩍이고 있었다. 무언가를 찾아 헤매고 있었다. 그건 복수에 불타는 사람의 눈도 아니고, 떡값을 돌려받겠다고 계산기를 두드리는 사람의 눈 역시 아니었다. 인회가 원하는 건 따로 있었다. 지민은 땅 밑이 흔들리는 것을 느끼며 허공을 바라보았다. 그러다 폭탄을 던지듯 물었다.

"설마, 이 상황에서 조우경을 보겠다는 거예요?"

"나는 그저 떡값을……"

"제가 그 돈을 받아다 드리겠다면요? 그럼 조용히 자수하실 건가요?"

허인회는 대답이 없었다. 가혹한 침묵이었다.

"문제가 될 수도 있다는 사실을 모르시는 거예요? 삶을 포기하고 싶은 거냐고요! 이럴 수는 없어요. 그 사람은 안 돼요."

"한번만."

지민이 고개를 저었다. 인회가 제발, 하고 매달리듯 말했다. 지민은 역함을 느끼며 대답했다.

"자수가 싫으시면 그래요, 제가 아줌마를 신고할 거예요."

"하지 마! 경찰에 신고하지 마! 지금은 안 돼!"

지민은 참을 수 없어서 몸은 돌렸다. 집 안 공기가 너무 뜨거웠다. 두려움 때문에, 그리고 거실에 가득 찬 피 냄새 때문에 정신이 나가버릴 것 같았다. 지민은 핸드폰을 꺼내 들었다. 허인회는 판단력이 흐려져 제정신이 아니다. 자신도 제정신이 아니다. 조우경이 아니라 다른 사람을 만나러 가겠다고 했어도 이렇게 화가 났을까. 제정신이 아닌 자들은 경찰이 나타나 제지하는 편이 낫다. 수갑을 차는 게 도리어 안전하다. 지민이 당혹감에 휩싸여 112 긴급 통화 버튼을 누르려 할 때였다. 지민은 거실 바닥에 허인회의 흐릿한 그림자가 자신의 그림자와 겹쳐지는 것을 보았다. 그림자의 오른팔이 유독 긴 게 손에 망치가 들려 있는 듯했다. 지민은 등골이 서늘해지는 걸 느꼈다. 허인회가 망치를 휘두르고자 한다면 얼마든지 휘두를 수 있는 거리였다. 그림자의 긴 팔이 올라갔다. 움직임을 멈췄다. 지민은 배신감에 휩싸여 들고 있던 핸드폰을 멍하니 바라보았다.

*

어렸을 때부터 내내 고도비만이었던 조우경은 대학 입학에 성공하면서 40킬로그램을 감량했다. 이성과 대화도 하고 연애도 하고 싶다는 욕구 하나로 일군 성과였다. 대학에 입학한 그는 남녀가 함께하는 모든 활동에 참가했지만, 여자만 보면 움츠러드는 습관은 좀처럼 떨치기 힘들었다. 연애는커녕 이성과의 대화조차 불가능했다. 조우경은 외모도 괜찮고 착하지만 조금 굶주린 느낌이 난다고, 어딘가 모르게 기분 나쁘다는 평가를 받으며 이십대를 보냈다.

자신이 조금 붙은 것은 취업을 해서 돈을 벌고, 자신을 꾸미는 법을 익히고부터였다. 다섯살 연상이었던 직장 사수의 적극적인 구애로 첫 연애도 시작했다. 사귄 지 한달이 되었을 무렵, 우경이 탕비실에서 간식을 먹고 있던 여자친구에게 다급히 청혼하자, 그녀는 커피를 한모금 들이켜며 천천히 말했다.

"오, 이제 일이 좀 편한가봐? 일도 제대로 못하면서 결혼부터 생각한다, 이거지?"

그날 조우경은 사소한 업무상의 실수로 사람들 앞에서 박살이 났다. 여자친구는 자기 기분과 상황에 따라 애인과 상사를 오가기를 자유자재로 하는 사람이었다. 조우경이 이에 고통받자 그것을 측은하게 여긴 동료가, 사수의 별명이 신입사원 킬러라는 사실을 알려주었다. 조우경은 어쩐지 자신이 먹이사슬 피라미드에 갇힌 최하위 생명체가 된 듯한 느낌을 받았다. 그러나 연애를 포기하고 싶지는 않았다. 행복한 연애는 아니었지만 그것을 하고 있다는 안도감을 포기할 수 없었다.

문제는 다음 해 신규 채용 시즌에 시작되었다. 조우경은, 여자친구의 시선이 신입사원들의 뒤태를 좇아 활보하는 것을 조용히 지켜보았다. 그의 불안한 마음은 고스란히 요요로 드러났다. 20킬로그램이 쪘다. 급히 살을 빼야 한다는 압박 때문에 절식과 폭식을 반복하다 12킬로그램이 더 찌고 말았다. 보는 사람마다 놀란 얼굴로 조우경을 바라보았다. 그는 평소 자신에 비해 여자친구의 외모가 처진다고 생각하기도 했고 이런저런 불만을 가지고 있었음에도 그녀가 자신을 떠날까봐 겁에 질렸다. 여자친구가 유독 예뻐하는 남자 신입사원의 존재도 거슬렸다. 조우경이 사랑을 말하면 할수록 여자친구는 멀어지는 것 같았다. 살이 찐 다른 남자들은 연애를 잘만 하던데 그는 왜 살을 빼도 살이 쪄도 그게 안 될까. 비만 유전자 때문일까. 부유하지 못해서? 자신감 없는 태도 때문에? 그가 못생겨져서? 아니면 잠자리가 별로인가. 분명한 사실은 사랑이 결코 그가 기대한 그런 것이 아니었다는 점이다. 애정 관계라는 것은 그 안으로 들어가려 하면 할수록 장벽이 올라가고 포가 날아오는, 사람을 고독한 전시 상태로 몰아넣는 어떤 것으로, 사랑이 그를 외로운 죽음에 이르게 하리라는 사실을 조우경은 어렴풋이 깨달았다.

정신을 차렸을 때는 신입사원과 그가 사수를 두고 조잡하기 짝이 없는 경쟁을 벌이고 있었다. 여자친구는 그것을 즐기듯 방치했다. 조우경은 미쳐갔다. 그럴수록 여자친구와 신입사원은 활기를 띠는 것 같았다. 도저히 그 피라미드에서 탈출할 방법을 찾을 수 없었다. 그때 뜻밖의 일이 생겼다. 팀 내 동료 하나가 우경에게 고백을 해온 것이다. 우경이 대수롭지 않게 여자친구에게 그 사실을 전하자 그녀의 태도가 돌변했다. 여자친구는 신입사원을 뒤로하고 비로소 우경에게 관심을 보이기 시작했다. 그런 일들이 몇차례 있었다. 그들은 서로가 멀어지려 할 때에만 당기는 고무줄처럼 서로를 풀었다 당기길 거듭했다. 우경은 그 관계에 조금 중독되었다. 여자친구가 애인이 되었다가 사수가 되길 반복할 때 느끼는 환희와 절망, 그 감정적 상승과 하락이 조우경을 격렬히 춤추게 했다. 그 외에 무엇이 그를 그토록 날뛰게 할 수 있단 말인가. 조우경은 깨달았다. 아아, 이런 거로구나.

조우경은 죽음의 다이어트를 했다. 그는 이후 일년 동안 격동의 연애사를 만들어나갔다. 동시에 네다섯명의 여자를 만나는 것도 개의치 않았다. 다만 조우경이 스스로에게 금한 것은 거짓말이었다. 그는 정직한 사람이었고,

그래서 새로 만난 여성에게 이미 다른 여자친구들이 있다는 사실을 감추지 않았다. 나는 애인이 있지만 너하고도 만나고 싶다. 그럼 보통 여자들은 분개하거나 상처받고 떠나갔지만, 그때 그가 만든 규범 안으로 걸어들어오는 여자들이 있었다. 관계 초반에 조우경이 퍼부은 애정 공세를 잊지 못하는 여자들, 혹은 그가 달라질 거라고 기대한 여자들, 그런 계약 관계에 흥미를 느끼고 동의한 여자들이었다. 그들은 제 발로 조우경에게 왔고, 떠날 때에는 원망의 말조차 할 수 없었다. 이미 관계를 시작할 때부터 약속된 일이었기 때문이다. 조우경은 그 안에 있었다. 그곳에서 자신의 가능성을 입증하고 인정받는 느낌, 중심이 되어 사방에서 밀쳐지고 당겨지는 느낌, 그런 것들이 하나가 되어 휘몰아치는 느낌이 좋았다. 그럴 때 조우경은 자신에게 어떤 힘이 머문다는 느낌을 받았다. 자긍심이 너무 올라간 나머지 해선 안 될 짓을 벌이고 말았지만 말이다. 그는 회계팀 직원에게까지 손을 뻗쳤다. 그녀의 도움을 받아 영업자금으로 나온 회삿돈에 손을 댔다. 물론 돈이 필요하기도 했지만 그가 그 일을 한 진짜 이유는 따로 있었다. 조우경은 알고 싶었다. 이런 힘으로 어디까지 갈 수 있을까. 어디까지 날아갈 수 있을까.

시험 삼아 소액을 훔친 게 후회스러울 만큼 횡령은 쉬

웠다. 돈은 데이트와 꾸밈 비용으로 순식간에 사라졌다. 그러나 철두철미했던 절도 행각은 금세 탄로 났다. 회계직원의 언행을 수상히 여긴 그녀의 상사가 횡령 사실을 알아내 폭로한 게 문제였다. 회계직원은 눈물을 터뜨리며 모든 게 자신의 뜻이 아니었다고 말했다. 조우경은 조소했다. 사람들은 사랑에 빠졌을 때는 간이고 쓸개고 다 내줄 것처럼 굴다가 조금 정신이 들면 피해자 행세를 하려 들었다. 마치 순진한 자신이 상대의 꾐에 넘어가 해선 안 될 일을 한 것처럼 말이다. 하지만 그들은 합의하에 자발적으로 움직인 게 아니었나. 횡령 역시 함께 상의하고 모의해서 진행한 일이 아니었나. 조우경의 비난에 회계직원은 협조하지 않으면 너를 잃게 될까봐 두려웠다고 얼굴을 감싸 쥐었다. 조우경은 고개를 저었다. 너와의 관계를 끝내는 건 네가 계약을 위반했기 때문이다.

회사 측에서는 조우경에게 조용히 사직할 것을 권고했다. 조우경의 횡령과 문어발식 연애가 드러나면 사내 기강이 해이해질 것을 우려한 결정이었다. 횡령 액수가 크지 않았기 때문에 가능한 결과였다. 사직하던 날 사수는 이전에 비해 강퍅해 보이게 마른 얼굴로 조우경을 찾아왔다. 그녀는 그에게 자신과 헤어질 거냐고 물었다. 조우경이 대꾸하지 않자 그녀는, 너를 사랑하지만 더는 감당하기가 힘들다며 고개를 떨궜다. 마치 결정권이 조우경에게 있다는 듯. 우경은 그 지난한 힘겨루기에서 자신이 승리했다는 사실을 알았다. 그는 고개를 끄덕였다. 더는 미련 가질 이유가 없었다. 그 역시 일년간의 난잡한 생활로 피로를 느끼고 있었고, 어떤 전환점을 필요로 하던 시점이었다. 조우경은 홀가분한 마음으로 회사를 떠나 칸쿤으로 갔다.

*

참기 힘든 기다림이 있었다. 그리고 망치가 바닥에 닿는 묵직한 소리가 났다. 지민은 몸을 돌렸다. 인회가 새빨개진 얼굴로 울고 있었다. 지민은 허인회의 눈에서 굵고 큰 눈물방울들이 금방금방 차올라 뚝뚝 떨어지는 걸 바라보았다. 지민은 인회가 자신과 비슷할 거라고 생각했었다. 사랑이 그들을 상처 입히고 주변부로 밀어낸다고, 사랑인가 해서 다가가면 마음이 텅 비고 공허해질 뿐이라고, 허인회 역시 사랑에 진저리를 치고 있을 거라고 생각했다. 그런데 어째서 인회는 저토록 격렬하게 울고 있는 걸까. 왜 그런 답답한 굴레 안으로 다시 걸어들어가려 하는 걸까. 지민은 덤덤히 말하려 했지만 목소리가 떨려서 나왔다.

"이렇게 나오시면 신고하지 않을 수 없어요."

"……"

"떡값은 안 돼요. 운이 좋으면 돌려받을 수는 있겠죠. 하지만 그다음은요?"

"……나한테 생각이 있대도."

"그게 뭔데요?"

"……"

"생각이 있어서 사람을 죽인 건가요? 조우경한테 가려고 아저씨를 죽인 거예요? 그런 거였어요?"

우발적인 살인이라는 건 누구보다 잘 알고 있었지만 그렇게 몰아붙이지 않으면 인회가 도저히 말을 들을 것 같지 않았다. 인회가 거실에 누워 있는 오진홍을 바라보더니 그대로 주저앉아 무릎에 얼굴을 묻었다. 지민은 그런 인회를 모른 척하며 거실에 놓인 공구함을 가져와 열었다. 오진홍이 그토록 애타게 찾던 노끈이 보였다. 지민은 목장갑과 함께 그것을 꺼내며 말했다.

"이제 제 계획을 말할 거예요. 들으세요."

허인회는 대답하지 않았다. 계획이라고 했지만 엄지민은 자신이 뭐라고 하는지도 모른 채 뒤죽박죽 말했다.

"아저씨가 우리를 죽이려고 했어요. 아줌마는 생명에

위협을 느꼈고요. 그래서 우리 둘을 지키려다 실수로 아저씨를 죽인 거예요. 아줌마는 술을 마신 상태라서 판단력이 정상이 아니었거든요. 이건 어쩔 수 없이 일어난 우발적인 사건이에요. 우리가 하는 허술한 말들이 어디까지 통할지 모르겠지만 나머지는 차차 생각해봐요. 일단은 변호사부터 선임할 거예요. 그리고 아줌마는 양심의 가책을 못 이겨서, 오로지 그 이유로 자수하는 거예요. 이해하셨어요?"

허인회는 얼굴을 무릎에 묻은 채 그래, 하고 중얼거렸다. 엄지민이 "얼굴을 드세요" 하고 말했다. 허인회는 미동도 하지 않았다. 엄지민이 허언회의 얼굴을 잡아 억지로 들어올렸다. 얼굴의 온도가 전해져 손이 후끈거렸다. 지민은 눈물과 피로 범벅된 인회의 얼굴을 잠시 바라보다 목에 상흔을 남길 거라고 설명했다. 그리고 노끈을 허인회의 목에 둘렀다. "갑니다" 하고 지민이 말하자 인회가 말없이 지민을 쳐다봤다. "간다고요" 하고 다시 말하자 인회가 신경질적으로 "알아들었어!" 하고 소리쳤다. 지민이 "견디기 힘들면 손으로 바닥을 치세요" 하고 말하자 인회가 "그래" 하고 대답했다. 간다. 가자. 멈추지 말고 한 번에 가자. 그러나 계속을 목을 조르는데도 허인회는 허공을 바라보기만 할 뿐 반응하지 않았다. 빨간 얼굴이 금세 더 빨갛게 달아올랐다. 얼굴이 보랏빛이 되려 했다. 엄지민은 "괜찮아요? 지금 괜찮냐고요" 하고 묻다가 더는 견딜 수가 없어서 끈을 던지듯 놓아버렸다.

"힘들면 바닥을 치라고 했잖아요!"

"견딜 만했어."

허인회는 의욕을 잃은 얼굴로 거실 바닥을 바라보았다. 지민은 허인회의 목에 끈 자국이 남았는지 확인했다. 그것이 생명에 위협을 받았다는 사실을 입증해줄 것이다. 그러나 목에 남은 상흔은 어떤 인정을 받기도 전에 사라질 것처럼 얕고 흐릿했다. 엄지민이 한숨을 쉬었다. 허인회가 "이래서야 사람을 죽일 수 있겠어?" 하고 중얼거렸다. 지민이 "그럴 생각 자체가 없어요" 하고 대답했다. 인회는 "뜻대로 되는 건 아니지" 하고 맥없이 말했다. 그리고 정적이 찾아왔다. 아무것도 하지 않을 때는 시선이 자꾸 누워 있는 오진홍에게로 갔다. 지민은 떨리는 손을 바람막이 주머니에 넣었다. 허인회의 목을 조르던 감각이 손에 그대로 남아 있었다. 다시 못할 짓이었다. 지민은 몸을 웅크렸다. 바람막이 안의 손이 계속 떨렸다. 보라와의 약속 전까지 일을 마무리 지을 수 있을까. 시간이 속절없이 가고 있었다.

허인회가 찬장에 있는 독주를 꺼내와 병째 들이켰다. 그리고 지민에게도 권했다. 지민이 고개를 젓자 인회는 부엌에서 물을 떠다주었다.

"마셔."

지민은 그것을 한모금 들이켰다. 집 안은 너무 뜨거웠고, 그들은 자주 숨이 막혔다. 컵을 잡은 손이 여전히 떨리고 있어서 지민은 물을 다 마시지 못하고 물컵을 내려놓았다. 그리고 허인회를 외면한 채 인터넷 검색을 거듭했다. 그러나 인터넷에 나와 있는 정보는 한계가 있었고, 누구인들 아니겠냐마는 지민은 그 분야에 있어 초짜 애송이라서(전문가가 되고 싶은 마음도 없었지만) 검색을 하면 할수록 암담함을 느꼈다. 허인회는 그 옆에 앉아 거푸 술을 마셨다. 지민이 못마땅하게 바라보자 인회는 "나는 술에 취해서 남편을 죽였다 이 말이지" 하고 빈정거렸다. 그러다 술병을 바닥에 거칠게 내려놓으며 말했다.

"괜한 짓 하지 말자. 난 이런 걸 바라는 게 아냐."

지민은 핸드폰에 눈을 박고 말했다.

"아줌마를 도우려고 이런 걸 하고 있는 거잖아요."

"그 도움을 원하지 않는대도!"

"원하지 않는다고요? 그럼 억지로 해드릴게요."

화가 난 듯 씩씩거리던 허인회가 말했다.

"내가 널 죽일 수 있다면 좋겠다."

지민이 핸드폰에서 시선을 거두고 무표정한 얼굴로 블라인드가 쳐진 창문을 바라보았다. 창 너머에서 매미가 울었다. 지민은 잠시 그 소리에 귀를 기울였다. 오갈 데 없는 구애의 노래가 허공에 버려지고 있었다. 지민은 착잡함을 느끼며 몸을 일으켰다.

"머리 좀 식히고 계세요. 저는 그동안 물건 좀 찾아보고 있을게요."

허인회가 엄지민을 노려보다 손가락으로 서재를 가리켰다.

*

윤지애는 조우경이 칸쿤에서 만난 신부들 중 하나였다. 지애는 어린 시절 물에 빠졌던 경험이 있어서 수영장에 들어갈 때마다 얼굴이 시퍼렇게 질리곤 했다. 그러나 공포증이 없으면 그걸 상상하는 것도 힘든 모양인지, 윤지애의 남편은 그녀가 다이빙 수업에 참가하게 된 것이 자신의 덕이라며 의기양양한 얼굴을 했다. 우경의 시선을 끈 점은 그럼에도, 지애가 수영장에 들어가는 걸 거부하거나 항의한 적이 단 한번도 없다는 사실이었다.

이상형이 어떻게 되세요? 누군가가 물으면 조우경은 질문한 당사자를 연상시키는 대답을 했다. 질문자가 웃음이 많으면 "웃는 게 예쁜 사람이요", 잘 웃지 않으면 "사람들한테 잘 보이려고 노력하지 않는 자연스러운 사람이요" 하고 말하는 식이었다. 그러나 마음속으로 하는 대답은 늘 따로 있었다. (내성적이고 억압된 면이 있는 여자요. 제 이상형은 그런 여자입니다.) 내성적인 사람들은 우경과의 관계를 떠들어대지 않고 내밀하게 홀로 간직할 줄 알았다. 거기에 억압된 면까지 있다면 금상첨화인 것이, 많이 눌린 사람은 눌렸던 만큼 높이 튀어오른다. 우경은 그들이 얼마나 열정적으로 사회적 규범을 뛰어넘을 수 있는지, 그와의 관계에 몰입할 수 있는지 경험한 바 있었다. 물론 그 모든 게 우경이 원하는 방향대로 흘러갔을 때의 일이지만 말이다. 우경의 눈에는 지애가 그 두가지를 다 갖춘 사람처럼 보였다.

우경은 걱정 어린 시선으로 지애를 바라보며 말했다.

"여기 와 있는 동안만이라도 리조트 야외 수영장에 자주 들어가보는 건 어때요? 야외 수영장은 밤이고 낮이고 열려 있으니까, 수시로 들어가면 물이 한결 편해질 거예요. 스킨스쿠버 다이빙은 수영을 못해도 가능하지만 지애씨 마음이 편하면 바다 풍경도 더 잘 즐길 수 있지 않겠어요?”

지애가 고개를 끄덕였다. 우경은 지애의 눈을 바라보며 자신도 종종 수영장에 간다고, 열두시즈음 야간 수영을 하곤 한다고 넌지시 덧붙였다.

조우경은 수영장 실습 기간 동안 매일 밤 야외 수영장에 나갔다. 별을 보며 윤지애를 기다렸지만 그녀는 나타나지 않았다. 수업 시간도 시원찮기는 마찬가지였다. 그가 손차양을 만들거나 은밀한 미소를 던질라치면 윤지애는 무표정한 얼굴로 고개를 돌렸다. 조우경이 반쯤은 체념하고 있던 때였다. 너무 더워서 사람들이 낮잠에 빠져 있던 한낮, 윤지애가 홀연 그의 숙소에 찾아왔다. 그는 그녀가 어째서 그때 자신을 찾아왔는지 몰랐다. 궁금했던 적도 없고 이유를 알려고 한 적도 없었다. 지애가 죽은 후에도 그랬다. 어쨌거나 그들의 관계는 그렇게 시작되었다.

짝이 있는 자들의 마음을 훔치는 기쁨, 그들을 결혼이라는 약속 밖으로 잡아끌어 새로운 관계를 맺게 할 때의 쾌감, 조우경은 그 만남과 헤어짐에 만족했다. 갓 결혼한 신부와의 관계라고 하는 것은 길어야 열흘이면 끝이 난다. 통제 불가능하다고 여겼던 영역이 열흘이라는 시간이 되어 그의 앞에 떨어졌다. 조우경은 힘을 들여 그들의 관계가 끝났다느니 우리는 함께할 수 없다느니 하는 말을 할 필요가 없었다. 그들은 그저 서로가 원하는 것을 빠르게 주고받고 폭발시킨 다음 아쉬움만 남긴 채 헤어지면 되었다. 조우경은 그 사실에 너무 만족한 나머지 자신이 칸쿤의 낮고 거센 태양 아래에서 평생을 살아갈 거라고 생각했다.

그러나 윤지애는 여행이 끝나기 이틀 전, 우경에게 돌아가지 않겠다고 통보했다. 한국에서의 삶을 정리하고 이곳에 올 테니 함께 새 삶을 꾸리자고 말이다. 우경은 얼떨떨한 얼굴로 지애를 바라보았다. 나 때문에 그렇게까지 한다고? 물론 그 말을 들을 당시에는 기뻤지만 곧 마음이 차게 식는 걸 느꼈다. 지애는 교환의 기본 조건을 모른다. 서로가 원하는 걸 주고받은 뒤 각자의 길을 가기로 한 것이 그들의 암묵적 약속 아니었나. 조우경은 약속을 깨고 미래를 상상하는 윤지애가 성가시게 느껴졌다. 그는 부드럽게 타일러 지애를 단념시키려 했으나 그녀의 태도가 강경했기 때문에 끝내는 솔직해지지 않을 수 없었다. 우리는 열흘간만 함께하기로 약속한 사이 아니었느냐, 돌아가라. 처참하게 구겨져 무언가를 말하려 하는 지애의 얼굴을 향해 우경은 말했다.

"넌 안 그럴 줄 알았는데, 약속을 지키지 않는 사람이구나."

*

피로가 몰려왔다. 지민은 인회가 우경에게 집착하는 이유를 이해할 수 없었다. 그러나 자신 역시 마찬가지 아닌가. 지민은 고개를 가로저으며 오진홍의 서재를 둘러보았다. 안방을 서재로 쓰다니 대단한 위세였다. 넓고 큰 방은 창문과 커튼에 가로막혀 어두웠으며 환기가 잘되지 않아 쾨쾨한 냄새가 났다. 지민은 쾌적한 공간을 가져본 일이 없어서, 좋은 공간을 보잘것없게 쓰는 사람들을 보면 조금 짜증이 났다. 죽어 있는 사람에게 그런 감정을 느끼는 것도 이상하지만 그랬다.

서재에는 옷방과 작은 화장실이 딸려 있었다. 그곳에는 책상과 책장뿐만 아니라 일인용 침대와 TV도 있었다. 커피포트와 간단히 해 먹을 수 있는 레토르트 식품들, 자잘한 생활용품도 눈에 띄었다. 그 안에 있으면 방에서 나가지 않고도 어느 정도는 생활이 가능할 것 같았다. 서재가 거실과 달리 그럴듯 지저분하고 독립된 공간의 분위기를 풍기는 걸로 봐서는, 부부의 각방 생활이 짧지 않았음을 알 수 있었다. 지민은 방을 훑어보며 "그 사람은 아내와 한방을 쓰지 않아" 하고 조금은 우월감에 찬 목소리로 말하던 엄마를 떠올렸다. 지민은 이렇게 볼품없는 방을 보고도 보라가 그런 말을 할까 생각하며 그게 다 무슨 상관이야, 하고 거칠게 중얼거렸다.

문제는 아무리 방을 뒤져도 보라가 말한 물건을 찾을 수 없다는 사실이었다. 짐작대로라면 그것은 오진홍의 노트북 안에 있어야 했다. 그러나 컴퓨터 화면에는 초기설정 화면만 덩그러니 떠 있을 뿐, 포맷의 흔적이 역력했다. 어떤 상황을 염두에 둔 건지 모르겠지만 오진홍은 노트북에 있던 자료를 남김없이 밀어버렸다. 남은 시간이 얼마 없었다. 지민이 설정을 마무리 짓고 컴퓨터를 살폈으나 그 안은 텅 비어 있었다. 책상과 서랍도 변변찮았다. 지민이 한숨을 삼키며 책장을 둘러보고 있을 때였다.

"찾았어?"

언제 들어온 건지 허인회가 풀린 눈으로 지민의 등 뒤에 서 있었다. 머리를 식히랬더니 술에 취해 나타났다. 이게 무슨 빌어먹을 짓인가. 지민이 고개를 저었다. 허인회는 몸을 앞뒤로 흔들며 물었다.

"무슨 물건을 찾는 거야?"

"찾으면 말씀드릴게요. 지금은 짐작뿐이라서 확실치가

않아요."

"찾는 게 컴퓨터 파일 같은 거야?"

"아마도요."

허인회가 비틀거리며 책장으로 다가왔다. 엄지민은 몸을 틀어 그녀를 피했다. 허인회와 함께 있으면 마냥 좋을 줄 알았다. 아니 꼭 그렇게 생각한 것만은 아니지만, 실상은 더 최악이었다. 전쟁통 지뢰밭 한복판에 있는 느낌이었다. 그들이 함께 있으면 허인회가 터지거나 자신이 터지기 일보 직전인 상태가 된다. 그들이 터지지 않는다 하더라도 그들 머리 위로 시도 때도 없이 폭탄이 투하된다. 그런 상황에서는 서로에게 다가가려는 시도조차 해선 안 된다. 그런 시도가 빠르고 잦을수록 그들은 더 큰 가능성으로 허공에서 산산조각 날 것이다.

허인회가 팔을 뻗어 까치발을 했다. 그러나 손이 책장 꼭대기 칸에 닿지 않았다. 물끄러미 그 모습을 바라보던 지민이 손을 뻗자 허인회가 저거야 저거, 하고 손짓을 했다. 그 모습이 너무 태연해서 어이가 없을 지경이었다. 지민이 책등에 『사랑의 대화법』이라고 적힌 두꺼운 책을 잡았다. 그것을 빼느라 고개를 젖히는데 천장이 빙글 도는 것을 느꼈다. 지민이 머리를 흔들며 책을 내리자 허인회가 그것을 받아 열어젖혔다.

"이게 책으로 보이지만 책이 아니지."

책 모양을 한 수납함 안에는 공진단 병이 빼곡하게 들어 있었다. 허인회가 귀퉁이에 있던 병을 꺼내 흔들자 달그락거리는 소리가 났다. 그녀가 병을 열었다. 그리고 그 안에 있는 USB를 꺼내 냄새를 킁킁 맡으며 말했다.

"남편이 좋은 건 숨겨두고 저만 먹기에, 나도 먹으려고 봤더니 여기 비밀스러운 게 많더라고. 오진홍은 여기를 저만 아는 줄 알아. 그나저나 물건에서 공진단 냄새가 난다."

지민이 다급히 말했다.

"그걸 저한테 주세요! 지금 확인해볼게요."

"그래."

허인회는 말과는 달리 USB를 움켜쥐고 움직이지 않았다. 지민은 인회의 눈동자가 기묘하게 타오른다고 느꼈다. 술에 취해 풀린 눈은 온데간데없고 지나치다 싶을 정도로 형형한 눈이 지민을 응시하고 있었다. 지민은 조금 이상하다고 생각하며 손을 뻗었다. 인회가 지민의 손끝이 떨리는 걸 바라보며 말했다.

"그런데 말이야. 나는 조우경을 만나러 갈 거야."

지민이 얼굴을 찌푸리며 고개를 저었다. 또 시작이었다. 저런 집념은 어디서 솟는 걸까. 지민은 치미는 졸음 때문에 책장에 몸을 기대고 서서 허인회를 바라보았다. 책상에 기댄 몸이 무너지려 했다. 왜 이렇게 졸린 걸까. 지민은 등에 힘을 주며 차갑게 말했다.

"그럼 제가 신고한다고 했죠."

"USB를 받을 수 없다고 해도?"

"이러지 마세요. 아줌마가 만나고 싶은 그 사람은 살인자인지도 몰라요."

허인회는 놀라는 기색 없이 대답했다.

"나야말로 명백한 살인자지."

"조우경은 엄마 실종에 관련이 있을 수도 있다고요! 왜 그런 사람을 만나려는 거예요. 아줌마 도대체 뭐예요? 그 사람을 만나서 뭘 하려고요?"

엄지민은 걷잡을 수 없는 졸음이 밀려오는 것을 느끼며 고개를 흔들었다. 그리고 떼어지지 않는 입을 열어 느릿느릿 말했다.

"칸쿤에서 아내를 잃은 사람한테 연락한 게 아줌마였어요? 그 사람은 저보다 먼저 조우경에 대해 물어온 사람이 있다고 했어요. 그게 아줌마죠? 그래서 이렇게 덤덤한 거죠?"

이상한 건 허인회였다. 그녀는 놀란 듯 입을 틀어막았다. 그리고 화색이 도는 얼굴로 외쳤다.

"너도 알고 있었니? 칸쿤 이야기를 알고 있었어?"

"……"

"진작 말하지! 괜히 전전긍긍하며 감췄잖아."

"네?"

허인회는 흥분한 듯 몸을 돌렸다가 깍지를 껴 마주 잡은 두 손으로 입술을 두드리다 결심이 선 듯 엄지민에게 다가섰다. 그리고 둘밖에 없는 서재에서 주변을 힐끔대고는 목소리를 낮추며 말했다.

"내가 하는 말 잘 들어. 너도 들으면 날 이해하게 될 거야."

"……"

"내가 볼 때 말야. 조우경이 사람을 죽인 게 맞아."

"칸쿤에서 사고를 당한 신혼부부 얘기를 하시는 거예요?"

"그래. 조우경이 범인이야. 왜인 줄 알아?"

"……왜요?"

"그 부부가 서로 사랑하지 않았던 거야. 그래서 조우경이 신부를 죽인 것 같아."

"그게 무슨 말이에요……"

"아까 남편 머리를 망치로 때리는데 불현듯 그 생각이 스치더라고. 이렇게 누구도 사랑할 줄 모르는 인간은 죽는 편이 낫지 않을까? 이런 배신자는 없어지는 편이 낫지 않나? 조우경도 그런 생각을 했던 거야.”

“……”

“칸쿤에 있던 신혼부부도 서로 사랑하지 않았던 거지. 나는 사랑 없이 결혼하는 부부를 너무 많이 봤어. 지긋지긋할 정도로 봤다고. 그들도 그랬겠지. 사랑한다고 해놓고 서로를 배신했을 거야.”

“그건 아줌마 추측일 뿐이잖아요.”

“추측이 아냐. 너도 대화를 해봤다니까 느꼈겠지. 통화해보니까 그 남편이 보통 이상한 게 아니더라고. 내가 아내를 사랑했냐, 얼마나 슬프시냐, 아내가 죽고 어떤 시간을 보내셨냐, 물으니까 그 남자가 막 화를 내더라니까. 그래서 내가 뭘 알아냈는지 알아? 그놈이, 재혼을 했어. 그 망할 놈이 아내를 그렇게 떠나보내고 고작 이년도 안 됐는데 재혼을 했다고! 애도 있대! 이 사실이 말해주는 게 뭐라고 생각하니?”

엄지민이 “뭔데요” 하고 묻자 허인회가 엄숙하게 고개를 저으며 말했다.

“사랑하지 않았던 거지. 애정이 없었던 거야. 조우경은 그 사실에 상처받았고. 그래서 어쩔 수 없이 그런 일을 한 것 아닐까?”

“……”

"한 것 아닐까가 아니라, 내 생각이 틀림없어."

"그 말이 사실이라면 조우경이 왜 남편을 안 죽이고 아내를 죽인 거예요?"

"답답하기는! 아내도 그랬겠지! 더 심했거나."

"설마 조우경을 만나서 칸쿤 이야기를 하시려는 건 아니죠?"

"왜 아니겠니."

"하고 난 다음에는요?"

"그게 맞는다면 사랑한다고 고백할 거야."

지민은 보이지 않는 지뢰가 사방에서 팡팡 터지는 것 같은 느낌을 받으며 허공에 떠 있는 듯한 허인회의 얼굴을 바라보았다. 모든 생각이 다 말이 안 된다. 신부가 죽은 이유도 이상하고, 배우자를 사랑하지 않는 사람은 죽어도 된다고 생각하는 논리도 괴상했다. 그러나 제일 최악인 건, 조우경이 살인을 한 게 맞는다면 그에게 고백하겠다고 말하는 허인회의 결심이었다. 어디서부터 무엇을 지적해야 하는 걸까. 지민은 울고 싶었다. 그러나 울어본 일이 별로 없어서 심장만 쿵쾅거릴 뿐 각막은 건조하기 짝이 없었다.

지민은, 사랑하지 않는 사람은 죽어 마땅하다고 말하는 허인회의 분노에서 지독하게 상처받은 마음을 본다. 오진홍과 염보라의 거짓말이, 고군분투해온 세월이, 허인회를 얼마나 황폐하게 만들었는지 느낀다. 오진홍과의 관계 유지를 선택한 건 허인회였다지만, 그 선택을 견디기 위해 그녀가 자신의 세계를 어떻게 굴절시켜왔는지 확인한다. 무너진 세계를 무너지지 않았다고 말하고, 죽어버린 대지를 죽지 않았다고 반복해 말하다가, 급기야는 자신의 말을 믿어버리는 사람의 절망을 본다. 인회는 저 자신이 왜곡시키고 파괴해버린 세계에서 홀로 살아남은 생존자처럼 서 있었다. 거대한 지뢰를 손에 들고 그것이 보물이라고 말하며 웃고 있었다. 허인회는 괴상하고 돌았지만 무섭지는 않다. 정말 이상하지만 또 그렇게까지 이상하진 않다. 다만 궁금한 것은, 허인회가 왜 조우경을 택했느냐는 점이었다. 공감할 만한 사람을 고르는 건 각자의 선택이라지만, 허인회는 그 자리를 어째서 조우경에게 내어준 걸까. 엄지민이 슬픔을 느끼며 물었다.

"고백이 성사되면요?"

"글쎄. 우리가 영혼의 동반자라는 걸 확인하게 되겠지."

"아줌마는, 사랑이 왜 그렇게 중요해요?"

"당연한 거 아니야? 좋은 거니까 중요하지."

엄지민은 바보 같은 질문을 한다는 듯 코웃음을 치고 있는 허인회를 바라보다 불쑥 말했다.

"만약에요. 아주 만약에요, 제가 다 버리고 아줌마한테 함께 도망치자고 하면 어떻게 하실 거예요?"

허인회가 엄지민을 바라보았다. 엄지민의 눈동자가 사정없이 떨리고 있었다. 엄지민은 자신이 바보 같다고 느꼈다. 사랑이 싫다고 하면서 결국 이렇게 허인회의 감정에 휩쓸려버린다. 참았던 말을 입 밖에 내고 만다. 허인회가 별 정신 나간 말을 다한다는 듯 이마를 짚으며 말했다.

"난 네 엄마가 아냐."

"엄마라고 생각해본 적 없어요. 그런데 아줌마, 물에 약을 탄 거예요?"

"……응, 수면제 조금."

"정말 심하시네요. 엄마를 만나러 가야 하는데……"

"미안해."

"잠들기 직전이니까 한번 더 말할게요."

"……"

"저랑 도망가요. 내내 이 말을 하고 싶었어요."

허인회는 눈을 천천히 끔뻑이며 엄지민을 바라보았다. 지민은 손바닥으로 책장을 짚었다. 허인회의 대답을 들으려 했다. 하지만 결국 대답을 듣지 못하고 고개를 떨궜다. 쓰러지는 지민을 허인회가 받으며 주저앉았다. 지민은 허인회에게 안겨 잠과 싸우고 있었다. 허인회는 살면서 사랑 고백을 받아보기는 처음이라서 그것이 사랑인가 그냥 하는 말인가 긴가민가하다가, 멍하니 허공을 바라보다, 자신에게 안긴 엄지민을 조심스럽게 안아보았다. 조우경에게 진위를 파악하러 가야 하는데 이게 대체 무슨 일인가. 진위도 파악하고 자수도 해야 하는데 무슨 일이 이렇게 많은가. 너무 성가셨다. 그런데 목덜미에 닿은 엄지민의 얼굴이 차가웠다. 그게 부드럽고 시원해서 허인회는 움직이고 싶지 않았다. 생전 처음 느껴보는 감각이었다. 그러다 두려움을 느끼고 마는 것이다. 낯선 것을 만나면 발톱을 세우는 짐승처럼 처음 느끼는 감각에 가장 두려웠던 때를 떠올리고 말았다. 벌거벗고 울면서 검은 산을 헤매야 했던 때를. 허인회는 몸을 부르르 떨었다. 엄지민을 받아들이면 아버지가 화를 내실 거라고, 검은 산에 혼자 버려지고 말 거라고, 포대자루를 뒤집어써야 할 거라고. 부르르 몸이 떨렸다. 허인회는 자신도 모르게 엄지민을 책장에 밀쳤다. 이 아이는 내 남편을 빼앗아 간 여자의 아이지! 허인회는 자신이 평범한 사회구성원으로 살아가기에는 이미 불가능할 정도로 무서운 짓을 벌였다는 사실도 잊고 고개를 저으며 나는 도의에 어긋난 짓을 할 수 없어, 그럴 수 없지, 하고 생각했다. 책장에 기대 인회를 바라보던 지민은 무거운 눈꺼풀에 저항하던 힘을 풀어버렸다.

*

팔년 전, 허인회는 중학생인 엄지민을 차에 태워 자신이 자란 동네로 데리고 갔다. 그곳 야산 아래 차를 세웠다. 해가 뉘엿뉘엿 지고 있었다. 낮과는 달리 기온이 크게 떨어진 상황이었다. 인회는 지민에게 우리는 저 산에 올라갈 거라고 말했다. 모든 상황이 그 방향을 가리키고 있었지만, 무엇보다도 인회가 시퍼렇게 질린 얼굴로 몸을 떨어서, 지민은 그녀가 자신을 죽이려 한다는 사실을 알았다. 그리고 배신감을 느꼈다. 그들은 고속도로 휴게소에 들러 통감자를 나눠 먹지 않았나. 티격태격하며 같이 들을 음악을 선곡하지 않았나. 곧 죽일 사람에게 왜 그런 짓을 한 걸까. 아니, 모든 걸 다 떠나서 그들은 둘 다 멀리, 아주 멀리 달아나고 싶어 하지 않았나.

허인회는 고개를 떨궜다. 그리고 가라앉은 목소리로 “꿈이 뭐니?” 하고 물었다. 지민은 대꾸하지 않았다. 죽일 상대의 꿈을 묻는 게 무슨 소용이 있나. 게다가 그것은 아이와의 대화가 익숙지 않은 어른들이 할 말이 없을 때 습관적으로 던지는 질문이었다. 지민은 자신에게 관심도 없는 어른들로부터 그런 질문을 이만번쯤 들어왔다. 그러다 보면 꿈 따위는 쓰레기통에 넣어서 불태우고 싶어진다.

허인회가 다시 물었다.

"꿈이 뭐니?"

인회의 손이 떨리고 있었다. 지민이 대답하지 않자 인회는 화를 냈다. 지민은 실망했다. 인회는 그녀에게 해를 가하고 싶지 않아서 그런 질문을 던지는 건지도 모른다. 내가 너를 죽여선 안 되는 이유를 일러달라고 애원하는 건지도 모른다. 지민도 그쯤은 알아들었다. 하지만 한심한 일이었다. 그냥 안 죽이면 안 되는 건가. 꿈이 뭐라는 거창한 말을 듣고, 내가 이 아이의 미래를 파괴할 수는 없지, 하는 생각을 해야지만 지민을 살려둘 수 있는 걸까. 지민을 염보라의 딸이 아니라 있는 그대로 봐줄 수는 없는 걸까. 아니 그럼 그들은 만날 수조차 없었겠지. 지민은 모든 게 역겹게 느껴졌다. 인회가 대답을 채근했다.

"꿈이 뭐냔 말이야!"

지민은 분노해서 외쳤다.

"저를 죽일 거잖아요! 제가 뭐가 되고 싶든 어떤 사람이든 다 무시하고 저를 죽일 생각이잖아요! 그럴 생각으로 저를 찾아온 거 아니었어요?"

지민은 차에서 뛰어내렸다. 그러고는 컴컴한 산속으로

달려 들어갔다.

인회가 지민을 쫓았다. 지민은 인회를 쉽게 따돌릴 수 있었지만 산이 익숙지 않아서 자주 멈춰 섰다. 지민이 등산로 옆 나무에 숨어 몸을 웅크리고 있으면 인회가 뚝심좋게 나타나 지민을 불렀다. 그 목소리가 크고 가까워지면 지민은 다시 일어나 달렸다. 지민은 산과 어둠이 너무 두려워 인회의 목소리가 들리기를 바라기도 했고 바라지 않기도 했다. 일부러 발소리를 크게 해 인회를 부르기도 했고, 인회가 다가오면 다시 달아나기도 했다. 그러는 사이 해가 완전히 져버렸다.

허인회의 목소리는 점차 변해갔다. 처음에는 널 죽이지 않을 거야, 도망치지 마, 하고 되도록 부드럽게 지민을 부르던 인회는 나중에는 쥐방울만 한 게 찾으면 죽여버리겠다고 악에 바쳐서 외쳤다. 인회의 목이 쉬어서 갈라졌다. 지민은 그녀가 자신을 더 크고 가깝게 불러줬으면 좋겠다고 생각하며 숨어 있었다. 그렇게 죽여버리겠다는 말을 세번쯤 들었을 때 지민은 인회가 있는 길목으로 비척비척 걸어나갔다.

“어디 죽여보시지 그래요?”

“망할, 닥쳐.”

그들은 빛이 들지 않는 산속에서 서로의 까맣게 저문

얼굴을 마주 보았다. 누구의 입에서 나오는 건지 모를 거친 숨소리가 산을 메웠다. 몇차례의 실랑이 끝에 서로에게 다가섰다. 서로의 몸을 더듬어 상대의 손을 잡는 데에는 더 긴 시간이 걸렸다. 그리고 산 밑으로 향했다. 그러나 어둠은 그들이 향해 가야 할 방향까지 삼켜버렸다. 핸드폰은 방전된 상태였다. 인회와 지민은 자신들이 어느 순간부터 산을 올라가고 있음을 깨달았다. 그런 일이 몇번 있었다. 두어차례의 싸움과, 생존을 위해 불가피하게 이루어지는 억지 화해, 인회와 지민은 번갈아가며 축축한 나뭇잎 위를 뒹군 후에야, 날이 밝은 다음 산에서 내려가자는 합의에 도달했다. 가을 산이 추워서 그들은 서로를 끌어안고 시간을 견뎠다. 그러지 않을 도리가 없었다.

지민이 자꾸 몸을 떨어서 인회는 지민을 도닥이며, 많은 말들을 했다. 알고 있겠지만 자신은 오진홍의 부인이라고 수치심에 휩싸여 말했다. 지민을 찾아온 이유는, 지민을 벌거벗겨 산에 버리면 보라와 진홍이 죄책감에 몸부림치지 않을까 하는 생각 때문이었다고 했다. 그리고 지민이 선뜻 차에 타서 너무 놀랐다고, 다음부터는 절대 모르는 사람 차에 함부로 타지 말라고 호통을 쳤다. 그리고 지민에게 잠들지 말라고 말했다. “잠든 거니?” 수차례 묻다 “그래, 자면 안 돼” 하고 중얼거리며 어린 시절 벌거벗은 채 산을 헤맸던 이야기를 했다. 그 기억이 너무 춥고 무서워서 다신 이곳에 오지 않으려 했는데 악귀 같은 마음을 품고 지민을 이곳에 끌어들였다고 말이다. 자신이 아는 가장 무서운 짓을 하고 싶은데, 자꾸 이곳이 떠올랐다고 했다. 그리고 한동안 말이 없었다. 그러다 "불이 있었으면 좋겠다"고 중얼거렸다. 알몸인 채로 산에 왔을 때는 너무 추워서 산에 불을 피우고 싶었다고 했다. 자신은 산을 전부 태우고 싶을 정도로 춥고 화가 나 있었다고 말이다. 그러면서 "하지만 고작 나 때문에 산을 태워서는 안 되잖니. 그래서 불을 피우지 못했어" 하고 중얼거렸다. 그리고 "자살하려고 산에 갔다가 추워서 불을 피운 사람 이야기 아니? 그 사람은 산을 태워서 경찰서에 갔다더라. 자살하려던 인간이 추위 하나를 못 참고 산을 날려먹었다고" 하고 깔깔대며 웃었다. 신문기사에서 그런 이야기를 봤다고 했다. 그러다 "죽는 게 나은 걸까, 방화범이 되는 게 나은 걸까" 하고 슬픈 목소리로 중얼거렸다. 그리고 미안하다고 속삭였다. 자신을 용서하지 말라고 했다. 고속도로를 달릴 때에는 지민을 데리고 먼 곳에 가서 새 삶을 사는 상상을 해놓고, 이런 짓을 벌이고 말았다고 했다. 그리고 머뭇거리다 차에 폭죽이 아주 많다고, 자신은 일을 마치면 가끔 강가에 가서 그걸 터뜨리는데 산에서 내려가게 되면 같이 불꽃놀이를 하자고, 그럼 따뜻할 거라고 더듬거리며 말했다. 지민은 추위에 떨다 처음으로 입을 열었다.

"제 꿈은 코미디언이에요."

둘은 잠시 침묵에 잠겼다가 그 사실이 웃겨서 낄낄거리고 웃었다.

"그거야말로 대반전인데."

엄지민은 대반전은 무슨 대반전이냐고 성대모사를 몇 개 했다. 그러나 성대모사는 허인회가 더 잘했다. 염보라와 오진홍을 흉내 내는 허인회를 보며 엄지민은 정신없이 웃었다. 그 모사에 웃을 수 있는 사람이 자기뿐이라는 사실이 안타까울 지경이었다. 그리고 허인회가 불륜 사실을 알게 된 것이 최근이 아닐 거라는 생각을 어렴풋이 하게 됐다. 얼마 전에 알게 되었다고 하기에는 인회가 보라 흉내를 지나치게 잘 냈기 때문이다. 박장대소하던 지민은 그때 처음으로 엄마를 떠나야겠다고 생각했다. 보라는 지민이 원하는 것을 주지 않는다. 어쩌면 영원히 그럴지도 모른다. 그런 허기에 시달리다보면 그걸 견딜 수 없어 단념하는 때가 오지 않겠느냐고, 엄마의 사랑 따위에 신경 쓰지 않으면서 자유롭게 살 수 있는 날이 언젠가는 오지 않겠냐고 지민은 조용히 생각했다. 결과적으로 보라 곁을 떠나지 못했지만 그때는 그런 꿈을 꿨었다. 그런 의미에서 인회는 지민을 도왔다고 할 수 있다, 납치범이었지만. 그리고 지민은 자신 역시 어떤 의미에서 인회를 도왔다는 사실을 알고 있었다. 그들은 그날 밤 서로를 끌어안음으로써 서로가 무너지는 것을 막았다.

다음 날 아침이 되어 지민이 눈을 떴을 때 그녀는 병원에 있었다. 인회는 사라지고 없었다. 지민은 그 상황에서 어떻게 잠들 수 있었는지 의아했다. 인회가 자신을 데리고 어떻게 산에서 내려올 수 있었는지 역시 불가사의였다. 그리고 지민은 한동안 그 설명되지 않는 일에 의지해 살았다.

*

해가 진 듯 방 안을 맴돌던 희뿌연 빛이 사라져 있었다. 지민은 눈꺼풀을 들어 자신의 몸을 내려다보았다. 그녀는 서재 벽에 기대 앉아, 양손은 침대 다리에 묶인 상태였다. 허인회는 지민을 등진 채 책상 스탠드 빛 아래에서 무언가를 열심히 쓰고 있었다. 지민은 갈증을 느끼며 시간을 확인했다. 아홉시간을 자버렸다. 보라와의 약속 시간은 이미 지나간 후였다. 지민은 이를 악물며 새어나오려는 신음을 참았다.

지민은 양손이 묶여 있는 침대 다리에 허리를 붙인 후 묶인 손을 비틀어 바람막이를 걷었다. 그리고 허리춤에 꽂혀 있던 과도를 꺼냈다. 지민은 칼집을 벗긴 칼로 손목을 묶고 있는 노끈을 끊었다. 그러는 동안 허인회는 단 한 번도 뒤를 돌아보지 않았다. 지민은 주머니를 더듬어 조용히 핸드폰을 꺼냈다. 거기에는 부재중전화가 여러통 찍혀 있었다. 지민은 다급히 손가락을 놀려 가장 최근에 와 있는 보라의 문자를 확인했다.

자료를 가져오지 않아도 된다. 다 해결이 됐다. 곧 집에 가마.

지민은 문자를 물끄러미 내려다보았다. 또다시 마침표가 찍혀 있었다. 이제는 확신한다. 보라가 마침표를 찍어 문자를 보낼 리 없다. 그건 보라의 말투가 아니있다. 게다가 함께 살고 있지 않은 딸에게 곧 집에 간다는 약속은 적절치 않았다. 진짜 보라라면 곧 연락하겠다고 말했을 것이다. 뭔가가 잘못되었다. 엄지민은 노끈을 털어내며 몸을 일으켰다. 허인회에게 다가갔다. 인회는 훌쩍이며 편지를 쓰고 있었다. '우경씨, 제 안에 아주 큰 변화가 일어났습니다'라는 말로 시작되는 편지였다. 편지 쓰기는 몇번의 실패를 거친 듯 구겨진 종이뭉치들이 책상 위를 나뒹굴고 있었다. 허인회는 고개를 박고 편지를 쓰느라 종이 위에 지민의 그림자가 드리워졌다는 사실도 눈치채지 못했다. 오진홍의 USB는 허인회의 가슴이 맞닿은 책상 안쪽에 곱게 놓여 있었다. 도저히 물건을 빼낼 수 있는 위치가 아니었다. 그러나 허인회가 숙이고 있는 상체를 든다면 물건을 낚아챌 수도 있을 것이다. 엄지민이 말했다.

“내용이 아주 엉망이네요.”

허인회가 놀란 듯 고개를 들었다. 고개만 든 게 아니라 의자에서 불쑥 몸을 일으켰다. 그 바람에 허인회의 머리가 엄지민의 아래턱을 들이받았다. 손을 뻗어 USB를 낚아채려던 엄지민은 아찔한 충격에 휘청거렸다. 그 틈을 타 허인회가 USB를 집어 들었다. 엄지민이 제지하듯 허인회의 팔을 잡았다. 허인회가 반대편 손으로 USB를 옮겨 그것을 입에 넣었다. 그들은 잠시 몸싸움을 했다. 그러나 허인회가 사관학교에서 숱하게 호신술을 배운 엄지민을 이길 수는 없었다. 엄지민은 허인회의 목을 팔로 압박한 후 그녀를 벽에 밀어붙였다. 허인회는 꼼짝도 하지 못하고 제압당했다. 엄지민은 허인회의 입을 벌려 그 안에 손을 넣으려 했다. 그러나 허인회는 엄지민을 밀치며 USB를 삼켜버렸다. 침 넘기는 소리가 크게 울리며 모든 게 끝이 났다. 엄지민이 외마디 비명을 지르며 허인회의 멱살을 잡았다.

허인회가 눈을 질끈 감았다. 그리고 맞을 게 두려웠는지 고개를 도리도리 저었다. 그 모습을 보고 있자니 엄지민은 맥이 빠지는 걸 느꼈다. 허인회를 너무 얕본 건지도 모른다. 하지만 그렇다고 칼이나 주먹을 쓸 수는 없지 않은가. 지민은 눈을 감고 있는 허인회의 얼굴을 바라보다 시선을 돌렸다. 허인회가 슬며시 눈을 떴다. 지민은 인회의 멱살을 던지듯 놓으며 말했다.

"아줌마가 전부 망쳤어요."

"선생님을 만나기도 전에 네가 신고할까봐 그랬어. 그나저나 이걸 어쩌냐."

"……"

"그래 별수 없다. 난 꼭 돌아올 거야. 날 믿어줘."

"저도 엄마를 만나러 가야 해요."

"엄마를? 언제까지 가야 하니?"

지민은 생각에 잠긴 얼굴로 말이 없다 뭔가를 결심한 듯 대답했다.

"자정까지는 나가봐야 해요."

"자정? 그럼 두어시간이 남았네. 돌아와서 내가 관장을 하면……"

엄지민은 허인회의 말에 참지 못하고 머리를 움켜잡으며 소리쳤다.

"어쩔 수 없어요. 아줌마는 저랑 같이 가는 거예요."

"뭐? 안 돼."

"그럴 거면 USB를 삼키지 말았어야죠!"

"그게 나만의 잘못이냐!"

"그러니까 저랑 같이 가면 된다고요."

"안 된다고. 나는 조우경을 만나러 가야 해!"

"어디로 가실 건데요."

"그야 그 사람 집으로……"

"조우경을 만나러 간다면서 그 사람이 어디 있는지도 모르는 거예요?"

"……뭐?"

"제가 가는 데 조우경이 있어요. 같이 가면 돼요."

"어디?"

"수영장이요."

*

허인회가 애원하듯 엄지민을 바라보았다. 지민이 고개를 저었다.

"저는 이제 아줌마 일에 관여하지 않아요."

그럼에도 허인회는 엄지민에게 자신이 쓴 편지를 내밀었다. 지민이 한숨을 쉬며 그것을 받아 읽어내렸다. 허인회는 초조한 듯 손가락을 물어뜯다 물었다.

"정말 별로야?"

엄지민은 편지를 돌려주며 말했다.

"너무 깊어요. 도망치고 싶을 것 같아요."

그러나 그런 편지를 받는다면 누구도 쉽게 그것을 잊을 수 없다. 편지는 솔직했고 뜨거웠다. 지민은 자신이 그런 편지를 받는다면 읽고 또 읽다가 외우고 말았을 거라는 말은 하지 않았다. 허인회가 편지를 박박 찢었다. 지민은 고개를 돌려 시계를 바라보았다.

허인회는 좀처럼 자신의 방에서 나올 생각을 하지 않았다. 샤워를 하고 옷을 입을 뿐인데 너무 긴 시간이 걸렸다. 준비를 마친 지민이 24시 약국과 관장약을 검색하다 초조함을 참지 못하고 허인회를 부르려 할 때였다. 방문이 열렸다. 허인회는 무릎을 덮는 단순한 디자인의 하얀 실크드레스를 입고 천천히 걸어나왔다. 그녀의 왼쪽 가슴에는 흰색 코사지가 달려 있었다. 허인회는 민망한 듯 머리에 얹은 흰색 머리띠를 만지작거렸다. 지민은 화장을 하고 머리를 한 흔적이 역력한 인회의 상기된 얼굴을 바라보았다. 그것은 지민이 본 허인회의 모습 중 가장 아름다운 모습이었지만, 그랬지만…… 지민이 입을 벌린 채 말이 없자 인회가 시선을 떨구며 말했다.

"결혼사진을 찍을 때 입으려고 오래전에 사놨던 거야."

"아줌마, 벌받으실 거예요."

"이제 입을 일이 없는 걸 어떡해!"

"그래서 입은 거 아니잖아요!"

지민은 김장봉투에 싸여 밀봉돼 있는 오진홍을 힐끗 쳐다보았다. 거실 에어컨이 최저 온도로 돌아가고 있었다. 지민은 몸서리를 쳤다. 이 미치광이 놀음을 어떻게 하면 좋을까. 일이 잘 해결된다면, 지민은 엄마를 병원에 보내고 허인회와 함께 젯값을 치를 생각이었다. 그럴 수 있을 거라고 생각했다. 그러나 이제는 모르겠다. 지민은 토할 것처럼 속이 울렁거리는 걸 느끼며 몸을 일으켰다. 허인회가 신발장을 열자 손질이 잘된 하얀 구두가 튀어나왔다. 허인회는 처음 신어봐, 하고 중얼거리며 황홀한 듯 그것을 바라보았다. 지민은 애써 시선을 돌렸다. 밀봉된 오진홍이 겹겹이 싸인 비닐 안에서 뜬 눈으로 그들을 바라보고 있었다.

주차장까지 가는 길에도 허인회는 좀처럼 속도를 내지

못했다. 엄지민이 한참을 앞서 걷다 뒤를 돌아보면 멀리 뒤에서 허인회가 뒤뚱뒤뚱 걸어오는 게 보였다. 그렇게 높은 굽이 아님에도 구두가 익숙지 않은 듯했다. 한동안 앞서 걷던 지민은 멈춰서 인회를 기다렸다. 인회가 비틀거리며 지민에게 다가왔다. 지민이 팔을 내밀자 인회가 그 위에 손을 얹었다. 그들은 종종걸음으로 걷기 시작했다.

*

지애의 신혼여행 마지막 날, 우경과 부부는 펀다이빙을 나갔다. 그들은 두번의 짧은 체험을 마친 뒤 난파선이 있는 바닷속으로 마지막 다이빙을 떠났다. 조우경은 윤지애가 허튼 짓을 할 수 없도록 빈틈없고 정중하게 행동했다. 윤지애는 생각에 빠진 듯 멍하니 말이 없었다. 신랑이 호들갑을 떨며 물속에 버려진 배를 살필 때에도 그녀는 난파선에서 떨어져 홀로 수중을 바라보았다. 조우경은 내심 안도했다. 그리고 더 가까이 가서 배를 봐도 된다고 선심 쓰듯 그녀에게 손짓했다. 난파선은 시시하기 짝이 없는 작은 어선일 뿐이었지만 말이다. 그 배에서 도대체 무엇을 보아야 한단 말인가. 이제는 구닥다리가 된 작은 배의 내부? 녹슬어버린 시간? 위험에 조금만 노출되어도, 아니

발만 살짝 잘못 디뎌도 인생이 산산조각 날 수 있다는 섬뜩한 경고? 아니, 아무리 잘 디디려고 해도 파도는 그들의 삶을 만신창이로 만들어버릴 수 있다는 어이없고 짜증 나는 사실들? 우경은 지애에게 그들의 만남이 그런 파도에 불과했으며, 삶이 산산조각 나지 않은 것을 다행으로 여기라고 말하고 싶었는지도 모른다.

지애는 다가오지 않은 채 말없이 우경을 바라보았다. 우경은 묘한 짜증을 느끼며 시간을 견뎠다. 그리고 마침내 다이빙을 끝내야 할 때가 되었다. 열흘간의 관계에 울리는 종료 휘슬이었다. 우경은 부부에게 상승을 지시했다. 수면 상승은 다이빙 수업 내내 '자, 부부 합동작업을 시작합니다' 하는 농담과 함께해온 일이었기 때문에 매우 신속하게 이루어졌다. 남편은 몸의 힘을 빼고 30미터 위에 있는 수면을 향해 거침없이 솟아올랐다. 우경은 상승하지 않는 지애를 향해 손짓했다. 올라가세요. 그러나 지애가 고개를 저었다. 마지막 투정이겠거니, 조우경이 다시 손짓했다. 그때 돌연 지애가 물고 있던 호흡기를 빼버렸다. 위험한 돌발행동이었다. 수신호를 거듭하던 우경은 손으로 호흡기를 붙든 채 웅웅 울리는 목소리로 "호흡기를 물어!" 하고 소리쳤다. 물의 저항이 소리를 지울 수 없을 만큼 그들은 가까이에 있었다. 그러자 지애가 호흡기를 수중에 던져버리고는 우경을 등진 채 헤엄치기 시작했다.

조우경은 다이빙 시계로 남은 공기량을 확인했다. 앞선 두차례의 다이빙으로 남아 있는 공기량이 많지 않았다. 우경은 다급하게 오리발을 휘저었다. 도망치는 지애를 잡아 입에 호흡기를 물릴 생각이었다. 그게 안 된다면 그녀를 제압해 함께 수면 상승을 시도할 수밖에 없다. 그런데 그때 이상한 일이 일어났다. 필사적으로 달아나는 지애의 뒷모습을 보면서 우경은 심장이 걷잡을 수 없이 뛰는 것을 느꼈다. 이상한 고양감, 나 때문에 죽겠다고? 지애의 행동은 그들의 약속을 어그러뜨리는 짓이었지만, 조우경은 그 때문에 더 흥분하고 말았다. 그가 힘을 발휘하고 멋대로 할 수 있는 건 열흘 정도인 줄 알았다. 그런데 그 너머가 있었다. 나 때문에 죽겠다고? 우경은 쿵쿵 뛰는 심장을 느끼며 속도를 늦췄다. 그렇게 빨리 달리다간 지애를 너무 쉽게 붙들고 말 것이다. 지애가 숨이 막힌 듯 휘청이며 킥을 계속하고 있었다.

지애의 입에서 생명과도 같은 공기 방울들이 뿜어져 나왔다. 그녀는 숨이 막히는 듯 자신의 등 뒤로 돌아가 수중을 떠돌고 있는 호흡기 줄을 잡기 위해 손을 휘저었다. 한계에 임박한 듯했다. 지애의 손이 호흡기에 닿았다. 그러나 그녀는 그것을 잡을 수 없었다. 지애는 자신의 생명줄을 낚아챈 우경을 바라보았다. 그녀가 호흡기를 향해 손을 뻗었다. 우경이 고개를 저었다. 그는 그녀에게 계속 앞으로 가라고 손짓했다. 우경의 눈을 보고 뭔가가 잘못되었다는 사실을 깨달은 지애가 팔을 휘저었다. 그녀의 팔은 우경에게 닿지 않았다. 그녀가 손으로 목을 감싸며 발버둥 쳤다. 조우경이 소리쳤다.

"가! 앞으로 가!"

지애의 발버둥이 계속됐다. 우경은 초조했다. 이 시간을 이렇게 빨리 끝낼 수 없다. 더, 더, 더, 더, 더, 더, 저 너머로 가야 한다. 윤지애는 몸부림을 치며 공기통을 향해 손을 뻗었다. 그녀의 손끝이 공기통과 연결된 보조호흡기 줄에 닿았다. 지애는 다급히 그것을 잡아 보조호흡기를 입에 물었다. 그녀가 숨을 빨아올리려 할 때였다. 조우경이 핀을 끼운 발을 뻗어 그녀의 호흡기를 걷어찼다. 지애가 눈을 부릅뜬 채 우경을 바라보았다. 호흡기가 그녀의 입에서 빠져나갔다. 조우경은 그녀의 위로 솟아 지애의 호흡기 줄들을 팔에 감은 채 조류를 향해 헤엄치기 시작했다. 바닷물이 감미롭게 그의 몸을 감쌌다. 지애의 몸이 덜컹이며 맥없이 딸려왔다.

조류에 도착했을 때 지애는 이미 죽어 있었다. 우경은 지애의 얼굴을 물끄러미 바라보았다. 완전히 끝장나버린 하얗고 맑은 얼굴, 그는 그녀가 어떤 사람인지 몰랐다. 그러나 사랑하는 사람에게 하듯 지애를 끌어안았다. 그는 생전에 했다면 지애가 좋아했을 말들을 속삭인 다음 그녀를 조류에 흘려보냈다. 사랑을 느꼈다. 사랑하는 사람이 죽은 게 아니라 죽고 나서 사랑이 시작되었다더라. 그리고 난파선이 있던 곳으로 유영을 시작했다.

서둘렀음에도 공기는 중간에 바닥나고 말았다. 공기통에는 수면 상승을 시도할 만큼의 양도 남아 있지 않았다. 결정을 내려야만 했다. 조우경은 손을 떨며 차고 있던 다이빙 시계를 부숴 폐기했다. 그리고 낯선 망망대해에서 부력조절 조끼의 공기를 빼고 오리발을 휘저어 수면 상승을 시작했다. 그는 폐에 있는 공기를 쥐어짜기 위해 매뉴얼대로 '아아아아아' 하고 함성을 외치며 솟아올랐다. 가빠오는 호흡, 죽을 것 같은 통증, 끝날 것 같지 않은 긴 상승이 있었다. 그러나 그의 목소리만은 그의 귀를 뜨겁게 울리고 있었다. 자신의 외침이 마침내 수면에 닿은 것을 확인하며 우경은 가쁘고 거친 숨을 몰아쉬었다. 그는 머리 위의 하늘을, 미간 위에서 낮고 뜨겁게 넘실대는 태양을 바라보며 울었다. 처음으로 어떤 포만감을 느꼈다. 죽는다 한들 둥글고 큰 그 빛 가까이로 다가가고 싶었다. 그러면 배고픔이 끝날 것이다. 지긋지긋한 허기를 느끼지 않아도 된다. 그러나 그가 해온 얄팍한 약속과 열흘간의 합의된 관계만으로는 불가능하다. 빛을 뚫고 그 안으로 들어갈 수 없다. 어째서 그는 하잘것없는 물물교환에 만족했던 건가. 교환이 있다면 교환 그 이상을 요구해야 한다. 약속이 있다면 약속 너머로 달려가야 한다. 그게 바로 사랑 아닌가. 그는 사랑받고 싶었다. 윤지애에게 받은 것과 같은 사랑을 한도 끝도 없이 받고 싶었다. 조우경은 다시금 중얼거렸다. 아아, 이런 거로구나. 이제 알겠다.

*

관장약은 사지 않았다. 위에서 장까지 USB가 도달하는 시간을 생각한다면 최소 아침이 되어야 약을 쓸 수 있을 것이다. 구토를 권하지 않은 건 아니지만 허인회는 한참을 캑캑대다 한번 넘긴 음식은 뱉어본 적이 없다고 화를 냈다. 지민은 심란한 마음으로 차창을 열었다. 그사이 조금 선선해진 바람이 차 안으로 들어왔다. 지민은 고개를 돌려 드레스가 구겨질까봐 치마를 배까지 말아올리고 속바지를 드러낸 채 액셀을 밟고 있는 인회를 바라보았다. 그녀와 함께 수영장에 가는 게 바람직한 일인가. 인회를 괜한 위험에 몰아넣는 것 아닐까. 지민은 무슨 일이 있어도 수영장에서 엄마를 데리고 나올 계획이었지만 어쩐지 그 일이 수월하게 이루어질 것 같지 않았다. 그녀는 대시보드를 바라보며 천천히 말을 시작했다.

"오일 전에 엄마 전화를 받았어요."

"네 엄마 이야기는 듣고 싶지 않아. 벌레 같은 년이야."

"아저씨랑도 관련이 있는 이야기니까 들으시는 게 좋아요."

"싫어, 그 벌레만도 못한 새끼 이야기는 더 싫어!"

"지금 가는 곳이 어떤 데인지는 알아야 할 것 아니에요! 그저 조우경만 만나면 끝인 거예요? 한번밖에 못 들을 말이니까 정신 똑바로 차리고 들으시란 말이에요."

허인회가 자신을 추월한 앞 차를 향해 경적을 거칠게 두어차례 울린 후 풀이 죽은 목소리로 말했다.

"……되도록 짧게 말해."

"엄마가 살려달라고 했어요. 오진홍 아저씨가 가지고 있는 자료를 가져와야 본인이 살 수 있다고요. 그 자료가 뭔지는 엄마도 잘 모르는 것 같았어요. 그게 있어야 야간 풀에 들어갈 수 있다는 말만 반복했어요. 그래서 오늘 자료를 구해서 엄마를 만나기로 했던 거예요. 약속 장소에 가지 못했지만요."

"야간 풀? 수영장?"

"네."

"야간 풀이 뭔데?"

"모르겠어요."

지민은 처음 염보라의 전화를 받았을 때 경찰을 찾아갈 생각이었다. 보라가 자신은 납치된 게 아니고 자발적으로 움직이고 있으며, 만일 신고를 하면 또 사라져버릴 거라고 엄포를 놨지만 말이다. 그러나 막상 신고를 하려 했을 때 지민은 어떤 문제로 경찰서를 찾아야 하는지 알 수 없었다. 실종된 줄 알았던 엄마한테서 연락이 왔다고? 그리고 이상한 요구를 한다고? 그 이상한 요구가 뭐냐고 묻는다면 뭐라고 대답해야 할까? 엄지민은 경찰서를 찾는 대신 엄마가 말한 자료에 대해 알아보기 시작했다. 상황을 좀 파악해야 신고를 하더라도 헛발질을 하지 않을 수 있을 것 같았기 때문이다. 그 과정에서 지민은 뜻밖의 사실을 알게 되었다.

"아저씨가 왜 해임됐는지 알고 계세요?"

허인회는 고개를 저었다.

"표면적 이유는 공무원 품위 유지 의무 위반이었어요. 엄마가 아저씨랑 헤어지고 공무원이 불륜을 저질러도 되는 거냐고, 구청에 민원을 넣었더라고요."

"미친 것들. 지들끼리 북 치고 장구 치고……"

"그런데 구청에서 일하는 친구 말로는 그게 해임까지 갈 만한 일은 아니라고 하더라고요. 피해 당사자인 아줌마가 소송을 걸거나 진정을 넣은 것도 아닌데, 그렇게 된 건 다른 내막이 있는 것 같다고요."

"무슨 내막?"

"아저씨가 윗선에 미움을 샀던 것 같아요. 그래서 해임된 거라는 말을 들었어요. 아저씨가 담당했던 업무가 뭔지 알고 계세요?"

허인회는 운전대를 바라보며 말했다.

"알아. 그래서 염보라가 무료로 수영장에 다닌 것 아냐."

엄지민은 크게 고개를 끄덕였다.

연오시는 체육센터를 직접 관리하지 않고, 민간 업체에 운영권을 넘겨 관리하게 하는 방식을 취하고 있었다. 오진홍은 이 운영권을 위탁받을 업체를 선정하고 관리하는 일을 담당하는 공무원이었다. 간단히 말하면 체육센터 운영 감독관이라고 할 수 있었다. 문제가 많아 보이는 담당자였지만 말이다.

연오시에 체육센터가 생기고 십년 동안 한 업체에서 이것을 관리해왔다. 위탁 업체가 바뀐 적은 단 한번도 없었다. 그러나 그건 그렇게 특별한 경우는 아니었다. 지자체에서 업체를 자주 바꾸는 걸 선호하지 않기도 하고, 지방의 경우에는 위탁 경력을 쌓은 업체가 돌아가며 수탁을 맡거나 장기 수탁을 하는 경우가 흔했기 때문이다. 이해할 수 없는 부분은 따로 있었다. 십년 동안 수탁을 맡아온 비영리단체의 이름이, 오름재단이라는 점이었다. 그 오름교회의 목사가 대표로 있는 오름재단 말이다. 체육센터를 종교재단이 맡아서 관리하는 건 상식적으로 이해가 되지 않는 문제였다. 재단은 체육센터 운영이 처음이 아니라고 말했지만, 알아본 바에 의하면 믿을 수 있는 주장이 아니었다. 오름재단이 운영했다는 체육센터는 지금은 존재조차 하지 않았다. 그런데 시에서는 어떻게 종교재단을 체육센터 수탁 기관으로 삼을 수 있나?

위탁 업체를 선정하는 데 상당한 이해관계가 개입되었다는 것을 유추해볼 수 있는 지점이었다. 하지만 지자체에서는 당시 위탁 선정에 참가한 업체가 오름재단뿐이었다는 이유를 들어 수탁을 강행했고 그 결정은 지금까지 이어지고 있었다. 들은 바에 의하면, 오진홍은 오름재단을 관리하면서 시설 관리가 미흡한 부분이라든지, 심의에 어긋나는 부분을 눈감아주며 자잘한 푼돈을 받아왔다고 했다. 하도 알뜰하게 그것을 챙겨서 뒤에서는 짤짤이로 불렸다는 이야기도 있었다. 그러나 상황이 급변하는 계기가 왔다.

작년 수영장이 미혼반을 개장하면서, 이것이 지자체의 요구와 맞아떨어져 윗선의 관심을 산 것이다. 그러자 오름재단 측에서는 그간 오진홍의 만행을 까발려 그를 내치고, 오진홍 윗선과 손을 잡았다는 소문이 있었다. 오진홍이 이 사실을 알지 못하고 여태 해오던 대로 오름재단을 압박하다가 이 행동이 해임으로 이어졌다는 게 그에 대한 중론이었다. 허인회는 고개를 갸웃거리며 물었다.

"그럼 남편이 가지고 있던 자료는 뭐야?"

"오름재단과 관련한 자료가 아닌가 싶어요. 아저씨가 재단의 자체 비리에 빠삭했다고 하더라고요."

"집에서 계속 전화통을 붙들고 있기는 했어. 자기가 약점을 쥐고 있다면서."

"그걸로 한탕 하려고 했던 모양이네요."

허인회는 꿈에서 깬 듯 멍한 얼굴로 물었다.

"그런데 염보라가 왜 그 자료를 필요로 하지?"

"모르겠어요."

"……"

"제가 말하고 싶은 건 조우경도 오름재단 소속이라는 거예요."

"……"

"재단 사람들이 한밤중에 체육센터로 들어가는 걸 본 적이 있어요. 거기에는 조우경도 있었고요. 엄마가 말하는 야간 수영장이 그걸 말하는 거 같은데, 그 안에서 무슨 일이 일어나는지는 몰라요. 우리가 지금 거기에 가고 있는 거예요. 그러니까 아줌마는 밖에 숨어 계시는 게 어때요? 일단 제가 들어가서 상황을 파악할게요."

허인회는 복잡한 얼굴이었지만 강경하게 고개를 저었다. 지민이 한숨을 내쉬며 물었다.

"조우경이 왜 그렇게 좋으세요?"

"그 사람이 물에 빠진 나를 구했어."

"그런 상황에 곁에 있었다면 누구라도 그 일을 했을 거예요."

인회는 대답이 없었다. 인회를 바라보던 지민은 허공으로 시선을 돌리며 말했다.

"참 신기하네요. 조우경은 죽을 뻔한 아줌마를 구했고, 칸쿤에서는 사랑하지 않는 사람들을 벌하고…… 아줌마 얘기를 들으면 그 사람은 참 전지전능해 보여요."

"……"

"아줌마, 저는 엄마랑 아줌마를 선택해야 할 일이 생기면 엄마를 택할 거예요. 아줌마를 버리고 엄마를 구해서 데리고 나갈 거예요."

"……"

"그러니까 위험한 상황이 닥치면 최선을 다해서 도망치세요. 아무것도 돌아보지 마시고요."

허인회는 고개를 떨구며 물었다.

"어째서 사관학교에 갔니? 네 꿈은 그게 아니었잖아."

"자기가 하고 싶은 걸 하고 사는 사람이 얼마나 된다고요."

지민은 자신이 사관학교에 간 이유를 허인회가 알고 있는 것 같아서 부끄러웠다. 인회는 고지식한 얼굴로 말했다.

"엄마를 만나면 지체 없이 데리고 나가. 나까지 챙긴다고 고생하지 말고."

"그러겠다니까요."

지민은 차창 너머의 복지회관을 바라보았다. 인회가 물었다.

"그런데 오름재단이 뭐야? 뭐 하는 사람들이야?"

엄지민은 그들에 대해 어떻게 설명해야 할지 몰라 막

막한 얼굴로 인회를 바라보았다.

*

더는 물이 거북하지 않았다. 수영장에서 수육이나 염소 먹인 돼지 따위로 불렸던 어린 시절은 사라지고 없다. 조우경은 물을 사랑하게 되었다. 수영 실력이 비약적으로 늘었다. 수영을 하는 기쁨을 알았다. 하지만 수사 후에도 계속되는 의심의 눈초리 때문에 더는 칸쿤에 머물 수 없었다. 머물고 싶은 마음도 없었다. 그는 이미 솟아오르지 않았나. 조우경은 칸쿤에서의 삶을 정리한 뒤 한국으로 가는 비행기표를 끊었다. 그가 연오시에 온 건 우연이 아니었다. 조우경은 솟아오르고자 했던 사람들을 찾아 헤맸다. 이미 너무 오래전 일인지라 남은 자들이 많지 않았지만 말이다. 하지만 우경은 그들을 만나 자신의 경험에 대해 이야기해야 할 필요성을 느꼈다. 그래서 집요한 수색 끝에 오름교회를 알게 되었을 때, 그들이 수영장을 운영하고 있다는 사실을 접했을 때, 우경은 다시금 어떤 운명을 느꼈다.

조우경은 연오시에서 새 삶을 시작했다. 그곳에서 미

혼반을 기획하고 진행한 건 그였다. 적지 않은 임금을 주고 젊은 남녀들, 그러니까 얼굴이 꽤 그럴싸하고 괜찮은 스펙을 가장한 젊은이들과 강사들을 데려와 수영장에 취업시키고, 이곳 물이 좋다는 소문을 퍼뜨린 것도 그였다. 지자체에서 실무자 윗선의 과장급과 연을 맺고, 잡스러운 요구를 거듭하던 오진홍을 치워버린 것도 그였다. 지금은 공공기관을 민간 위탁하고 있는 수준이라서 제약이 많지만 이 연애사업은 결국 결혼사업으로 확장될 것이고, 아니 결혼이라는 환상을 파는 사업이 될 것이고 회원제와 사유화의 길을 걷게 될 것이다. 그 안에서는 폭넓은 다중연애와, 다문화연애, 짝짓기 게임 그리고 결혼이 추진될 것이다. 이 일시적인 활력을 어떻게 키워나갈 것인가는 계속 고민해보아야 할 일이지만 지자체는 확실히 그들이 진행하는 사업에 관심이 있었다. 그들은 남발하는 지원금으로는 젊은 남녀와 태어날 아이들을 이곳에 잡아둘 수 없다는 사실을 이미 체감하고 있었다. 그럼에도 인구절벽을 극복할 뾰족한 수를 찾지 못하는 암담한 상황에서 수영장이 결혼율과 출산율 성장의 교두보가 되어준다면 지자체가 그들을 마다할 이유는 없었다. 그들이 출산율 문제에 시달리고 지자체들 간의 경쟁을 계속하는 한, 지원은 계속될 것이다. 조우경은 그 흐름을 탈 생각이었다.

지자체장은 오름교회 목사 지광림에게 실적을 낼 수 있다면 목사가 그토록 원하고 바랐던, 크고 넓은 새 교회를 주겠다고 약속한 상태였다. 하지만 우경은 그 말에 코웃음을 쳤다. 새 교회가 대체 무슨 소용이란 말인가. 그는 있는 교회도 처분해야 한다고 주장했다.

해야 할 일은 수영장의 확장 신설이다. 지금의 수영장은 너무 낡고 오래되었다. 수영장이 그들의 새로운 교회가 되어줄 것이다. 그들은 새롭고 풍족한 환경으로 사람들을 끌어들여 그들의 옷을 벗겨야 한다. 그 벌거벗음 속에 사랑하고 헌신하라는 말은 철저히 숨겨질 것이다. 사랑과 헌신이 희박해지고 희생은 약자가 담당해야 할 어떤 것이라는 인식이 자리 잡은 세상에서, 종교는 사양산업으로 접어든 지 오래다. 그것은 착취와 비리의 냄새를 풍긴다. 과거의 종교가 나이 든 여성들의 헌신으로 유지되었다면 이제는 그래서는 안 된다. 그들은 젊은 사람들이 원하는 연애 인프라를 제공하고 교환을 요하는 시장의 형태를 갖출 것이다. 그들이 몸담고 있는 곳이 교회라는 사실을 사람들은 눈치채지 못한다.

그럼에도 그들을 교회라고 할 수 있는가? 교회다. 사랑을, 이성애를 믿는 교회다. 사랑을 해야만 생존이 가능하다고 믿는 교회다. 기존의 교회가 신을 앞세운 채 해왔던 이성애사업을, 조우경은 신을 뒤로 밀친 채 본격적으로 해볼 생각이었다. 사람들이 영혼의 단짝을 원하고 결합을 꿈꾸는 한, 그곳에 사랑의 가능성이 존재하는 한, 그것을 통해 사회 안으로 편입될 수 있다고 믿는 한, 그들은 알아서 수영장에 몸을 던질 것이다. 어떤 사람들은 이제 더는 사랑이 불가능하다고 말한다. 하지만 조우경은 그렇기 때문에 사람들이 가진 사랑에 대한 열망이 더 크다고 느낀다. 짝을 만나는 일이 점점 더 힘들어지면서 그것이 내밀한 열망이 되어 사람들을 옥죈다고 느낀다. 열패감에 빠뜨린다고 믿는다. 그 마음이 조우경의 보이지 않는 교회를 키우는 동력이 되어줄 것이다. 조우경은 사람과의 관계를 바라고 소통을 원하는 사람들을 불러모을 것이다. 사랑받아야만 자신에게 가치가 생긴다고 믿는 사람에게 손짓할 것이다. 그들은 자신들이 꿈꾸고 욕망하는 방향을 향해 움직일 것이다. 이곳에 있어야만 생존이 가능하다는 믿음이 생긴다면, 그들은 훌륭한 교환 주체로 이 시장에 참여할 것이다. 자신이 어떤 믿음에 헌신하고 있는지 깨닫지 못한 채 그렇게 할 것이다. 사람들은 자신이 얼마나 종교적인 존재인지 잘 모르는 것 같다고, 조우경은 생각했다. 윤지애를 만나지 못했다면 그 역시 그랬을 터였다.

조우경은 실내 사이클에서 내려와 거울 앞에 섰다. 다행히도 부기가 좀 빠졌다. 그 사실이 위로가 되었다. 지금 조우경은 상당히 곤란한 상황에 처해 있었다. 그가 데려온 강사 하나가 얼마 전 큰 사고를 쳤다. 그는 처음부터 유부남인 걸 속이고 취업을 해서 문제를 일으키더니, 결국 목사의 애인을 꾀어 도주했다. 그 때문에 지광림이 크게 화가 난 상황이었다. 그는 우경에게 책임을 물었다. 그러나 우경은 그것이 꼬투리에 지나지 않는다는 사실을 안다. 교회를 없애자는 우경의 발언에서부터 삐딱선을 타기 시작한 지광림은, 요즘 들어 부쩍 그를 견제하는 듯한 분위기를 풍겼다.

문제는 또 있었다. 여자들, 교회 토박이 신도인 늙은 여자들이 우경의 속을 썩였다. 그들은 수영장 관리와 청소를 맡은 핵심 인력이었다. 그뿐 아니라 그들은 자신들이 받을 월급을 고스란히 반납해 수영장 유지비용에 보탰다. 없어선 안 될 아주 소중한 존재들이었다. 하지만 이 늙은 여자들이 새로운 회원들을 향해 자꾸 텃세를 부렸다. 숙소를 이전시켜달라고 요구하는 것도 성가시기 짝이 없었다. 그러나 무엇보다도 우경의 신경을 거스르는 것은 그들이 이주에 한번씩 진행하는 야간 수영이었다. 조우경이 오기 전부터 해왔다는 이유로, 그들은 휴관일 전날 밤이면 수영장을 통으로 점거해버렸다. 대체 그 안에서 무슨 일이 벌어지는 건가?

여자들은 수영장에 들어가면 해가 뜰 때까지 그곳에서 나올 생각을 하지 않았다. 그들이 정체불명의 큰 자루를 나르는 것을 목격한 일도 있었다. 그들의 텃세는 수영장 회원들에게만 발휘되는 건 아니라서, 조우경이 자발적 야근을 하며 버텨도 그들은 그가 수영장에 들어오는 것을 허락하지 않았다. 자신들이 나체로 수영을 하기 때문에 우경이 풀에 들어오는 건 바람직하지 않다고 말이다. 심지어 문 앞에 가림막과 보초를 세워두기까지 했다. 그 때문에 우경은 수영장에 불법 카메라를 설치했지만 그 역시도 좋은 선택은 아니었다. 수영장 내부는 깜깜해서 녹화본을 봐도 무엇이 찍힌 건지 제대로 알 수조차 없었다. 일련의 신경전을 반복하다보니 여자들과의 관계는 최악으로 치달은 상태였다.

우경이 그들을 너무 우습게 본 게 문제였다. 여자들은 목사가 우경을 못마땅하게 여기는 분위기를 감지하자마자, 목사에게 간사한 요청을 했다. 토박이 신도들의 박탈감이 상당하니, 그들을 상대로 다시 침례 의식을 해주길 바란다고 말이다. 그것은 평소 같으면 무시당했을 요구였다. 하지만 목사는 교회를 공고히 할 적절한 때라고 생각한 건지, 조우경을 견제하기 위함인지, 오늘 밤 침례 의식을 열겠다고 공표한 상황이었다. 우경은 화가 났다. 이런 민감한 상황에 침례식을 열겠다고? 이미 침례를 받은 사람들을 상대로 또다시 침례를 하겠다고? 그러나 우경 역시 순순히 당할 마음은 없었다. 그는 목사에게 자신도 침례식에 참석시켜줄 것을 요청했다. 그 요구는 이제 자신을 공식적인 자리에 세워달라는 의미를 내포하고 있었다. 계약직 자리에서 허드렛일은 이미 충분히 하지 않았나. 지광림은 뜸을 들이며 생각해보겠다고 말했다. 우스운 말이었다. 자식도 승계를 거부하고 달아난 망한 사이비교를 일으켜 세우겠다는데, 지광림은 지나치게 인색하게 굴었다. 우경은 억지로라도 침례식에 참석할 생각이었다.

핸드폰이 울렸다. 염보라였다. 필요할 때는 연락이 되지 않더니 뒤늦게 문자를 보내왔다. 우경은 못마땅한 얼굴로 문자함을 열었다.

오진홍이 가지고 있던 자료를 구했어. 이거면 지광림을 위기에 빠뜨릴 수 있을 거야. 오늘 밤 수영장으로 가지고 갈게.

간만의 희소식이었다. 우경은 거울 앞으로 다가가 상기

된 얼굴을 바라보았다. 자료를 먼저 손에 넣으면 목사도 꼼짝할 수 없을 것이다. 그는 휘파람을 불며 '수영장에 올 필요가 있느냐, 핸드폰으로 자료를 보내달라'고 답했다. 그러자 '만나서 긴히 할 말이 있다'는 대답이 돌아왔다. 그래 간만에 한건 했다, 알아달라 이거지. 우경은 코웃음을 쳤다. 새 인물이 필요한지도 모른다. 여자들을 제어하고 조우경의 수족이 되어줄 사람이 필요했다. 그 역할을 해줄 거라고 기대했던 염보라는 그다지 쓸모가 없었다. 심지어 오진홍과도 헤어짐으로써 그의 기대를 배반하지 않았나. 그런 의미에서 우경은 붉게 타오르던 허인회의 얼굴을 떠올렸다. 허인회는 그가 원하는 걸 해낼 수 있을까. 오진홍의 내연녀가 나간 자리에 본부인을 들이는 건 좀 웃긴 일이긴 하지만, 허인회는 맹목적이고 추진력이 좋다. 게다가 자신을 많이 좋아하는 것 같다. 그러나 조우경은 곧 고개를 저었다. 뭐랄까, 허인회는 과하다. 필요 이상의 행동으로 우경을 놀라게 한다. 떡값만 해도 그렇다. 지나치게 많은 금액 때문에 그가 곤란해지지 않았나. 허인회는 지나치게 오래 굶은 들개 같다. 그런 개는 거의 늑대와 같아서 길들이려다 이쪽의 팔다리를 물어뜯기기 일쑤다. 아니, 모든 것이 다 기우였다. 자료만 손에 넣는다면 여자들 문제는 자연스럽게 해결될 것이다. 지광림을 잡으면 여자들을 뜻대로 할 수 있을 테니까. 조우경은 창가로 다가가 저물고 있는 산뜻한 저녁 하늘을 응시하다 보라에게 답장을 보냈다. 그리고 옷장을 열어 좋은 날 입으려고 준비해둔 양복을 향해 손을 뻗었다.

*

체육센터에서 두 블록 떨어진 곳에 차를 세운 인회와 지민은 말없이 수영장을 향해 걸었다. 가을이 오려는 건지 밤공기가 제법 싸늘한 기운을 품고 있었다. 체육회관 주차장에는 우경의 자전거가 나와 있었다. 못 보던 검은 세단도 보였다. 지민은 화단으로 들어가 지난번에 봐두었던 주먹만 한 돌을 들어 인회에게 보여주었다. 인회가 고개를 끄덕였다. 그들은 함께 체육센터 후문으로 갔다. 그곳에는 교회 승합차가 주차되어 있었다. 예상했던 일이었다. 인회가 교회 차량을 물끄러미 바라보았다. 지민이 채근하자 인회가 후문을 밀었다. 역시나 문은 밀리지 않았다. 인회가 지민을 돌아보며 물었다.

"너희 엄마가 여기 있는 게 확실해?"

"모르겠어요. 하지만 엄마는 반드시 야간 풀에 들어갈 거라고 했어요."

“그렇다면 확인해보는 게 맞지.”

인회가 뒤로 물러섰다. 지민이 쥐고 있던 돌을 머리 위로 들어올려 양문형 유리문을 향해 내리쳤다. 강화유리인지라 충격에도 흔들리기만 할 뿐 별 타격이 없는 듯 보였다. 지민은 지난 새벽 여자들이 밖으로 나오길 기다리며 찾아봤던 동영상의 지시대로, 문의 네 모서리를 돌로 번갈아가며 내리쳤다.

“그래서야 문이 부서지겠어?”

허인회가 투덜거렸다. 지민이 별 대꾸 없이 마지막 모서리를 내리치자 유리문이 요란한 소리를 내며 무너져내렸다. 지민이 쏟아지는 유리조각을 피하기 위해 머리를 감싸며 뒷걸음질 쳤다. 인회가 숨을 들이켜며 문이 있던 자리를 바라보았다. 지민은 애초부터 그렇게 했어야 했다고, 한숨을 쉬며 생각했다. 비상경보가 울릴까 해서 그들은 잠시 멈춰 서 있었지만 경보는 울리지 않았다.

구두에 적응이 된 듯 걸음이 조금 자연스러워진 인회가 복지회관 안으로 조심스럽게 걸어들어갔다. 지민이 주변을 둘러보며 그 뒤를 따랐다. 그들은 말없이 수영장 입구로 이어지는 계단으로 향했다. 그때 회관 내에 아찔한 비명이 울려퍼졌다. 인회와 지민은 겁에 질린 얼굴로 서로를 마주 보았다. 그건 그들이 익히 알고 있는 목소리였다.

*

우경은 양복에 묻은 먼지를 털며 체육센터 2층, 캄캄한 트램펄린실 문을 열고 안으로 들어갔다. 조우경이 불을 켜려 할 때였다.

"켜지 마."

"누가 보면 밀회라도 나누는 줄 알겠어요. 수영장에 오겠다고 한 건 보라씨잖아요."

우경은 놀란 기색을 감추며 전등 스위치를 눌렀다. 보라의 말에 끌려다니다가는 원하는 거래를 못하게 되는 수가 있었다. 불을 켜자 방 안 빽빽이 차 있는 일인용 트램펄린들 사이로, 지나치게 마른 보라가 삐쭉하게 서 있었다. 그녀는 눈이 부신 듯 손을 들어 얼굴을 가렸다. 작약인지 뭔지, 노랗고 빨간 큰 꽃이 어지럽게 프린팅된 큼직한 원피스를 입은 게 눈에 띄었다. 그것은 건강했을 때에나 어울렸을 법한 화려한 옷으로, 보라를 더 왜소해 보이게 했다. 그녀가 손을 내리자 보라의 생기 없는 얼굴이 드러났다. 우경은 반가운 척 미소 지으며 말했다.

"오래간만이네요. 원피스가 아주 아름다운데요."

보라는 한차례 씨익 웃고는, 바로 본론으로 들어갔다.

"오진홍이 자료를 주기로 해놓고 연락이 되지 않아서 목사가 똥줄이 탄다면서?"

"그래요? 그건 어디서 들으셨어요?"

"그 자료가 대단하다지? 지광림을 한방에 보내버릴 수 있다던데, 나한테는 왜 그 이야기는 해주지 않았어? 그걸 혼자만의 비밀로 할 생각이었어?"

"그럴 리가요. 그런 얘기는 어디서 들으신 거예요?"

"나도 이런저런 소식통이 있으니까…… 그나저나 우경 씨한테는 이 자료가 정말 소중하겠네? 지광림도 손에 넣지 못한 걸 내가 구해 왔으니까."

"우리가 먼저 자료를 확보하는 편이 좋긴 하죠."

"흠, 비싼 값을 받아야 되겠는데."

조우경이 웃으며 말했다.

"우린 한 팀 아니었어요? 제가 가진 건 상당 부분 보라 씨한테 돌아갈 텐데요. 그러려면 건강하셔야죠. 치료는 잘 받고 계신 거예요?"

보라가 앙칼지게 말했다.

"그런 아양은 네 회원들한테나 가서 떨어. 병원 치료는 믿지 않아."

일찍이 여자들이 늦은 밤 수영장을 찾는다고 보라에게

귀띔한 건 우경이었다. 그 말을 들은 염보라의 반응은 예상보다 훨씬 격정적이었다. 그녀는 이글이글 타는 눈으로 "야간 수영장? 하, 그럴 줄 알았어" 하고 말하며 자신을 당장 여자들의 숙소에 넣어달라고 말했다. 반드시 야간 수영장에 들어가겠다고 말이다. 보라를 여자들의 숙소에 들여보내기 위해 꺼낸 말이긴 했으나 그게 너무 수월하게 이루어진다는 사실에 우경은 놀랐다. 그가 그런 기색을 감추며 "그럴 줄 알았다니요?" 하고 묻자, 보라는 그냥 그런 느낌이 있다며 얼버무렸다.

우경의 조력과 보라의 온갖 노력에도 여자들은 끝내 보라에게 마음을 열지 않았다. 보라의 요란함이 그들의 반감을 산 듯했다. 게다가 나날이 야위어가는 보라의 모습은 사람들의 불안을 자극했다. 여자들은 보라에게 병원에 가야 할 사람이 왜 여기 있는 거냐며 숙소에서 쫓아내려 했다. 보라는 화를 냈다. 자신이 사람들의 중요한 영역 안으로 들어가려 하면 거부당하기 일쑤라고 말이다. 본인 같이 혼자 사는 여자는 남자들에게는 표적이 되고 여자들에게는 경계를 살 뿐이라고 제대로 살고 싶어도 살 수가 없다고 분통을 터뜨렸다. 그러나 그것은 보라의 입장일 뿐이었다.

보라가 여자들과 자꾸 문제를 일으키는데 그녀를 곁에

둘 이유는 없었다. 우경은 병원 치료에 전념하라고 말하며 그녀를 부드럽게 밀어둔 상황이었다. 그럼에도 보라는 안달을 내며 몇달째 그들 주변을 맴돌고 있었다. 산발적으로 여자들을 찾아가 그들의 고양이를 훔치거나, 조우경에게 시도 때도 없이 전화를 걸었다. 우경으로서는 보라와의 연결고리를 유지하는 게 점점 더 부담스러워졌다. 그런데 오진홍의 자료가 필요한 상황에서 보라가 그것을 확보한 것이다. 곰도 구르는 재주가 있다더니. 파일만 전송하라는 말을 무시하고 직접 수영장으로 온 것은 그를 압박하기 위함인 듯 보였지만 별수 없다. 우경으로서는 누구보다도 빨리 목사의 내부 비리가 담긴 자료를 확보해야 했다. 분위기가 심상치 않게 돌아가고 있었다.

보라는 초조하게 우경을 힐끔댔다. 우경은 작게 미소 지었다. 그리고 팔짱을 끼며 물었다.

"긴히 하실 말씀이 뭐예요?"

"나는 야간 풀에 언제 들어갈 수 있어?"

"원하시는 게 그거예요?"

"우선은."

"이미 몇차례 거절당해서 수월하진 않을 거예요. 하지만 보라씨가 저한테 자료를 주시고 상황이 뜻대로 흘러가면, 뭐…… 가능하지 않겠어요?"

"아니, 오늘 당장 말이야."

보라는 오늘 침례식에 자신을 참석시켜달라는 무리한 요구를 했다. 돈을 원할 거라고 생각했기 때문에 뜻밖이긴 했지만, 우경은 고개를 저었다.

"오늘은 좀 곤란할 것 같아요. 침례에 참석하는 건 저한테도 쉬운 일이 아니거든요. 그러려면 자료가 필요해요."

"오늘이어야 해."

"그런가요? 보라씨가 원하는 걸 최대한 맞춰드릴 생각인데 이렇게 제멋대로 구시면 곤란해요. 저한테 자료를 주시는 게 야간 수영장에 들어갈 수 있는 최고로 빠른 방법일 텐데요."

염보라가 조우경으로부터 조금 멀어지며 말했다.

"……그렇다면 나도 생각을 해봐야겠어."

우경은 웃었다. 그는 보라가 기댈 수 있는 자가 자신뿐이라는 사실을 누구보다 잘 알고 있었다. 보라 역시 그 사실을 모르지 않을 터였다. 우경은 시계를 들여다보며 말했다.

"그렇다면 생각해보시고 연락주세요. 곧 침례식에 가봐야 할 것 같은데 이쯤에서 대화를 마무리 지을까요?"

염보라가 목에 핏대를 세우며 말했다.

"……내가 이걸 들고 목사를 찾아가겠다면?"

"목사님은 여성과는 거래하지 않아요. 거래할 대상이라고 생각지도 않고요. 오진홍이 있는데 뭐 하러 보라씨랑 거래를 하려고 하시겠어요? 보라씨가 아무리 협박을 한다 한들 오진홍을 통해 문제를 해결하려고 하실 거예요. 다음에는 찾아오지 말고 핸드폰으로 연락주세요. 그래야 저도 보라씨가 원하는 걸 해드릴 수 있어요."

"……내가 자료를 넘기면 목사를 무너뜨릴 수 있다는 말이야?"

거의 다 왔다. 이제 자료를 넘겨받는 일만 남아 있었다. 우경은 느긋하게 보라를 바라보다 대답했다.

"그래요."

그러자 보라가 문을 향해 말했다.

"이제 들어와도 돼."

문이 열렸다. 조우경은 황급히 몸을 돌렸다. 문밖에는 목사의 두 보디가드와 함께, 고미선이 서 있었다. 보디가드들이 우경을 향해 달려들었다. 조우경이 트램펄린을 쓰러뜨려 그들을 향해 걷어찼다.

*

지민과 인회가 2층에 도착했을 때 본 것은 팔을 꺾인 채 이를 악물고 있는 조우경이었다. 남자 하나가 숨을 거칠게 몰아쉬며 그를 제압하고 있었다. 그들 뒤로 고미선과 염보라가 보였다. 다른 남자는 통화를 하고 있었다.

"예, 조우경이 배신하려 한 게 맞습니다."

조우경이 통화하는 남자를 바라보며 "아냐!" 하고 소리쳤다. 우경을 제압하던 남자가 그의 팔을 더 강하게 꺾었다. 조우경이 비명을 질렀다. 그의 뒤에 서 있던 염보라가 "아니긴 뭐가 아냐!" 하고 날카롭게 외쳤다. 원피스와 목소리가 아니었다면, 지민은 그 여자가 보라라는 사실을 깨닫지도 못했을 것이다. 지민은 계단 벽에 숨어 망연히 보라를 바라보다 부스럭거리는 소리에 고개를 돌렸다. 그리고 지금 당장은 나가선 안 될 것 같다고, 상황을 지켜보자고 말할 생각이었다. 그러나 인회는 이미 복도를 향해 내달리고 있었다. 흰색 드레스 자락이 너풀거리며 지민의 시야를 가렸다.

"선생님!"

우경이 고개를 들어 인회를 바라보았다. 통화 중이던 남자가 달려드는 인회를 막아섰다.

"선생님을 놔줘!"

조우경이 다급하게 외쳤다.

"인회씨! 경찰에 신고해주세요!"

신고가 들어가면 우경은 그가 줄을 대놓은 지자체 관계자를 만날 수 있을 것이다. 고생은 고생대로 하고 이런 함정에 걸려 맨몸으로 쫓겨날 수는 없었다. 인회가 자신을 붙드는 남자를 뿌리치기 위해 애쓰며 소리쳤다.

"선생님을 놔줘! 선생님, 칸쿤에서 일부러 그런 거죠? 그 사람들이 사랑하지 않아서 그런 거 맞죠!"

"네, 네! 맞아요. 신고해주세요, 인회씨!"

"사랑해요! 선생님, 사랑해요!"

우경이 놀란 눈으로 인회를 바라보았다. 그를 압박하던 남자가 우경의 뒷목을 내리쳤다. 인회가 비명을 질렀다. 우경이 힘을 잃고 늘어졌다. 고미선이 허인회를 제압한 남자에게 여자 둘을 데려가라고 손짓했다. 인회는 붙들려 가는 내내 울며 몸부림쳤다. 보라가 혀를 차며 그 뒤를 따라 걸었다. 그들이 복도 끝으로 사라지고 있었다. 상황을 지켜보던 지민이 허옇게 질린 얼굴로 벽 바깥으로 나왔다. 지민이 사람들의 뒤를 쫓으려 할 때였다. 지민은 고개를 돌린 고미선과 눈이 마주쳤다. 미선은 검지를 입에 가져다 대며 고개를 저었다.

*

"누구들처럼 경거망동하지 말게. 때가 되면 보내줄 테니까."

미선은 지민을 수영장 여자탈의실로 데려갔다. 지민은 수십번은 드나들었던 탈의실을 둘러보며 "언제요?" 하고 물었다. 미선이 무표정한 얼굴로 "경거망동하지 말래도" 하고 쏘아붙였다. 샤워실에서 몸을 씻은 여자들이 탈의실로 하나둘 나오는 게 보였다. 지민은 이제 그들을 알고 있었다. 얼추 스무명이 넘어 보이는 여자들은 합동 숙소에 있던 자들이었고, 오름교회에 있던 교인들이었으며, 수영장 어머니반에서 신규 회원들에게 텃세를 부리던 터줏대감들이었다. 그들은 지민을 보고 움찔 놀랐지만 그녀 곁에 서 있는 고미선을 보고는 놀란 기색을 감추고 태연하게 행동했다. 지난번 숙소에 갔을 때도 느꼈지만 여자들은 명확한 내부 지침이 있는 듯 외부인의 방문에도 자연스럽게 합을 맞췄다. 삼십년을 함께 살았기 때문에 가능한 일일 터였다. 여자들 틈바구니에서 목욕을 마친 늙은 개가 터덜터덜 걸어나오고 있었다. 개가 지민을 알아본 듯 그녀에게 다가와 머리를 내밀었다. 지민은 물끄러미 개를 보다 물었다.

"만져도 돼요?"

미선이 고개를 저었다.

"사랑받던 기억이 남아 있어서 저러는 거야. 막상 만지면 싫어해."

지민은 고개를 끄덕였다.

"아픈 데가 많은가보네요."

"그래, 걸어다니는 종합병동이지. 개에 대해 좀 아는구나. 개를 키웠었나?"

"아니요."

"왜? 좋아하는 것 같은데."

"책임지지 못할 게 싫어요."

"겁쟁이구먼."

지민은 피식 웃었다. 감당하고 책임지지 못할 바에는 시작도 하지 않는 편이 낫지 않나. 낳거나 기르겠다고 데려왔다면 적어도 버림받았다는 느낌은 들지 않게 해줘야 하는 것 아닌가. 무언가를 책임져야 한다는 사실을 잊고 제멋대로 살다가 병에 걸려서 곧 죽을 몰골로 돌아오면 끝인 건가. 지민은 분노를 감추며 물었다.

"이 녀석은 이름이 뭐예요?"

"샛별이."

지민은 개의 곁에 쪼그려 앉아 "샛별이는 수영장에 왜 있니?" 하고 물었다. 고미선이 그들을 물끄러미 바라보다가 "여길 보게" 하고 말하며 벽에 붙어 있는 수영장 구조도를 가리켰다.

"자네 엄마랑 허인회는 여기, 1층 기자재실에 가둬뒀어. 한시간 후에 침례식이 시작되면 모든 사람들이 수영장에 모일 거야."

"침례요? 수영장에서 침례식을 한다고요?"

"자네 목적은 어머니를 데리고 여기서 나가는 것 아니었나? 자네 일이 아닌 데 자꾸 참견하려 들지 말게."

"……"

"침례식이 시작되면 센터가 조용해질 거야. 그때 기자재실로 가서 두 골칫덩이를 데리고 나가면 돼. 어때, 초등학생도 해낼 만큼 간단한 일이지? 할 수 있겠나?"

지민은 고개를 끄덕이다 물었다.

"조우경은 어디 있어요?"

미선이 무표정한 얼굴로 지민을 응시하다 말했다.

"지하 1층. 우리와 같은 층에 있어. 거기에 가면 감시 인력이 있어서 빠져나가기 힘들어질 거야."

"조우경이 왜 그렇게 됐는지 물어도 대답을 안 해주시겠죠?"

"그래. 경거망동하다 그렇게 됐다는 사실만 알아두게."

"하나만 더요. 왜 저를 도와주시는 거예요?"

"조우경을 잡는 데 염보라의 도움을 받았으니까."

"그건 제가 한 일이 아니잖아요."

"……침례의 기적이라고 해두자. 그런 걸 믿지 않은 지 오래됐지만."

여자들이 지민을 힐끗대다 "그애도 같이 수영장에 들어가?" 하고 미선에게 물었다. 미선은 고개를 저으며 "이 애는 제 엄마를 데리러 왔어, 곧 여길 떠날 거야" 하고 대답했다. 그러자 여자들은 "효녀네" 하고 말하거나, "너희 엄마가 속을 많이 썩였어, 꼭 잘 달래서 데리고 가라" 하고 관심을 보였다. 이전에 숙소에서 보였던 무심한 태도와는 퍽 상반된 모습이었다. 그러나 지민이 탈의실에서 벗어나 수영장으로 다가가려 하면 여자들은 고개를 저으며 그녀를 저지했다. 별말은 하지 않았지만 지민의 행동 하나하나에 모두가 촉수를 곤두세우고 있었다. 그건 말이 대기지, 감금이나 다를 바 없었다. 지민은 정수기 옆에 서서 시계를 바라보았다. 늙은 개가 다가와 그녀에게 머리를 들이밀었다. 지민이 "안 돼" 하고 속삭이다 슬며시 개의 목덜미에 손을 얹자 따뜻하고 펄떡이는 맥이 느껴졌다. 지민이 느끼는 두려움에 감응하듯 개의 맥이 세차게 뛰었다. 지민은 그 옆에 주저앉아 개에게 속삭였다.

"말해봐. 내가 여기서 시간이 가길 기다리는 게 맞는 거니?"

스무명이 넘는 여자들은 공들여 몸의 물기를 없앴다. 침례식은 그들에게 매우 중요한 행사인 듯 그들은 물기를 닦고 몸에 난 털을 제거했다. 손톱과 발톱을 짧게 깎고 구강 상태를 점검하면서 몸의 구석구석을 꼼꼼히 살폈다. 지민은 고개를 떨궜다가 자신도 모르게 시선을 들어 그들을 바라보았다. 자신의 몸에 집중하고 있는 여자들의 모습에는 미추를 떠나 눈을 뗄 수 없는 무언가가 있었다. 몸들, 세월에 일그러진 울룩불룩한 몸들. 강렬한 성격을 표현하는 듯한 다양한 몸들. 몸이라는 것이 평생을 다독이고, 유지하고, 기름칠을 하면서 데려가야 하는 어떤 것이라면, 여기에는 유지에 실패했거나 피할 수 없는 풍랑을 정통으로 맞닥뜨린 듯한, 잔고장과 수리를 거듭한, 단련과 수술을 통해 간신히 버티는 듯한, 어떤 실패를 예감하고 있는 것만 같은 몸들이 가득했다. 수술 자국은 예사였다. 어떤 노인의 양 무릎에는 사선의 큰 칼자국이 박혀 있는가 하면, 가슴이 한쪽만 달린 노인도 있었고, 배의 피부가 다른 피부에 비해 유독 검은색을 띠고 있는 여자도 있었다. 날카롭거나, 비대하게 살이 찐, 녹초가 된 듯 보이는, 존재하는 것만으로도 강렬하게 화를 내는 듯한, 도저히 숨길 수 없이 비져나온 소리 같은, 뒤틀려 있는, 상처 입고 메마른, 드세게 자기주장을 하고 있는 몸들이 스스로를 응시하며 그것을 가다듬고 있었다. 돌연 여자 하나가 지민을 돌아보며 물었다.

"어때, 우리 몸이 쓸 만해 보이니?"

그러자 누군가가 멀리서 말했다.

"팔려고 하면 빵원이다, 빵원!"

그러자 몇명이 가볍게 웃음을 터뜨렸다. 질문을 던진 여자가 지민을 향해 무표정한 얼굴로 물었다.

"네가 값을 매겨볼래?"

지민이 깜짝 놀라 그녀를 바라보았다. 너무 쳐다봐서 화가 난 건가. 미안하다고 말하려 했다. 그러나 여자는 틈도 주지 않고 다그쳤다.

"얼마인 것 같니? 한번 값을 불러봐."

다른 여자가 말했다.

"왜 엄한 애한테 그래."

"궁금하지 않아? 우리가 얼마로 보이는지."

지민을 비호하던 여자도 입을 다물었다. 여자들이 하

나둘 지민을 돌아보았다. 자리를 비운 고미선을 제외하고 모든 여자들이 알몸이거나 반나체인 몸을 열어젖힌 자세로 그녀를 응시했다. 지민은 자신도 모르게 마른침을 삼켰다. 누군가가 수납장 안에서 반짝이는 쇠붙이를 꺼냈다. 세로로 길게 반짝이는 것이 마치 칼처럼 보였다. 지민은 말없이 눈을 깜빡였다. 물건을 꺼낸 여자가 사람들을 향해 물었다.

"미선 언니는 어디 갔어?"

"씻고 있어."

"방해할 사람은 없겠네. 너는 우리가 얼마로 보여? 말해!"

지민이 고개를 젓자, 처음 질문을 던진 여자가 거부를 거부한다는 듯 고개를 저었다. 여자들은 대답을 재촉하고 있었다. 지민이 한숨을 쉬며 말했다.

"누가 제 몸에 가격을 매기려고 하면 저는 따귀부터 때릴 거예요. 차라리 절 때리세요."

여자들이 웃음을 터뜨렸다. 쇠붙이의 반짝임이 사라졌다. 지민은 그들의 몸이 아름다워 보인다고, 거기에는 세상의 미적 기준을 부숴버리고 압도하는 무언가가 있지 않느냐고 자신이 느낀 바를 말하지 않았다. 어쩐지 말할 수가 없었다.

여자들은 수영복 착장을 마친 후 그 위에 자신들이 준비해 온 정장을 입었다. 여자 중 하나가 한편에서 부지런히 스팀다리미를 가동하고 있었다. 그들의 원피스와 투피스, 바지 정장은 관리가 잘되어 있었지만 오래전에 장만한 것인 듯 유행이나 시대에 동떨어져 보였다. 지민이 어째서 수영장에 가는데 옷을 입냐고 묻자, 그들은 장소가 수영장이긴 하지만 침례식이므로 격식을 갖춰야 한다고 말했다. 여자들은 머리를 말리고 화장을 제외한 가벼운 단장을 했다. 맨몸을 점검할 때보다는 치장이 빨리 끝났다. 그리고 여자들은 지민을 슬쩍 바라보고는 그녀가 그들을 보고 있지 않다고 판단될 때 허리춤이나 품 안에 잽싸게 무언가를 넣었다. 그러나 지민은 곁눈으로 부지런히 살피고 있었다. 칼과 금속으로 보이는 뾰족한 꼬챙이, 살상무기로 보이는 번쩍이는 무언가가 잽싸게 여자들의 품 안으로 사라졌다. 무언가 위험한 일이 일어나고 있었다. 그런데 그 이상 알 길이 없었다.

준비가 얼추 끝나자 여자들은 샤워실과 탈의실을 정리하고 서로를 훑어보며 최종 점검을 했다. 그리고 느슨하게 몸을 늘어뜨렸다. 공동 합숙소 마당에 앉아 나체로 위스키를 마시던 노인들은, 그곳에서도 술을 마셨다. 고양이를 찾던 노인은 체념한 듯 눈을 내리깐 채 입을 오물

대고 있었다. 하루 종일 금식을 했다며 배가 고프다고 화를 내는 사람도 있었다. 그중 하나가 선풍기였는데, 그녀는 지민에게 다가와 천연덕스럽게 “먹을 거 좀 가진 거 있냐?” 하고 물었다. 지민이 고개를 젓자 콧방귀를 뀌며 자리를 떠났다. 선풍기의 딸은 보이지 않았다. 사람들이 한가한 가운데서도 고미선은 수영장과 탈의실을 바쁘게 오가며 어떤 지시의 말들을 속삭이고 있었다. 고미선의 말에 따라 검은 천을 가지고 수영장 안으로 들어가는 사람들이 눈에 띄었다.

침례식이 삼십분 남았을 무렵 갑작스러운 침묵이 찾아왔다. 사람들은 우두커니 서거나 앉아 시계를 응시했다. 그들은 퍽 초조해 보였다. 앉았다 일어났다, 입술을 만지작거리며 탈의실 안을 서성이다가 숨을 들이켰다. 그때 개를 산책시키던 여자가 고미선을 향해 물었다.

“오늘도 기도하지 않으실 거예요?”

여자들이 뭔가를 바라는 눈빛으로 미선을 바라보았다. 미선이 고개를 저었다. 여자들은 낙심한 기색이 역력했다. 그러자 개를 산책시키던 여자가 망설이다 말했다.

“기도가 안 된다면, 저 아이한테 축복을 빌어줘도 될까요?”

미선은 말이 없었다. 여자가 자신의 의견을 밀어붙였다.

"침례식이잖아요."

미선이 허공을 바라보다 선택권을 넘긴다는 듯 지민을 향해 턱짓했다. 여자들이 거절하면 죽이겠다는 얼굴로 지민을 바라보았다. 지민은 당황하다 이들의 기분을 거스를 필요는 없지 않겠느냐는 생각에 고개를 끄덕였다. 그러자 여자들이 지민에게 다가와 머리에 손을 얹고 하나둘 무언가를 속삭이기 시작했다. 엄마를 무사히 집에 데려가길 바란다, 다른 짐승은 믿되 인간은 믿지 마라, 그동안 애썼으니 조금만 더 애써라, 체력 관리에 힘써라, 자기 딸이 지민과 비슷한 연령대라며 나이를 묻는 여자도 있었다. 몸값을 매겨달라고 하던 여자가 지민에게 다가와 섰다. 그녀는 "누군가가 네 몸값을 매기려고 하거든 네 말대로 따귀를 날려, 꼭 날려야 해" 하고 떨리는 목소리로 말했다. 누군가가 뒤편에 우두커니 앉아 있는 고미선을 향해 형님은 안 하시냐고 묻자, 그녀는 "우리 축복을 받아서 뭐 하려고. 그거야말로 저주지" 하고 대꾸했다. 여자들이 피식 웃었다.

왜인지 모르겠지만 지민은 미칠 것 같았다. 내내 참아왔다. 엄마의 마르고 병든 얼굴이 눈앞에 어른거려서, 어떻게든 그녀를 이곳에서 데리고 나가야 하므로, 허인회를 어떻게 해야 할지 고민이 되어서, 인회가 조우경을 포기할 리 없으니 그녀를 버리고 떠나야 한다고 마음을 다잡고 있었기 때문에 내내 참아왔다. 자신이 무엇을 할 수 있단 말인가. 그러나 지민은 결국 참지 못하고 경거망동하고 말았다. 누구에게라고 할 것 없이 물었다.

"아직도 휴거를 믿으세요?"

*

"사랑을 믿어? 그렇게 당해놓고?"

기자재실 벽에 기대앉은 염보라가 허인회에게 물었다. 인회는 퉁퉁 부은 얼굴로 문을 열기 위해 기를 쓰고 있었다. 보라가 고개를 저으며 말했다.

"포기해. 우리를 왜 여기 가뒀겠어? 그 문은 고장 나서 안에서는 안 열려."

인회는 문고리를 거칠게 잡아 흔들다 고개를 들어 기자재실 수납장을 두리번거렸다. 그러거나 말거나 보라가 혼잣말을 계속했다.

"내가 조우경을 좀 아는데 말이야. 그런 놈이랑은 엮이지 않는 게 좋아."

"함부로 말하지 마."

"여기에 얌전히 있다 다음에 나랑 물에나 들어가자. 당신이 나대면 나까지 피곤해져."

인회가 기자재실 선반을 뒤지며 물었다.

"물에 들어간다는 게 무슨 말이야?"

"몸 안의 수분 구조를 완전히 교체하는 데 얼마나 걸리는지 알아?"

"……"

"최소 육개월이야. 그런데 그걸 바꾸는 데 성공하잖아? 그럼 사람의 몸이 바뀌어. 몸을 잠식하던 암덩이들이 다 떨어져나간다고. 그런데 여기 여자들이 그 기찬 물을 만들어. 그러고는 지들끼리만 모여서 그걸 마시고 그걸로 수영도 한다고."

"미쳤구먼."

"내가 거짓말하는 거 같지? 나도 다 알아보고 하는 말이야. 수영장에서 일하는 여자들 중에 암환자가 몇인 줄 알아? 다섯이나 돼. 그런데 다들 병원 치료도 그만뒀어. 왜냐고? 물 치료에 전념하고 있으니까. 왜 그 사람들이 기를 쓰고 야간 수영장에 들어갈까?"

"죽으려고 그러는 거겠지."

"내가 이 말은 안 하려고 했는데 한다. 당신 그 사람들이 뭐 하던 사람들인지 알아? 정수기 회사를 운영하면서

병 고치는 물만 수년을 연구한 사람들이야. 그런데 이제 수영장으로 저변을 확대했어. 이게 의미하는 바가 뭘까."

"……"

"난 여자들이 야간 수영장으로 몰래 흰 포대를 나르는 걸 봤어. 사람들이 감추고 들어오지 못하게 하는 데에는 늘 좋은 게 있어. 날 믿어봐."

인회는 아령을 쌓아둔 선반으로 다가갔다. 그곳에서 1킬로그램의 아령과 3킬로그램의 아령을 번갈아들며 무게를 가늠했다. 반응이 없자 보라의 목소리에 짜증이 서렸다.

"가만히 좀 있을 수 없어? 왜 이렇게 말을 못 알아들어? 당신 때문에 나까지 잘못을 뒤집어쓰겠어. 지금 간신히 비위를 맞추고 있는 상황이란 말이야!"

그러고는 기력이 딸리는지 거의 눕다시피 한 자세로 몸을 늘어뜨린 채 천장을 향해 "야옹, 야옹" 하고 고양이 울음소리를 냈다. 인회는 "미친년" 하고 중얼거리며 3킬로그램의 아령을 선택해 들었다. 그리고 보라를 돌아보며 말했다.

"헛된 꿈꾸지 말고 네 딸하고 여길 나가서 병원 갈 생각이나 해. 그애도 여기 왔으니까."

보라가 늘어져 있던 상체를 일으키며 말했다.

“지민이가 여기 왔어?”

“그래.”

“여기 오지 말랬는데 왜 와! 네가 뭔데 그애를 여기 끌어들여. 너나 오진홍이나 똑같아. 어린애를 이용해? 지민이 어디 있어.”

“몰라. 너만 가만히 있으면 똑똑한 애니까 알아서 찾아올 거야.”

“닥쳐! 여길 왜 데려와. 그렇게 지각이 없고 분별력이 없어?”

허인회가 선반을 발로 걷어찼다. 염보라가 움찔 놀라 몸을 움츠렸다.

“지각이 있는 인간이 남의 남편이랑 바람을 피웠냐. 분별력이 있어서 그랬어!”

보라가 고개를 떨구며 말했다.

“내가 이렇게 될 줄은 나도 몰랐다.”

“몰랐겠지.”

“그러는 넌? 넌 이혼할 수 있었잖아. 애도 없고 돈도 그럭저럭 버니까 혼자 살 수 있었잖아. 그런데 오진홍을 나한테 주기 싫어서 이혼 안 하고 버틴 거 아냐?”

문으로 다가서던 허인회가 아령을 치켜들며 말했다.

“왜 너한테 오진홍을 줘야 하는데. 너희 뭐야? 사랑했어? 아니잖아. 운명의 상대인 척, 서로가 아니면 안 되는 척, 그렇게 척들을 해놓고 왜 이러고 있어? 왜 병들어서 버림받았어? 이게 사랑이야? 너희가 십년 동안 지랄하며 쌓았던 사랑이야?"

보라는 기묘한 얼굴로 인회를 바라보다 물었다.

"지금 오진홍이랑 내가 사랑하지 않았다고 화를 내는 거야?"

"너 같은 것들은 죽어버려야 해. 완전히 죽어야 해."

허인회가 아령을 문고리를 향해 내리쳤다. 몇번 퍽퍽 내리치자 문고리가 덜렁거리며 떨어져나갔다. 염보라가 놀란 얼굴로 자리에서 일어났다. 그리고 몸을 움츠리며 말했다.

"안 돼. 이러면 나까지 오해를 사."

허인회는 염보라의 말을 무시하고 문밖으로 나갔다가 다시 기자재실 안으로 들어왔다. 그리고 들고 있던 아령을 내려놓고 선반을 뒤지기 시작했다. 이를 지켜보던 보라는 인회 곁으로 슬금슬금 다가가 선반을 힐끔댔다. 유심히 물건들을 살피던 인회는 알루미늄으로 된 야구 배트를 잡아 들었다. 그녀는 그것을 가지고 기자재실을 나가려다 육상 허들 앞에 멈춰 섰다. 쇠로 된 허들 바를 유심히 바라보던 인회는 배트를 제자리에 돌려두고 1미터가

량 되는 허들 바를 뽑아 양손으로 휘둘렀다. 붕붕 거친 소리가 났다. 그녀는 흡족한 듯 그것을 겨드랑이에 끼우려다가 옷이 더러워질 것을 의식한 듯 손에 들고는 방을 나가버렸다. 염보라가 잠깐만, 하고 외치며 줄넘기를 다급히 허리에 감아 묶었다. 그리고 손에는 호루라기를 쥔 채 줄레줄레 그 뒤를 따랐다.

*

전부 죽고 말 것이다. 세상이 무너진다. 종말이 오면 예수가 재림하고 그것을 믿은 신도들이 하늘로 올라간다. 들어올려진다. 그것이 1992년 그들이 믿은 시한부 종말론, 휴거였다.

이것은 바울이 테살로니카 신자들에게 보낸 편지에 적힌, '그리스도 안에서 죽은 자들이 먼저 일어나고 그 뒤에 살아서 남아 있는 우리가 그들과 함께 구름들 속으로 채여 올라가 공중에서 주를 만나리라. 그리하여 우리가 항상 주와 함께 있으리라'는 내용을 기반으로 한다. 휴거를 주장한 교회들은 이 구절을 인용해, 1992년 세상에 종말이 닥치면 선택받은 신도들이 공중으로 떠올라 주와 만날 거라고 예언했다.

당시 멸망을 믿었던 다수의 사람들은 자살을 했고, 집을 뛰쳐나갔고, 가족을 감금했으며, 아이를 낙태했고, 예정된 결혼을 취소했으며, 탈영했고, 증오하던 누군가를 죽였으며, 사람을 납치했고, 가진 돈과 재산을 교회에 전부 헌납하거나 탕진했으며, 찾을 수 없는 어딘가로 영영 숨어버렸다. 휴거가 예정된 밤, 이를 주도한 다미선교회에는 신의 선택을 받기 위해 팔천여명의 신도들이 모였다. 그리고 그날, 휴거를 주장한 작은 분파였던 오름교회에도 이백여명의 신도들이 모여 공중부양될 것을, 신과 조우할 것을 기대했다.

고미선은 당시 서른다섯살이었다. 비료공장에서 노조원으로 일하던 그녀는 한 동료의 권유로 휴거를 접했다. 그녀는 그 교리에 정신없이 빠져들었다. 진심으로 멸망을 믿었기 때문이다. 미선의 주변에는 죽어가는 것들이 너무 많았다. 산업폐기물로 비료를 만드는 회사와, 유해물질에 노출되어 산업재해 혜택도 받지 못하고 병든 동료들, 공장이 뿜어내는 오염물질 때문에 폐허가 되어버린 논밭, 하룻밤 사이에 누렇게 빛을 잃거나 어렵게 키워도 시장에 나가면 반려되는 농작물들, 농작물만 따돌림을 당하는 것은 아니다. 자살을 시도하는 농민들, 떠나가는 사람들, 반짝이던 정신과 육체의 죽음, 그런 와중에 비료공장 굴뚝에서 배출된 검댕이인 오일카본은 싼값에 팔려나가 불법 활성탄이 된다. 불량 활성탄은 수돗물 정수제로 다시 팔려나간다. 세상은 그런 식으로 끊임없이 굴러가고 있는데 미선이 속한 세계의 사람들에게는 돌파구가 없어 보였다. 그런 곳에서 패배를 반복하다보면, 존재하는 모든 것들이 종말의 징조처럼 보인다.

미선은 인간의 힘으로 할 수 있는 게 지나치게 없어서 기도를 시작했다. 그리고 오름교회 목사인 지광림을 만났을 때에는 그 기도에 답을 받은 느낌이었다. 얼마만큼의 노력을 하면 얼마만큼의 보상이 돌아오리라는 인간의 계산법을 버려라. 주님은 모든 것을 바쳐 인간을 사랑하셨다. 십자가는 패배와 비움의 자리이다. 주님이 주시는 시련을 달게 받거라. 네가 열일곱살에 학비를 벌기 위해 비료공장에 취직한 것이 너의 잘못이냐? 그러하다. 학비를 큰오빠의 결혼 자금으로 줘버린 게 너의 잘못이냐? 그러하다. 학업을 포기한 것은? 그러하다. 사랑을, 공장에서 사랑을 만난 것이 너의 잘못이냐? 그러하다. 그의 죽음이, 그를 덮쳐든 병마가 너의 잘못이냐? 그러하다. 그들과의 싸움을 결심한 것이 너의 잘못이냐? 그러하다. 고공농성은? 그러하다. 그러하다. 너는 곧 떠오를 사람이다. 믿는다면 선택받아 저절로 떠오를 것을 뭐 하자고 그 높은 데를 어렵게 기어올라갔느냐. 그것은 모두 너의 잘못이다. 회개하고 반성하라. 그러면 떠오를 것이다. 자, 나의 침소로 들어와라. 오늘 너에게 주의 은총을 내리리라. 목사는 침실에서 은밀하게 속삭인다. 자네는 가지고 있는 여비가 얼마나 되는가? 여비요? 이 세상에 여행 온 동안 마련한 여비 말일세.

잠자리나 여비는 중요치 않았다. 떠오를 수 있다는 사실이 미선에게 빛나는 위안이 되었다. 돌파구가 없다고 생각했는데 그게 아니었구나. 앞, 뒤, 옆으로 갈 수 없다면 위로 솟으면 되는 거였구나. 아, 저에게 이 길을 주시려고 그런 시련을 주셨나이까. 고미선은 깨달음에 펑펑 울었다. 세상이 다시 열리는 느낌이었다. 가진 것을 내려놓을수록 몸과 마음이 가벼워지는 걸 느꼈다. 슬픔과 분노가 옅어졌다. 어떻게 하면 떠오를 수 있습니까, 주님. 헌신하거라. 사랑하거라. 누구를요? 말해주십시오, 주님. 지광림은 신도들을 지그시 바라보다 외쳤다. 주님이 말씀하신다, 지광림이 바로 신의 대리자로다. 주님의 뜻이 곧 저의 뜻임을 알았나이다, 아멘.

1992년 10월 28일, 수많은 사람들이 교회에 모였다. 지광림은 사기죄로 기소되었다. 그 과정에서 그가 신도들의 재산을 착복하고 은닉했다는 사실이 드러났다. 그리고 그날, 신도들은 떠오르기는커녕 서 있던 곳보다 더 아래로 곤두박질쳤다.

휴거는 없었다. 사람들은 기다렸다는 듯 믿었던 자들을 비웃었다. 이 어수룩한 것들, 어떻게 휴거를 믿을 수 있냐. 같은 마음을 품었던 대부분의 사람들이 사라졌다. 휴거를 주장하는 교회들에 재산을 헌납했던 십만명의 사람들은 다 어디로 간 걸까. 오름교회에는 고미선을 포함한 마흔명의 여자들만 남았다. 그들은 세상에서 가장 멋진 옷을 입고 있다가 갑자기 자신이 아무것도 걸치지 않았음을 알게 된 마흔명의 벌거벗은 임금님들처럼 어리둥절한 얼굴로 서로를 마주 보았다. 주여, 왜 이런 고난을 주시나이까. 신은 아무 대답도 하지 않는다. 그 사이를 비집고 들어온 사람들이 대신 답했다. 어리석은 것들, 아둔한 것들, 그것은 너희가 자초한 일이 아니냐. 제 발로 거기에 걸어들어가지 않았느냐.

그랬다. 그들은 모두 제 발로 이곳에 왔다. 그러나 고미선은 의아했다. 저는 왜 제 발로 이곳에 온 겁니까? 그 역시도 신의 뜻 아니었습니까? 대답은 들려오지 않았다. 사람들은 다시 답했다. 아니지, 그것은 그릇되고 허황된 것을 찾아 헤맨 너의 선택.

고미선과 마흔명의 여자들은 갈 곳이 없었다. 그들은 휴거를 가장 절실하게 믿었고 가진 것을 전부 바쳐서, 오갈 데가 없어진 사람들이었다. 고미선은 망설이다 큰오빠에게로 갔다. 그는 고미선의 따귀를 때리며 다시 그런 헛된 것을 믿으면 가만두지 않겠다고 말했다. 고미선은 번듯한 그의 신축 아파트를 둘러보며 방 한칸을 구할 수 있게 돈을 빌려달라고 말했다. 그는 고개를 저었다. 집에 며칠 머무는 것은 봐줄 수 있지만 너같이 정신이 불안정한 것에게는 돈을 줄 수 없다고 말이다. 방을 구하겠다고요. 너를 믿을 수 없다. 어떻게 하면 제가 믿음을 줄 수 있죠? 널 믿을 수 없기 때문에 믿을 수 없다. 돈을 빌려주기 싫을 뿐이라는 말을 하기 싫어서 답 없이 돌고 도는 대화들. 고미선은 입을 다물고 큰오빠를 바라보았다. 그는 결혼을 위해 고미선을 찾아와 너밖에 믿을 데가 없다고 말했다. 그 말 한마디에 그녀의 고등학교 학비는 녹아 사라졌다.

고미선은 큰오빠의 집에 머물며 식당일과 청소일을 시작했다. 고미선이 오가는 가정에도 일터에도 그곳에는 아무도, 휴거를 믿는 사람이 없었다. 고미선은 의아했다. 어떻게, 아무도, 휴거를 이야기하지 않을 수 있지?

한 시기를 지배했던 목소리와 분위기가 사라졌다. 고미선은 같은 생각을 공유하고, 경쟁하듯 그 믿음을 향해 달려나갔던 사람들을 잃었다. 광채 어린 예언의 말들도 잊혔다. 가장 큰 문제는 그녀가 믿음이 끝나고 난 후를 상상해본 일이 없다는 사실이었다. 그런 상상은 한다는 것 자체가 믿음을 배반하는 일이므로. 고미선은 그때 밥을 굶는 고통보다, 믿고 있던 세계로부터 내던져진 아픔이 더 크다는 사실을 알았다. 고미선은 자살을 시도했고, 마음이 굳지 못했던 탓에 살아남고 말았다.

1992년 휴거에 대해 설명하고 분석하는 설익은 글들이 쏟아져나왔다. 고미선은 그것을 전부 찾아 읽었다. 알고 싶었기 때문이다. 글을 쓴 자들은 묻고 있었다. 어째서 그 바보 같은 거짓말에 사람들이 매료되었으며, 열정을 바쳤는가. 걸프전의 여파다, 밀레니엄에 대한 공포 때문이다, 노스트라다무스의 1999년 멸망설의 영향을 받아 나온 사이비 찌라시다, 88올림픽을 겪고 성장하는 한국 사회의 필연적인 성장통이다, 기타 등등. 고미선이 글을 읽으며 느낀 것은, 그녀는 여전히 살아 있는데 모두가 그녀를 과거의 유물 취급한다는 사실이었다. 아, 이들은 나를 설명하고 결론지어 무덤에 묻어버리기 위해 이런 글을 쓰고 있구나. 그 글들 중에 고미선이 납득할 수 있는 설명은 단 하나도 없었다. 그녀는 분노에 찬 얼굴로 무덤에서 기어 나왔다.

오름교회에서는 서른명의 여자들이 고미선을 따뜻하게 반겨주었다. 턱없이 짧은 형을 살고 나온 지광림 역시 엄숙한 얼굴로 그녀를 맞았다. 미선은 다정하고 자신을 얼간이 취급하지 않는 그 세계에서 새 삶을 시작했다. 그리고 재침례가 있었다. 다시 태어나거라. 그녀의 머리 위에서 발끝까지 물이 쏟아져내렸다. 침례는 보통 인생에서 한번뿐인 행사지만, 그때부터 그들은 침례를 반복함으로써 다시 태어나길 거듭했다.

오, 우리 선택받은 자매들, 울지 말거라. 휴거가 일어나지 않아서 흔들렸느냐? 그러나 휴거는 온다. 1992년의 일어나지 않음은 너희를 알기 위한 일어나지 않음이로다. 깨닫게 하기 위한 일어나지 않음이로다. 하늘이 주시는 시험에 걸려 넘어졌느냐. 황야를 헤매었느냐. 그리하여 다시 죄의 왕관을 쓰고 주님 곁으로 돌아왔구나. 너희는 이곳에 있다. 무수한 사람들이 믿음을 저버리고 배교를 택했을 때 너희는 이곳에 왔고, 이곳에 있었다. 그리하여 인내하고 또 인내하리니. 마침내 선택의 순간이 오면 저 높이 떠올라서 주님의 빛을 보리라.

삼년이 지나 그들은 정수기 판매를 시작했다. 다단계였기 때문에 잡다한 다른 것들도 팔았지만 주력 상품은 정수기였다. 알칼리 이온 정수기. 서른명의 여자들은 밤낮없이 전투적으로 일했다. 체액을 완전히 교체하기 위해서는 최소 육개월의 시간이 걸린다, 그런데 그들의 정수기는 수분 구조를 바꾸는 시간을 단축시킬 뿐 아니라 몸속의 유해성분과 염증을 모두 녹여 없앤다는 것이 그들의 영업 멘트였다. 격정적으로 일하는 만큼 돈이 벌렸다. 실직했거나 경력이 단절되어 쉬고 있던 실업자들과 가정주부들이 정수기를 팔고자 몰려들었다. 여자들은 그들을 영업사원으로, 또 신도로 이끌었다. 고미선은 자신이 파는 정수기와 자신의 전도가 오염된 세상을 정화하고 있다고 믿었다. 신도가 늘었다. 회사의 규모도 커졌다. 그들은 다른 다단계처럼 실버, 골드, 다이아몬드로 등급을 나누지 않고 1센티미터, 2센티미터, 3센티미터로 서열을 나누었다. 그것은 지상으로부터 솟아오른 거리를 뜻하는 말이었다. 하지만 한참 승승장구하던 때 그들이 팔던 알칼리 이온 정수기에 문제가 발생했다. 갈색 불순물이 무더기로 검출된 것이다.

잘못된 초창기 대응으로 반발이 거세졌고, 그간 그들

이 해온 과대광고 역시 문제가 되었다. 그러면서 회사의 전신이 휴거를 주장했던 사이비교회라는 사실이 밝혀졌다. 상품이 시판되기 전 교주가 정수기 필터에 침을 뱉어서 갈색 물이 나오는 거다, 그곳에서는 정수기에 마약을 타서 사람들을 세뇌시킨다더라, 하는 유언비어가 퍼졌다. 거기에 종교적 자유를 억압받고 헌금을 강요당했다는 직원들의 폭로가 이어지면서 정수기사업은 내리막길을 걸었다. 다단계사업의 주축이 됐던 서른명의 여자들은 내내 무급으로 일해왔지만, 그 모든 책임을 떠안아야 했다. 몇몇은 신용불량자로 전락했다. 지광림은 홀로 더 좋은 집으로 이사를 갔다. 그후에도 그들은 요양원이라든가 다양한 복지시설을 맡아 위탁 관리를 하는 일들을 해왔다. 휴거를 기다렸다. 밑으로 깊이 내려갈수록 더 높이 솟아오르리니. 그들은 그 말을 믿었다.

사업에 실패하고 교회의 이름을 바꾸자는 의견이 있었다. 하지만 교회의 핵심 멤버였던 고미선은 이에 반대했다. '떠오름'이라는 정체성을 잃어서는 안 된다고 말이다. 그들이 일용직 노동자가 되어 교회를 지탱하는 사이, 지광림은 새로운 일거리를 가지고 왔다. 체육센터의 위탁 운영이 그것이었다. 여자들은 이에 우려를 표했다. 그들은 체육센터를 운영해본 경험이 없었다. 게다가 수영장의 수도요금 부담 주체가 결정되지 않은 상태였기 때문에 수도요금을 비롯한 여러가지 운영비, 강사와 안전요원들의 인건비를 계산하면 달에 수천이 나가는 건 우스운 상황이었다.

그러나 지광림은 정수기사업에서 수영장으로 저변을 넓혀야 한다는 말도 되지 않는 논리로 이를 강행했다. 여자들이 인건비를 포기하면 시민들이 내는 이용료와 지자체에서 주는 주민지원기금으로 체육센터 운영이 가능하리라는 계산이 선 상태였기 때문이다. 위탁 운영권은 지광림이 지자체 위원들의 뒤를 봐주고 뇌물을 수수해서 얻어낸 떳떳하지 못한 결과물이었다. 그의 목적은 연오시 내에서 자신의 위치를 확고히 하고, 교회를 다시 한번 확장하는 데 있었다. 그러려면 늙은이들만 있는 복지관을 담당하는 것보다 젊은이들이 많은 체육센터를 운영하는 편이 이롭다. 지자체와의 우호적인 관계 역시 필수적이었다.

여자들이 난색을 표하자 목사는 여느 때보다 붉고 건강한 안색으로 "떠오르지 않을 생각인가!" 하고 호령했다. 미선은 그를 향해 "우리는 언제 떠오를 수 있습니까!" 하고 외쳤다. 헌신하고 기다려라, 그럼 광명이 있을 것이니. 언제까지요? 선택받는 자는 그런 시시비비를 가리지 않는다! 의심과 이의제기는 믿음 부족에서 나오느니! 말들은 돌고 돈다. 단 한 발자국도 진전되지 못한다. 미선은 그들의 세상이 저무는 느낌을 받았다. 나이 든 사람들은 휴거를 기억했지만, 조금이라도 어린 연령대의 사람들은 휴거에 대해 "그게 뭐예요?" 하고 물어왔다. 전도를 할 때 휴거를 언급하지 말라는 지령이 내려왔다. 그것을 언급하지 않으면 전도는 무슨 의미가 있는가. 지광림은 선택받고 떠오르면 알게 될 사실을 미리 말할 필요는 없지 않느냐고 말했다. 고미선은 그의 얼굴을 물끄러미 바라보았다.

수영장에 입성하던 날 여자들은 다시 수영장에 들어가 침례를 받았다. 그리고 그들은 이주에 한번씩 야간 수영을 시작했다.

*

"빨리 잽싸게 등을 돌렸어야지. 그렇게 오래 버티는 사람이 어디 있어. 나는 전남편이 바람피운 걸 알게 된 날 바로 맞바람을 피웠다고. 그게 걸려서 위자료다운 위자료도 받지 못했지만. 당하면 갚아줘야 하는 거 아냐?"

염보라는 가쁜 숨을 내쉬며 투덜거렸다. 그리고 비상계단에 서서 어디로 가야 할지 몰라 두리번거리는 허인회를 보며 혀를 찼다.

"이번에도 봐, 조우경이 뭐야. 그렇게 약삭빠른 어린놈한테 또 인생을 송두리째 바치겠다는 거야? 걔한테 당신은 안 돼. 계산을 좀 하고 살라고."

"너 왜 날 따라오는 거냐."

"내가 없으면 안 될걸. 조우경이 어디 있다고 생각해?"

"……어디 있는지 알아?"

"알지. 당신이 난리 칠 때 나는 조용히 서서 그들을 지켜봤으니까."

"어디 있어?"

"말해줄 것 같아?"

"이게 보자 보자 하니까……"

인회가 들고 있는 허들 바를 치켜들며 시뻘겋게 부은 눈으로 염보라를 바라보았다. 보라는 움찔 놀라 눈동자를 굴렸다. 인회가 갈등에 휩싸인 눈으로 허들 바를 응시하자 보라는 억지웃음을 지으며 잽싸게 말했다.

"말해줄 거 같냐고 했지, 말해주지 않겠다고 한 적은 없어."

"어디 있어?"

"지하 1층 간이창고."

"네 딸 때문에 참는 줄이나 알아."

"네가 뭔데 내 딸 때문에 참냐!"

허인회는 듣는 둥 마는 둥 지하 1층으로 향했다. 염보라가 조심스럽게 난간을 잡고 그녀를 따라 내려가며 말했다.

"오진홍이 이걸 보면 아주 좋아하겠네. 그 사람은 당신이 자기 노후를 책임져줄 거라고 했거든. 나 같은 여자는 그걸 못한다고 말이야. 내가 오진홍 생각해서 알려준 줄이나 알아."

인회가 보라를 힐끗 흘겨보고는 계단을 날듯 내려갔다. 보라도 허겁지겁 그녀를 쫓았다. 그녀의 허리에 감은 줄넘기 손잡이가 딸깍딸깍 부딪쳐 소리가 났다. 그러다 소리가 멈췄다. 인회가 뒤를 돌아보자 보라가 출발 지점에서 크게 벗어나지 못한 곳에 주저앉아 있었다. 보라가 계단 난간에 매달려 가쁜 숨을 내뿜었다. 인회가 굳은 채로 눈을 깜빡이다 거칠게 말했다.

"엄살떨지 마."

"엄살이었으면 좋겠다."

"왜 병원에 안 가는 거야?"

"소용없댔어. 전신에 퍼졌대."

"……"

"잠깐 쉬면 괜찮아. 그렇게 겁먹은 얼굴로 쳐다보지 마.

암은 전염되지 않아."

"알아."

"정말 아는 거 맞아? 오진홍은 자기가 전염될 것처럼 몸을 사리더라."

"벌레 같은 새끼야."

보라가 쿡쿡대고 웃었다. 허인회는 한숨을 쉬며 다시 계단을 올라왔다. 보라는 고개를 숙인 채 고통을 참느라 몸을 부들거리고 있었다. 인회는 보라의 곁에 서서 허공을 바라보며 물었다.

"잽싸게 발 빼고 등 돌려야 한다더니 오진홍한테는 왜 그렇게 오래 매달려 있었냐."

"낚시질을 잘하더라. 조금만 더 장단을 맞추면 결혼할 수 있을 줄 알았어."

"벌레 같은 년."

"너같이 못생긴 여자는 몰라. 나같이 예쁜 여자를 주변에서 얼마나 물어뜯고 추락시키려고 하는지. 오진홍 같은 놈이라도 남자가 있어야 그나마 버틸 수 있다고 생각했어. 그런데 왜 이렇게 됐는지 모르겠다."

"믿을 사람을 믿어라."

보라는 눈을 감고 중얼거렸다.

"너야말로. 사랑에 빠지는 순간 인생이 끝이라는 것만

알아둬. 내가 너희들 때문에 병에 걸렸다고 하니까 오진홍이 뭐라고 했는지 알아? 자기는 나한테 뭘 강요한 적이 없대. 그건 맞는 말이지만 틀린 말이기도 해. 왜냐면 그 사람은 내가 제 마음에 들지 않는 선택을 하려고 하면 차가운 눈으로 꿈쩍도 하지 않았거든. 내가 원하는 걸 움켜쥐고는, 자길 사랑하는 게 맞느냐고 묻는 거야. 저는 사랑하지도 않으면서 이쪽의 사랑은 엄청나게 의심을 해댄다니까. 겁쟁이 새끼. 사랑하는 척하면 원하는 걸 얻을 수 있을 줄 알았는데 그게 덫인 걸 몰랐지."

"……"

"사랑, 좋지. 나도 사랑이 좋았어. 사랑을 하면 힘이 생기거든. 내가 누리고 휘두를 수 있는 힘이 생겨. 그럴 땐 남자들이 내 발밑에 있는 줄 알았지. 그런데 말이야. 그 힘은 너무 작고 미약해서 내가 원하는 데까지 나를 데려다주지 못해. 거기로 가려고 몸부림치다 병이 든 것 같아."

"사랑은 그런 게 아냐. 너희처럼 계산하고 값을 따지는 게 아냐."

염보라는 마른 웃음을 지으며 층계에 눕다시피 했다. 감긴 보라의 눈꺼풀이 부르르 떨렸다. 인회는 보라의 종잇장처럼 마른 몸을 바라보다 막혀 있는 회색 천장으로 고개를 돌렸다. 그들은 벌을 받고 있었다. 누구도 사랑하지 않는 상태로 그 관계를 오랫동안 끌고 와서 결국 하나는 병들고, 하나는 죽고, 하나는 살인자가 되는 천벌을 받고 말았다. 보라는 죽은 듯 말이 없었다. 인회가 "염보라" 하고 불렀다. 대답이 없었다. 인회는 겁을 먹고 보라의 코 아래에 슬며시 손가락을 가져다 댔다. 그러자 보라가 입술만 움직여 "야옹, 야옹" 하고 중얼거렸다. 인회가 진저리를 쳤다. 천벌이 그들을 모두 죽이고 말 것이다. 그러므로 그로부터 탈출해야 한다. 조우경에게로 가야 한다. 그녀는 사랑을 하면 벌을 피할 수 있다는 이상한 생각에 사로잡혀서 떨리는 목소리로 말했다.

"여기 가만히 있어. 일을 처리하고 다시 올 테니까."

"야옹, 야옹. 날 두고 가지 마."

허인회는 염보라를 끌어 벽에 기대 앉혀놓고 달아나듯 계단을 뛰어내려갔다. 보라가 눈을 질끈 감았다. 잠시 후 계단을 요란하게 뛰어오르는 소리가 났다. 보라가 눈을 가늘게 뜨며 달려드는 허인회를 바라보았다. 인회가 삿대질을 하며 말했다.

"병이 든 게 네 탓이지 내 탓이냐? 그래, 어디로 가고 싶었는데?"

"……"

"오진홍이랑 결혼하고 싶었는데 못했다 이거야? 어디

서 잘났다고 그런 말을 떠들어."

염보라가 호호, 웃었다. 허인회가 거친 숨을 몰아쉬며 말했다.

"도저히 움직일 수 없겠어?"

"못하겠어."

"망할, 업혀."

보라가 인회의 등에 업혔다. 그녀가 흰 실크드레스에 볼을 얹으며 말했다.

"감촉이 좋네."

인회가 등을 비틀며 옷에 얼굴을 대지 말라고 짜증을 냈다. 그러나 인회는 내심 놀라고 있었다. 보라는 성인 여자라고 하기에는 믿기 힘들 정도로 가벼웠다. 계단을 한 칸씩 내려갈 때마다 전해지는 충격이 고통스러운 듯 보라가 신음을 내뱉어서, 인회는 한숨을 쉬며 최대한 천천히 계단을 디뎠다. 보라를 버리고 갈 수 없어서 돌아온 게 맞지만, 그녀에게 보여주고 싶은 마음도 있었다. 나는 너희와 달리 사랑을 하고 있다고 말하고 싶었다. 자신의 사랑은 진짜라고 말하고 싶었다.

가볍다고는 하지만 사람을 업고 긴장한 채 계단을 내려가는 게 쉬운 일은 아니었다. 인회가 층계에 멈춰서 거친 숨을 몰아쉬자 보라가 속삭이듯 말했다.

"나를 물에 들어가게 해줄 수 있어?"

"구해주니까 보따리 내놓으라는 격이네. 곧 들어가기로 했다며."

"오늘 들어가고 싶어서 그래."

"왜?"

"침례에 참석하면 완전히 저희 식구가 되는 건데 날 내칠 수 있겠어? 내일 들어가면 한번 들어가는 걸로 끝나지만, 식구가 되면 매번 들어갈 수 있잖아. 한번이 무슨 의미가 있어."

"너는 그게 문제야. 다른 사람들 사정은 생각도 안 하고 이기적으로 굴지."

"다들 안 들여보내주려고 하니까 그런 거 아냐. 병자한테 무슨 배려를 바라냐."

"못해. 내가 무슨 수로 너를 물에 들여보내냐."

"그럴 줄 알았다."

허인회가 다시 계단을 내려가기 시작했다. 한동안 말이 없던 염보라가 다시 입을 열었다.

"내려가면 덩치들이 조우경을 지키고 있을 텐데 그 사람들을 무슨 수로 치우겠다는 거야."

"몰라."

"미쳤구나. 사랑에 완전히 돌아버렸어."

"그래. 너랑 다르지."

"순정파 납셨네. 아까부터 설마설마했는데, 당신 혹시 이번이 첫사랑이야?"

"……"

"오진홍이랑은 뭐 했어? 할 거 다 했을 거 아냐."

"그래. 뽀뽀도 하고 섹스도 하고 할 거 다 했다. 싫어서 문제였지."

"왜?"

"그런 걸 왜 물어?"

"그래, 오진홍이 별 볼일 없긴 하지."

성을 내던 인회가 머뭇거리다 입을 열었다.

"그런 게 아냐."

"그럼 뭐야?"

"혼인신고서를 제출하고 처음 집에 갔는데 오진홍이 그짓부터 하려는 거야. 나는 그때가 처음이었고 겁이 나서 싫다고 했지."

"그래, 그땐 많이들 그랬어."

"그러니까 오진홍이 혼자 포르노를 봤어. 원룸이라서 떨어져 있을 수가 없는데 소리를 잔뜩 키워놓고 밤새 그걸 보더라. 그 이후로 계속 그게 싫었어."

"개새끼가."

계단을 전부 내려가자 보라가 조금 정신을 차렸다. 그녀가 인회의 어깨를 치며 내려달라고 말했다. 그들은 발소리를 죽여 일직선으로 펼쳐진 복도를 걷기 시작했다. 보라는 여차하면 도망가겠다는 태도로 "앞에 가, 앞에!" 하고 말하며 인회의 등 뒤에서 걸었다. 인회는 고개를 저으며 욕설을 중얼거렸다.

체육 강의실을 지나자 수영장으로 들어서는 길목이 보였다. 보라는 갈증에 시달리는 눈으로 그곳을 물끄러미 바라보았다. 탈의실에서 빛이 새나오고 있었다. 인회 역시 그것을 응시하다 걸음을 빨리했다. 기구실과 매점을 지나치자 좌측으로 꺾어진 코너가 하나 나왔다. 인회가 뒤를 돌아보자 보라가 고개를 끄덕였다. 코너로 진입해 짧은 복도를 통과하자 비로소 간이창고가 보였다. 2미터 남짓 거리의 창고 앞에는 조우경의 팔을 꺾었던 보디가드가 홀로 의자에 앉아 핸드폰으로 동영상을 보고 있었다. 보라가 긴장한 듯 숨을 들이켜며 속삭였다.

"저 사람을 어떻게 이기겠다는 거야."

"조용히 해."

"혹시 조우경을 만나게 되더라도 내가 여기 있다는 말은 하지 마. 날 죽이려고 할 거야."

인회가 보디가드를 응시하며 건성으로 고개를 끄덕였다.

"혹시라도 내 도움은 바라지 마. 난 환자야."

인회가 진저리를 치며 남자를 향해 달려들었다. 기회는 한번이었다. 머리를 쳐야 한다. 인회의 발소리에 보디가드가 고개를 들었다. 그와 허인회의 눈이 마주쳤다. 인회가 허들 바를 휘두르며 날아올랐다. 바로 남자의 정수리를 겨냥했다. 그러나 보디가드가 잽싸게 고개를 틀었다. 허들 바가 남자의 머리가 아닌 목에 내리꽂혔다. 그에 대한 반작용으로 인회가 무기를 놓치며 나뒹굴었다. 목을 잡은 보디가드가 눈을 부릅뜨고 인회에게 다가왔다. 인회는 허들 바를 잡았던 손을 움켜쥔 채 부들거리고 있었다. 손목이 뒤로 꺾인 상태였다. 보디가드가 그녀의 멱살을 잡아올렸다. 인회가 몸부림을 쳤다. 남자를 향해 발길질을 하려 했지만 역부족이었다.

그때 숨어 있던 염보라가 "야!" 하고 외치며 튀어나왔다. 보라는 손잡이를 모아 잡아 반으로 접힌 줄넘기를 남자를 향해 휘둘렀다. 키가 안 되기도 했고 휘두르는 힘도 약해서 줄넘기가 보디가드의 다리에 맥없이 찰싹찰싹 닿았다 떨어지길 반복했다. 남자는 보라를 힐끗 보고는 발버둥 치는 인회를 제압하는 데 집중했다. 그때였다. 보라가 줄넘기 반동에 비틀거리며 잡고 있던 줄넘기 손잡이 하나를 놓치고 말았다. 그것이 그대로 몸을 돌리던 남자의 다리에 휘말려 들어갔다. 허인회의 발길질이 남자의 정강이를 때렸다. 남자가 고통에 뒷걸음질 치며 다리에 감긴 줄넘기를 털어내려 했다. 그러다 줄넘기 손잡이를 밟고 어어, 하며 뒤로 넘어갔다. 빽, 하고 박이 깨지는 소리가 났다. 보디가드가 기절한 듯 눈을 뜨지 않았다. 남자의 위로 떨어진 인회가 놀란 얼굴로 보라를 바라보자 보라는 충격에 휩싸인 얼굴로 "난 아냐" 하고 고개를 저었다.

*

안 된다고 고개를 저었던 여자들 대다수가 체육센터에 고용되었다. 그들의 급여통장은 지광림이 관리했다. 그는 여자들의 통장에 인건비를 넣고 그 기록을 시에 제출하는 보고자료로 썼다. 그리고 통장에서 다시 돈을 빼가는 수법으로 임금을 착복했다. 고미선을 포함한 핵심 인력 몇몇은 직원 명단에 이름을 올리지 못했는데, 그것은 그들이 다단계 판매 당시 대부분의 빚을 떠안느라 신용불량자가 되었기 때문이다. 그러나 직원이 된 사람이나 되지 못한 사람이나 여자들은 모두 체육센터를 관리하는 일을 새로 배워야 했다. 센터 내 청소를 비롯한 인력과 회원 관리, 노후화된 건물의 잔고장을 처리하는 모든 일이 그들에게 떨어졌다.

심지어 위탁 초창기, 여자들은 수영장 천장 시공까지 직접 해냈다. 8미터에 달하는 수영장 층고를 극복하기 위해 거대한 작업 발판을 대여하고, 클립 바가 헐거워 너덜거리는 사각 패널을 제거한 다음 값이 싼 패널을 사서 다시 천장을 메운 것도 그들이었다. 사람들은 그 얇고 허술한 패널이 천장의 전부라는 사실을 알지 못할 것이다. 그 한겹의 패널 뒤에 층간의 텅 빈 허공이 존재하리라고는 상상도 못할 터였다. 여자들 입장에서 최선이기는 했으나 그런 식으로 싸구려 날림 공사를 한 게 한두가지가 아니었다. 수영장이 친환경 살균방식을 내세우고 있지만, 실상 물에 쏟아붓는 것은 엄청난 양의 염소인지라 그것이 기화되면서 수영장 이곳저곳을 부식시키고 있었다. 여자들은 지광림에게 정식 의뢰를 맡겨 수영장을 다시 수리해야 한다고 말해왔다. 하지만 노화로 정신이 오락가락한 광림은 그럴 때만은 눈을 살쾡이처럼 뜬 채 견적을 내보라고 말했다. 견적을 내서 가지고 가면 그는 "너무 비싸" 하고 말하며 고개를 저었다. 그에게는 늘 무급으로 부려먹을 수 있는 여자들이 있었기 때문이다.

모든 게 극히 제한된 상황에서 여자들에게 허락된 것은 수영뿐이었다. 수영 수업만큼은 무제한으로 들어갈 수 있었다. 그럴 만한 시간과 여유는 주어지지 않았지만 말이다. 분노와 슬픔이 깊어갈수록 여자들은 헤엄에 몰입했다. 수영 실력이 늘었다. 몸은 눈에 띄게 튼튼해졌다. 그들은 비애라고 해야 할지 분노라고 해야 할지, 뭐라고 하기 힘든 묘한 감정에 사로잡혀 전에 없이 탄탄해진 몸을 물끄러미 바라보곤 했다.

조우경이 나타나고 상황은 급변했다. 그는 수영장에 얼굴이 그럴싸하고 거짓말을 일삼는 양아치들을 잔뜩 데리고 들어왔다. 지광림과 조우경이 비밀에 부쳤지만 센터 운영 전반에 개입하고 있던 여자들은 모를 수 없었다. 그들이 받지 못한 임금이 웃돈과 함께 양아치들에게 흘러 들어간다는 사실을 말이다. 웃긴 것은 강사나 위장 고용된 아르바이트생들이 매력적일수록, 미혼 남녀가 수영장에 많이 유입될수록, 성적 활력이 고취될수록 "떡값을 걷을까요? 스승의 날을 챙길까요? 개천절인데 선생님께 선물을 드리는 건 어떻게 생각하세요? 한글날은요? 날도 흐리고 번개가 치는데 다 같이 만나서 얘기해볼까요" 하는 모든 말에 사람들이 호의적으로 반응한다는 점이었다. 그러니까 떡값은 헌금을 걷고 사람들을 교회로 끌어들이는 신호탄이었다. 조우경이 수영장에서 흔히 생기는 사적 모임을 철저하게 금지하고, 아르바이트생들을 시켜 감시한 탓에 사람들은 이런 제안을 반겼다. 조우경의 말대로라면, 떡값 시즌은 교회의 역사가 새로 쓰이는 시점이기도 했다. 이번 떡값 행사는 미친 사람 하나가 개입한 탓에 방해가 이만저만이 아니었지만 말이다.

여자들이 가꾸고 관리한 왕국은 조우경에게로 넘어가고 있었다. 그가 제시한 기획들로 재미를 본 지광림은 우경에게 전폭적인 지지를 보냈다. 처음에는 여자들의 환심을 사기 위해 애쓰던 조우경 역시 광림의 지원이 확실해지자 본격적인 속내를 드러내기 시작했다. 조우경이 여자들을 압박하기 위해 처음 한 일은, 떡값을 걷고 전도를 주도하는 자리에서 여자들을 몰아내는 일이었다. 우경은 여자들이 너무 늙었고 젊은 사람들을 다룰 줄 모른다고 말했다. 교회로 와야 할 젊은 피를 놓치고 있다고 말이다. 그래서 지금은 어머니반을 제외한 모든 반의 전도 인력이 조우경이 고용한 사람들로 교체된 상황이었다. 그뿐이 아니었다.

조우경은 미간을 찌푸리며 다음 스텝을 밟았다. 늙은 여자들의 텃세가 심하다는 항의가 빗발친다, 그녀들이 수영장에 상주하는 모습이 미관상 좋지 않다. 여자들이 그렇게 덩어리로 움직일 필요는 없지 않느냐. 청소 인원은 밤이나 새벽에 와서 청소만 하고 숙소로 돌아가는 게 어떻겠냐. 밤에 수영장을 마음대로 사용하는 것은 월권이다. 야간 수영장에서 대체 무엇을 하고 있느냐.

조우경은 여자들이 야간 수영을 하는 날마다 자발적으로 당직을 섰다. 당직만 선 것은 아니었다. 그는 수영장 안으로 들어가기 위해 여러 수를 썼지만 여자들은 그를 받아들이지 않았다. 야간 수영장은 그가 침범할 수 있는 영역이 아니었다. 그러자 조우경은 고미선을 불러, 야간에 수영장에 들어가는 걸 그만두라고 통보했다. 고미선과 여자들은 맹렬히 항의했다. 조우경은 기다렸다는 듯 대답했다. 이건 제 생각이 아니라, 목사님의 뜻입니다. 다음 달부터는 야간에 청소만 하고 돌아가라고 하셨어요. 미선이 광림을 만나야겠다고 하자, 우경은 고개를 저었다. 어느새인가부터 광림은 미선과 대면하는 걸 피하고 있었다. 만난다 하더라도 볼일만 보고 황급히 자리를 뜨기 일쑤였다. 그러므로 그 통보 하나로 모든 게 끝이었다. 십년 동안 지켜온 여자들의 보금자리는 그렇게 끝나버렸다. 그러나 무엇보다 참기 힘든 건 따로 있었다. 우경은 여자들에게 그동안 받지 못한 임금을 주겠다고 제안했다.

우경은 직원 명단에 오른 사람이나, 그러지 못한 사람 모두에게 임금을 지급하겠다고 했다. 여자들은 기쁨을 감추지 못하고 들떴다. 임금 없이 일해온 탓에 자신들의 생활비를 조달하는 데는 늘 어려움을 겪어왔기 때문이다. 그러나 우경이 제시한 월급은 최저임금의 1/4에도 미치지 못하는 금액이었다. 여자들은 실망했지만, 그 정도도 어디냐고 서로를 위로했다. 그러자 우경이 가벼운 어투로 덧붙였다. 체육센터에서 일하고, 공동 합숙소에 계속 머물고 싶다면 아주 간단한 한가지 조건만 수락하면 된다고 말이다. 센터에서 일을 하는 데도 조건이 필요한가요? 이 일을 원하는 분들이 많아서 말이죠. 여자들은 겁에 질렸다. 우리를 쫓아내려는 건가? 그들은 이제 정말로 갈 데가 없었다. 조건이 뭔가요?

조우경은 자신이 제시하는 생명보험에 가입해 다달이 보험료를 납부하라고 말했다. 그는, 월급에서 보험료를 내고 나면 돈이 상당히 남을 거라고 그것은 얼마든지 개인적으로 활용할 수 있다고 웃으며 덧붙였다. 이제 당신들은 정식으로 임금을 받고 일하는 청소 노동자라고 말이다. 그러나 어떤 노동자도 일자리를 유지하는 조건으로 생명보험에 가입하지 않는다. 사장의 이름을 생명보험금 수령자 항목에 적어넣지 않는다. 그러나 조우경은 그에 대해서는 한마디 말도 하지 않았다. 그리고 여자들은 이 때문에 자신들의 헌신에 대한 값이 어느 정도인지 처음으로 알았다.

믿고 헌신함으로써 지광림에게 힘을 주었다. 이제 와서 준 것을 거둬들이기란 불가능해 보인다. 그리고 조우경은 여자들에게 그 힘을 자신에게 이양하라고 말한다. 하지만 고미선은 조우경을 믿지 않는다. 그가 뜬구름 잡는 말을 하고 있다고 생각한다.

사랑과 헌신이 희박해진다. 사랑과 헌신이 약자가 담당해야 할 어떤 것이라는 인식이 자리 잡은 세상에서, 종교사업이 사양산업으로 접어든 건 맞다. 대형교회들은 승승장구하지만 영세한 교회들은 도저히 살아남을 수 없다. 사람들은 이제 무조건적으로 헌신하려 들지 않는다. 모두가 나름의 계산기를 두드린다. 교회는 믿음의 대가로 사람들이 원하는 걸 줄 수 있어야 한다는 말도 맞다. 미래를 약속하는 수많은 인맥이라든가, 일자리, 자긍심, 소속감과 연대감, 사랑에 대한 기대와 충족감 같은 것들 말이다. 성비와 연령과 계층을 나누어 그들의 요구를 파악하고, 그들을 매혹시켜 욕망하도록 해야 하며, 그들이 소비자인 동시에 상품으로서 교회에 자발적으로 참여할 수 있도록 유도해야 한다는 말도 일견 그럴싸해 보인다. 그러나 고미선은 생각한다.

사람들은 더는 결혼하지 않을 것이다. 아이를 낳으려 들지 않는다. 연애하지도 않을 것이다. 사랑을 염원하긴 해도 거기에 선뜻 발 담그지 않는다. 세상이 그렇게 흘러가고 있다. 사랑과 연애라는 모험은 스릴을 즐기거나, 많은 자원을 가져서 얼마든지 그 손실을 메울 수 있는 자들이나 하는 것이다. 자원이 고갈되고 생존이 불투명한 상황에서 사랑은 위험요소에 지나지 않는다. 사치와 낭비에 불과하다. 그럼 자원이 넘치는 부자가 되어야만 사랑을 할 수 있나? 그러나, 자원이 많다는 건 어느 정도를 말하는 건가? 더 많은 것을 가져야 한다고 충동질하고 경쟁을 부추기는 세상에서는 도대체 얼마만큼 가져야 많이 가졌다고 말할 수 있나. 얼마만큼 가져야 사랑을 하고 아이를 낳을 수 있나. 누구도 그것을 말할 수 없는 까닭에 사람들은 몸을 움츠리고 가질 수 없는 것을 응시하듯 서로를 바라본다.

조우경은 지자체의 지원을 받고 다문화와 다중연애를, 수많은 짝짓기 행사를 수영장에 도입할 거라고 말한다. 수영장을 고급화할 계획이라고 한다. 하지만 미선의 귀에는 그게 안이하고 추상적인 말로 들린다. 어쩌면 우경이 솔직하지 못하다고 느낀다. 더 정확히 말하면 우경이 하고 싶어 하는 것은 연애나 결혼사업이 아니라, 거대한 물장사라는 느낌을 받는다. 연애와 결혼을 미끼로 하는 합법적인 물장사의 포주가 되고 싶어 한다고 느낀다. 하지만 그것이 가능할 리 없다. 오름교회는 그것을 해낼 만큼 사람이 많지도, 크지도 않다. 조우경은 자신이 과신하는 만큼 매력적이지도, 사업 수완이 뛰어나지도 않다. 그들은 지방 소도시를 벗어난 적이 없고, 자본이 넉넉했던 일이 없다. 그들 중에 유일한 부자가 있다면 그건 지광림뿐이다. 지광림은 돈을 나누지도, 그것을 투자에 사용하지도 않았기 때문에 그런 부자가 되었다. 우경이 믿고 있는 지자체는 얼마나 더 그들을 지원해줄 것인가. 오히려 조우경이 낸 의견 중에 가장 그럴싸한 것은 여자들에게 생명보험에 들 것을 제안한 일이다. 고미선은 너무 피곤하고 지쳐서, 자신의 삶이 이대로 유지될 수 있다면 기꺼이 그곳에 사인하고 싶다고 조용히 생각한다.

대규모 정전을 겪은 날, 미선은 광림에게 침례를 요구했다. 생명보험이 여자들의 마음을 흔들고 있어요. 그들의 마음을 목사님이 다잡아주셔야 해요. 지광림의 답은 한참 뒤에 날아왔다. 그래요. 마지못한 끄덕임이었다. 지광림은 근래 여자들을 한사코 피해왔지만, 생명보험이 걸린 요구를 마다할 수는 없었을 것이다. 조우경은 침례식에 발끈해, 자신에게도 공식적인 자리를 달라고 요구한 듯하지만 그건 지광림을 몰라서 하는 소리였다. 그런 성급함을 광림에게 내보여서 좋을 게 없었다. 탐욕스러운 늙은이들은 필요 이상으로 타인을 의심한다. 그가 해온 것처럼 자신이 타인에 의해 쓰러질까봐 겁을 낸다. 염보라를 이용해 조우경의 의중을 확인하라고 지시한 건 지광림이었다. 지광림은 오진홍의 협박을 받고 있었음에도, 그 상황을 이용해 조우경을 빠뜨릴 함정을 팠다. 조우경은 거기 보기 좋게 걸려 넘어졌다. 그러나 지광림으로부터 어떤 자리를 약속받는다 하더라도, 우경은 수십수백번 시험에 들어야 할 것이다. 고미선 역시 차기 후계자 자리에 올랐다가 아무 이유 없이 팽개질당한 경험이 다섯번이나 있었다.

기도를 멈춘 지 오래되었다. 기도를 멈추자 아무것도 아닌 인간이 되어버렸다. 고미선과 여자들은 이제 안다. 휴거는 일어나지 않는다. 종말이 와도 휴거는 일어나지 않을 것이다. 만에 하나 휴거가 가능하다 해도 고미선을 비롯한 여자들은 선택받지 못한다. 그들은 종말의 날, 절규하고 죽어가는 사람들 무리에 있을 것이다. 그들은 이제 그것을 안다. 결말은 지나갔다. 그것을 모르고 남은 생을 함께하자는, 정결한 마음으로 끝나는 그날을 기다리자는 오만한 약속을 했다. 강렬한 만남, 흘러가는 시간, 균열과 배반의 징조들, 차마 입 밖에 내어 말하지 못하는 분노와 상처 입은 마음, 마흔명에서 서른명으로 서른명에서 스물세명으로 떠나가거나 죽어서 사라진 사람들. 무엇을 믿었던가. 무엇을 위해 헌신했던가. 관계를 지키고, 꾸려온 건 지광림이 아니었다. 그가 어떤 힘을 행사할 수 있도록 애쓴 것 역시 그가 아니었다.

그러나 여자들은 가진 패를 다 써버렸다. 더는 내밀 게 없다. 깊은 배신감, 그와 동시에 지광림이 원하는 일에 반한다는 죄책감, 건강한 육체를 꿈꾸며 수영장을 오가는 사람들에 대한 질투심. 고미선과 여자들은 지옥불 안에 있었다. 그렇게나 벗어나고자 애썼는데 제자리로 돌아왔다. 그들이 사는 마을에는 그들만이 남았다. 시장은 그들이 기른 작물을 기피한다. 교회와 지자체는 그들의 항의를 받아주지 않는다. 어떤 기시감, 이것을 어디에서 경험했던가. 그들은 낮에도 분진 때문에 빨래를 널 수 없는 땅에서 산다. 낙인효과라는 것이 있어서 소각장이 있는 마을에는 다른 혐오시설이 더 쉽게 들어선다고 한다. 그들의 공간에 공장을 세워도 되고 소각장을 들여도 된다고 허락하는 자들은 그곳에 사는 사람들이 아니다. 마을에는 더 많은 공장이 들어설 예정이다. 고미선은 생각한다. 종말에도 낙인효과가 있어서 한번 종말을 맞은 사람에게는 거듭 그것이 찾아오는 것 아닐까.

이야기를 들은 엄지민은 충격을 받은 듯 말이 없었다. 모든 이야기를 한 건 아니지만 해야 할 말들은 빠뜨리지 않았다. 오랫동안 곱씹고 연습해왔기 때문에 말을 하는 게 크게 어렵지 않았다. 그저, 그 상대가 엄지민일 거라고는 예상치 못했을 뿐이다. 그러나 고미선은 즉흥적인 선택이었음에도, 말이 가야 할 곳으로 갔다는 느낌을 받았다. 그런 느낌이 싫지 않았다. 한참 말이 없던 지민이 머뭇거리며 물었다.

"그럼에도 다시 침례를 받으시겠다는 건가요?"

여자들은 대답하지 않았다. 지민은 여자들을 바라보다 무언가를 예감한 듯 황급히 몸을 일으켰다. 그때 바깥으로 나갔던 김경희가 탈의실 안으로 달려 들어왔다.

"그 여자들이 탈출했어요!"

"뭐?"

"문을 부수고 도망갔다고요!"

*

허인회는 닫힌 문을 열어젖혔다. 휑한 간이창고에는 손발과 입을 결박당한 조우경이 새우처럼 웅크린 자세로 누워 있었다. 그의 주변에는 빈 비품상자들이 찌그러지거나 찢긴 채 나뒹굴고 있었다. 조우경의 짓인 듯 했다. 인회가 우경에게 뚜벅뚜벅 다가가 그를 빤히 내려다보았다. 우경은 살의에 찬 눈으로 그녀를 응시했다. 할 수 있다면 무엇이든 찢어 죽이겠다는 눈이었다. 인회가 몸을 굽혀 성한 왼손으로 그의 입에 붙은 방수테이프를 거칠게 뜯었다. 우경이 고통을 참으며 미간을 찌푸렸다. 인회가 쉰 목소리로 물었다.

"다친 데는 없어요?"

우경이 고개를 끄덕였다. 그러자 인회가 허물어지듯 주저앉으며 말했다.

"다행이에요."

우경이 다급하게 말했다.

"다리에 묶인 끈부터 풀어야 해요."

이곳을 벗어나는 게 급선무였다. 인회는 우경의 다리에 묶인 비닐 노끈을 풀고자 했지만 끈이 너무 촘촘하게 묶여 있어서 한 손으로는 역부족이었다. 염보라는 우경을 피해 이미 사라지고 없었다. 인회는 신음을 내뱉으며 다친 오른손을 조우경을 결박하고 있는 매듭 위에 얹었다. 우경이 초조하게 문밖을 살피며 말했다.

"경찰에 신고하셨어요?"

"아니요. 핸드폰을 빼앗겼어요."

우경이 고개를 끄덕였다. 오히려 다행이었다. 처음에는 신고만이 살길이라고 생각했지만 그건 썩 좋은 수가 아니다. 지자체 사람을 만나는 것은 체육센터를 완전히 장악한 다음에나 해야 할 일이지, 지금 연락하는 건 사탕을 빼앗긴 어린애가 그것을 찾아달라고 떼를 쓰는 것과 다름없었다.

계획된 함정에 걸려 넘어졌다. 이런 함정을 팠다는 건, 우경이 수영장에 더는 필요하지 않다는 사실을 의미했다. 지광림은 지자체로부터 새 교회를 약속받았다. 말을 제대로 이해조차 못하는 듯 보였던 영감은 우경이 수영장 내의 인프라를 얼추 구축하자마자 그의 뒤통수를 세게 갈겼다. 물론 우경 역시 그들 사이에 흐르는 긴장을 주시했고, 모든 준비가 끝나면 지광림을 뒷방으로 밀어버릴 생각이었지만 말이다. 그러나 이용당하고 버림받은 건 그였다.

우경은 분노 때문에 후끈후끈한 눈을 들어 여전히 노끈을 붙들고 있는 허인회를 바라보았다. 그녀는 짧은 손톱으로 매듭을 잡으려 애쓰고 있었다. 우경은 짜증이 솟구치는 걸 느꼈다. 이대로 쫓겨날 수는 없다. 상황이 이렇게 마무리되면 그는 수영장에 발 디딜 수 없는 처지가 된다. 그런데 이토록 다급한 상황에서 우경이 도움을 청할 수 있는 사람은 좀처럼 이해하기 힘든 미친 여자뿐이었다. 이 사람을 써먹을 수 있을까? 그가 인회를 쏘아보자 그의 시선을 의식한 인회의 행동이 더 딱딱하고 어설퍼졌다. 우경은 다정하게 말하려고 애쓰며 물었다.

"이 늦은 밤에 수영장에는 어쩐 일이세요?"

"선생님을 만나러 왔어요. 드릴 말씀이 있어서요."

허인회가 붉어진 얼굴로 시선을 피하며 노끈을 바라보고 있었다. 우경은 인회가 하려던 말을 이미 들었다. 그런데 이 밤에 사랑 고백을 하려고 수영장에 왔다고? 그가 여기 있는 줄은 어떻게 알고? 평소 같으면 그런 질문을 적당히 던지며 허인회의 마음을 다독여 돌려보냈겠지만 지금은 그럴 여유가 없었다. 인회의 고백은 무시될 것이다. 세상에 나온 적도 없는 말들처럼 그녀의 마음속에서만 메아리치다 사라질 것이다. 우경은 노끈 풀기를 계속 시도하라고 인회에게 턱짓하며 말했다.

"그렇군요. 그런데 보시다시피 지금 상황이 아주 급해요."

"네, 네. 알고 있어요."

"그래서 말인데, 제가 혹시 남편분을 만날 수 있을까요?"

"제 남편을 아세요?"

인회의 얼굴에 긴장이 어렸다. 우경은 처음부터 알고 있었다는 말은 할 수가 없어서 좀 전에 염보라에게 들었다고 얼버무리며 운을 띄웠다.

"보라씨 말로는, 남편분이 종일 연락이 안 됐다고요."

허인회는 굳은 얼굴로 고개를 저었다.

"남편하고는 대화하지 않은 지 오래됐어요."

"댁에도 안 계신가요?"

"몰라요! 제가 그걸 어떻게 알겠어요!"

지나치게 과민한 반응이었다. 우경은 인회의 심기를 거스를까 다급히 말했다.

"제가 남편분에 대해 물은 건 그분이 가진 어떤 물건이, 아…… 이걸 어떻게 말해야 할지 모르겠네요."

인회가 고개를 숙였다. 그러다 망설이는 얼굴로 말했다.

"남편이 가진 자료를 말씀하시는 거예요?"

"알고 계세요?"

"그게 필요하신 거예요? 왜요?"

우경은 자신도 모르게 몸을 들썩였다. 오진홍의 자료를 알고 있다니, 인회는 의외로 쓸모가 있을 수도 있었다.

우경은 평소처럼 거짓말을 하기 위해 머리를 굴렸다. 그러다 인회와 눈이 마주쳤다. 뭔가를 기대하는 이글거리는 눈이 거기에 있었다. 마땅히 생각나는 핑곗거리가 없기도 했지만, 우경은 그 눈에 이끌려 불쑥 사실을 말하고 말았다.

"그게 있어야 오늘 수영장에 들어갈 수 있어요."

"수영장이요?"

"거기 들어가서 저를 함정에 빠뜨린 놈을 만날 거예요."

"그 사이비 목사놈 말이죠?"

우경은 놀란 얼굴로 허인회를 응시했다. 이 사람은 대체 어디까지 알고 있는 거지? 왜 여기에 온 거지? 그는 천천히 고개를 끄덕였다. 허인회가 흥분한 어조로 말했다.

"어쩐지, 선생님이 큰 함정에 빠졌다고 생각했어요. 이런 사이비집단에 몸담을 분이 아니시잖아요. 선생님, 자료는 저한테 있어요. 그걸로 목사를 부숴버릴 생각이신 건가요? 거짓말을 하고 사람 마음을 이용하는 놈들은 참을 수가 없어요."

조우경은 살기에 찬 허인회의 눈동자에 움찔 놀랐다. 그러나 뜻밖의 소식에 바짝 말라 있던 입술이 찢어지는 것도 느끼지 못하고 다급히 입을 열었다.

"자료를 저한테 주실 수 있나요?"

"목사를 부숴버릴 건가요?"

"부숴버릴 겁니다. 그게 있으면 할 수 있어요."

"그래요. 아침이 되면 자료를 드릴게요."

그들은 타는 눈빛을 주고받았다. 돌연 허인회가 고개를 돌려 침을 묻힌 매듭을 거칠게 문질렀다. 조우경은 마른 침을 삼키며 허인회를 바라보았다. 자료가 있다면서, 그것을 굳이 아침에 주겠다는 건 무슨 의미일까.

"급해요, 인회씨. 저한테는 모든 게 걸린 문제예요."

인회는 우경의 말을 듣지 못한 척 매듭을 뚫어져라 쏘아보고 있었다. 우경은 입술을 물었다. 피맛이 났다. 어쩌면 인회는 그에게 어떤 거래를 제안하고 있는지도 모른다. 여자들은 늘 그렇다. 이쪽이 조금이라도 틈을 보인다 싶으면 늑대처럼 달려들어 원하는 것을 갈취하려 든다. 자료를 아침에 주겠다는 말은, 네가 하는 걸 봐서 그것을 줄지 말지 결정하겠다는 의미였다. 그러니까 인회는 자신의 고백에 대한 우경의 대답을 요구하고 있었다. 그녀가 내내 원하고, 우경이 외면한 게 그것이었으니까. 우경은 여자들의 그런 돌려 말하기 화법을 지나치게 잘 알았다. 너무 잘 알아서 문제였다. 교활한 늑대 같으니…… 우경은 확인차, 넌지시 물었다.

"더 일찍은 안 되나요?"

"글쎄요. 상황을 봐서요. 이게 제 뜻대로 되는 게 아니거든요."

모든 게 네가 하기에 달려 있다는 그 말에, 우경은 고개를 끄덕였다. 그래, 네가 바라는 것을 주마. 서로 원하는 게 적나라하게 드러난 이런 낯 뜨거운 상황에서, 사랑만큼 좋은 포장지도 없지. 네가 원하는 것을 포장지로 똘똘 싸서 주마. 그는 시선을 내리깔며 조용히 말했다.

"그래요. 인회씨는 저한테 얼마든지 요구할 자격이 있어요. 인정할게요. 지금 이 자리에 인회씨가 있어서 얼마나 다행인지 몰라요."

인회는 놀란 얼굴로 우경을 바라보다 중얼거렸다.

"제 이름을 기억하시는군요……"

그녀는 노끈을 푸는 시도도 멈춘 채 계속하라는 듯 그를 응시하고 있었다. 우경은 속으로 욕설을 중얼거리며 인회를 지그시 바라보았다.

"예전부터 알고 있었어요. 모른 척해왔을 뿐이에요. 이런 상황에서 이름을 말하게 될 줄은 몰랐지만요."

"모른 척이요? 왜요?"

"마음이 흔들려서요."

"마음이 흔들린다고요?"

"무슨 말인지 아시잖아요."

달궈진 심벌즈에 얻어맞은 사람처럼 인회의 얼굴이 새빨갛게 달아올랐다. 그녀의 눈이 광채를 띠기 시작했다. 그러나 우경은 신경을 곤두세운 채 주의를 기울이고 있었다. 이런 유의 말을 할 때에는 나중에 발을 뺄 수 있도록 직접적인 표현을 피하고 은유나 암시를 활용하는 편이 좋다. 이 정도만 해도 인회는 그렇듯 자신이 원하는 방향으로 우경의 말을 맹렬하게 해석하고 있지 않은가. 조우경은 그녀를 응시하다 사랑에 빠진 남자처럼 수줍게 시선을 떨궜다. 조금만 더 하면 넘어올 분위기였다. 우경은 침묵하고 있는 인회를 향해 한발 더 나아갔다.

"지금 이런 말을 하면 진실성이 없어 보일까 망설였지만 그래도 말하고 싶었어요. 인회씨만 괜찮으시면 밖에 나가서도 인회씨를 계속 볼 수 있을까요?"

"계속요?"

"네, 계속요."

인회는 동공이 한껏 커진 눈으로 그를 바라보았다. 그녀의 눈에 눈물이 차올랐다. 그러다 돌연 그녀는 거칠게 얼굴을 비볐다. 그리고 자신의 한 볼을 짝짝 때리고는 풀이 죽은 얼굴로 "글쎄요" 하고 말했다. 도저히 종잡을 수 없는 태도였다. 인회가 노끈을 향해 다시 시선을 돌렸다. 보기보다는 만만치 않은 상대라고 생각하며 우경은 박차를 가했다.

“인회씨가 아까 저한테 사랑한다고 하실 때 얼마나 기뻤는지 몰라요. 그래서 뒤늦게라도 제 마음을 전하고 싶었어요. 너무 비겁하죠? 인회씨가 먼저 그런 말을 하게 만들고…… 내내 겁이 났던 것도 사실이에요. 하지만 이제 더는 못 참겠어요. 인회씨, 우리는 밖에서 볼 수 없는 건가요?”

인회는 늘어난 매듭 사이로 왼손 검지 손톱을 넣어 튕기길 반복하며 침울하게 말했다.

“선생님, 저한테는 오늘밖에 없어요. 자료는 아침이 되면 드릴게요. 그게 제 마음이라는 것만 알아두세요.”

조우경은 초조함을 느꼈다. 왜 오늘밖에 없다는 걸까. 암이라고 하더니 몸 상태가 심각한 걸까. 그렇다고 하기에는 혈색이 지나치게 좋은데. 어째서 넘어오지 않는 걸까. 인회는 우경이 생각한 것보다 거래를 더 잘 아는 사람이었다. 인회는 그를 재촉하듯 매듭을 잡고 거칠게 흔들고 있었다. 그 때문에 매듭이 더 강하게 그의 살갗을 파고들었다. 우경에게는 그것이 제대로 해라, 더 좋은 조건을 내밀어라, 더 더 해봐라, 하는 말처럼 들렸다. 사람들이 언제 몰릴지 모르는 이런 상황에서, 조우경은 감탄했다. 허인회는 보통 담이 센 사람이 아니었다. 우경은 손발을 드는 느낌으로 눈을 질끈 감으며 말했다.

"아까 칸쿤 이야기를 하셨죠."

허인회가 고개를 번쩍 들어 조우경을 바라보았다. 아마도 그녀의 몸 어딘가에는 그의 약점을 잡기 위한 녹음기 혹은 소형 카메라가 부착되어 있을 것이다. 인회는 우경이 자료만 받고 내뺄 것을 우려해 그가 스스로 칸쿤 이야기를 하길 유도하고 있었다. 그렇지 않다면 좀 전 고백에서 칸쿤 이야기를 뱉을 이유가 없었다. 우경은 이제 그녀가 어디까지 알고 있는 건지 소름이 끼칠 지경이었다. 허인회는 오늘 밤 그냥 이곳에 온 게 아니다. 그를 집어삼키기 위해 만반의 준비를 갖추고 이곳에 나타났다. 그는 또 다른 덫에 걸렸다. 허인회는 그에게 지광림을 이기고 싶다면, 수영장을 갖고 싶다면, 자신의 노예가 되라고 말하고 있었다. 우경은 인회를 지그시 바라보았다. 인회가 고개를 끄덕이며 "맞아요, 칸쿤이요" 하고 말했다. 우경은 돌이킬 수 없음을 느끼며 입을 열었다.

"칸쿤에서 일부러 그런 게 맞아요."

허인회는 허공을 응시한 채 말이 없었다. 우경은 다급하게 덧붙였다.

"제가 칸쿤에서 윤지애를 죽인 게 맞아요."

"저는 이미 알고 있었어요. 선생님, 왜 그런 거예요?"

"그건……"

허인회는 답을 이미 알고 있는 얼굴이었다. 그럼에도 그 이유를 다시 묻는 것은, 이 빌어먹을 늑대 같으니……

그녀는, 우경이 자백을 번복해도 뒤집히지 않을 만한 강력한 증거를 원하고 있었다. 우경이 거친 숨을 토해내며 말했다.

"제 원룸에 가면 침대 밑에 초록색 공책이 있어요. 거기에 모든 정황과 제 마음이 기록되어 있어요. 나중에 그걸 드릴게요."

노트가 있는 건 사실이었다. 하지만 녹음기나 카메라에 증거를 남기는 것보다는 이편이 낫다. 공책은 오진홍의 자료를 얻은 다음 파기하고 치워버리면 그만이니까. 허인회는 못마땅한 듯 눈을 가늘게 떴다. 조우경은 불안한 마음을 감추기 위해 분노 어린 목소리로 말했다.

"저는 전부 말했어요. 인회씨는 제 말을 믿지 않으시는 건가요?"

허인회는 "그게 아니라……" 하고 중얼거리며 부글부글 끓는 눈으로 물었다.

"그들이, 그 신혼부부가 서로 사랑하지 않아서 죽인 거죠? 저도 결혼과 관련된 일을 했어요. 식장에서 많은 커플을 만났고요. 세상에는 사랑하지도 않으면서 사랑을 외치는 인간들이 너무 많아요. 저도 그들을 죽이고 싶었어요."

"네, 네, 그게 맞아요. 저도 같은 마음이에요."

"그럴 줄 알았어요."

"인회씨, 이제 정말 시간이 없어요. 저한테 지금 자료를 주셔야 해요."

"아침에 드린다니까요."

조우경은 한숨을 쉬었다. 인회는 웬만해선 넘어오지 않는다. 녹색 노트를 손에 넣어야 오진홍의 자료를 넘겨줄 심산인 듯했다. 우경이 인회를 노려보자 그녀는 신이 난 듯 뻔뻔하게 말했다.

"저는 그런 줄 알고 있었어요. 선생님, 제가 선생님을 꼭 풀어드릴게요."

"……고맙습니다."

허인회는 덥석 조우경을 끌어안았다. 그들은 잠시 그렇게 있었다. 인회의 얼굴에 이게 아닌데, 하는 혼란스러운 빛이 어렸다. 우경은 멀거니 천장을 바라보았다. 인회가 한차례 더 우경의 가슴에 박치기하듯 머리를 얹었다가 어색하게 몸을 떼었다. 그리고 눈가를 타고 흐르는 눈물을 훔치며 "선생님, 제가 선생님을 꼭 살릴 거예요. 그 늙은 목사가 선생님을 어쩌지 못하게 할 거예요" 하고 말했다.

그러고는 늘어난 비닐 노끈에 손가락 세개를 억지로 넣었다. 그것을 힘을 주어 당겼다. 퉁퉁 부어 보랏빛을 띤 손목에 힘을 주느라 얼굴이 시뻘겋게 일그러졌지만 인회는 개의치 않았다. 결국 비닐 노끈이 뜯겨나갔다. 사랑의 힘이었다. 조우경이 발을 놀려 그것을 다급하게 풀어내며 말했다.

"손목은 나중에 풀고 일단 여기를 나갑시다."

허인회가 고개를 끄덕였다. 우경은 생각했다. 자신의 노트와 허인회가 가진 자료를 잽싸게 교환한다면, 침례식 중 수영장에 돌아오는 게 가능할 것이다. 서둘러야 했다. 우경이 몸을 일으키려 하자, 인회가 그를 부축하며 그의 허리에 손을 감았다. 우경이 덫에 걸린 짐승 같은 눈으로 인회를 바라보자 그녀가 씨익 웃었다. 그들은 빠른 걸음으로 간이창고를 나섰다. 모퉁이를 돌자 눈앞에 복도가 펼쳐졌다. 아니 펼쳐져야 했다. 그러나 복도에는 정장을 입은 여자들이 겹겹이 서서 그들을 바라보고 있었다.

*

창고에서 시간을 너무 지체했다. 우경은 망연자실해 여자들을 둘러보다 인회에게만 들릴 만한 목소리로 "자료가 필요해요. 지금이요" 하고 이를 악물고 말했다. 인회가 겁에 질린 목소리로 속삭였다.

"선생님, 우리는 서로 사랑하는 게 맞죠?"

"네, 맞아요. 절 믿으셔야 해요."

"선생님은 저한테 영원의 약속을 해주실 수 있나요?"

우경의 허리를 움켜쥔 인회의 손이 부들부들 떨리고 있었다. 조우경은 허인회의 정수리를 바라보다 자포자기하는 심정으로 속삭였다.

"우리는 할 수 있는 한 영원히 함께할 거예요."

"저는 선생님을 믿어요. 선생님도 저를 믿으시죠?"

"그럼요, 그럼요, 인회씨."

"선생님이 원하는 걸 드릴게요."

우경은 거친 숨을 내뿜었다. 진절머리 나게 긴 여정이었지만 해냈다. 등 뒤로 결박된 손 때문에 자료를 바로 받을 수 없다는 사실이 안타까울 따름이었다. 우경은 활짝 벌어져 있는 수영장 입구를 바라보았다. 이제 저 안으로 들어갈 수 있다. 그것이 감질나게 그의 시선을 잡아끌고 있었다. 그때 여자들의 선봉에 서 있던 고미선이 단호한 목소리로 외쳤다.

"둘 다 제자리로 돌아가! 이러면 우리 모두가 힘들어져."

허인회가 말을 받았다.

"우릴 보내주면 힘들어질 일이 없어."

"미련한 짓을 하고 있군. 마지막 경고야. 돌아가!"

여자 하나가 미선에게 다가와 침례식 시간이 다 되었다고 알려주었다. 미선이 여자들에게 눈짓을 보냈다. 심상치 않음을 느낀 조우경이 낮고 부드러운 목소리로 말했다.

"저희를 가두면 후회하실 거예요. 미선 장로님, 목사님을 불러주세요. 목사님과 정말 중요하게 할 이야기가 있어요."

여자들이 당황한 얼굴로 소곤거렸다. 고미선은 고개를 저으며 손짓했다. 그때였다. 여자들의 등 뒤에서 가늘고 허스키한 목소리가 울렸다.

"이게 다 무슨 일이야!"

지팡이를 짚은 노인이 보디가드와 함께 복도 끝에서 걸어오고 있었다. 그는 언뜻 봐서는 할머니인지 할아버지인지 구분이 어려운 팔십대 노인으로, 체구가 왜소했지만 피부에서는 은은한 광이 뿜어져나왔다. 좋은 음식만 챙겨 먹고 오장육부를 잘 관리하며 산 사람의 피부였다. 입고 있는 옷도 점잖고 고급스러워 보였다. 그를 처음 본 사람들은 그의 고운 행색 때문에, 익살맞게 처진 두툼한 볼 때문에 깔끔하고 인자한 느낌을 받는 듯하지만, 여자들과 조우경은 알고 있었다. 그가 사람 좋은 얼굴로 "그려, 그려" 하고 허술하게 말하다가도 돈에 관한 부분이나 자신에게 손해가 될 것 같은 문제에 대해서는 살쾡이처럼 눈을 치뜬다는 사실을 말이다. 노인의 목소리에 여자들이 벽에 붙어 가운데 길을 터주었다. 노인은 트인 길을 사이에 두고 조우경을 보고 섰다.

"어쩌자고 이 소란이야. 있던 자리로 돌아가!"

우경은 노인의 목뼈를 부러뜨리고 싶은 마음을 눌러 참았다. 이제 우경에게는 상황을 전복시킬 만한 비장의 무기가 있었다. 그것을 들이밀면 지광림도 지금처럼 행동할 수는 없을 것이다.

"목사님, 대화하고 싶습니다. 목사님께서는 지금 오해를 하고 계세요."

"내가 부르면 그때 나오게."

노인이 곁에 서 있는 보디가드에게 손짓했다. 그러자 보디가드가 여자들이 만든 길을 지나 조우경에게 다가왔다. 허인회가 앞으로 나서며 "만지지 마!" 하고 조우경을 보호하듯 섰다. 우경은 그때도 머리를 맹렬히 굴리고 있었다. 어떻게 말을 꺼내야 할까. 어떻게 해야 자료를 허무하게 빼앗기지 않고, 그것으로 노인과 거래를 할 수 있을까. 지광림은 허인회를 가리키며 물었다.

"누구야?"

그의 곁에 서 있던 여자가 대답했다.

"오진홍 부인입니다."

"미쳤군. 내쫓아."

그러고는 몸을 돌리려 했다. 시간이 없었다. 뭐가 되었든 지광림을 멈춰 세워야 한다. 허인회가 합을 잘 맞춰주면 좋겠지만 일단 가자. 조우경이 폭탄을 터뜨리려 할 때였다. 돌연 인회가 외쳤다.

"영감!"

지광림이 귀를 의심하는 얼굴로 천천히 몸을 돌렸다. 허인회가 몸을 부르르 떨며 말했다.

"오진홍 자료가 필요하지 않아?"

"무슨 말인지 모르겠군."

"당신 비리 말이야. 그 자료가 나한테 있다고 해도 모른다고 할 건가?"

잠시 허인회를 바라보던 지광림이 보디가드를 향해 "뭐 해" 하고 하던 일을 계속하라고 채근했다. 보디가드가 주먹으로 조우경의 복부를 갈겼다. 허인회가 비명을 질렀다. 조우경이 바닥에 쓰러졌다. 우경은 신음을 내뱉었다. 배를 맞은 아픔보다도 허인회가 유리한 거래를 할 기회를 망쳤다는 사실에 느끼는 고통이 더 컸다. 이런 식이어서는 안 됐다. 이렇게 되면 지광림은 그들을 다짜고짜 결박하려 들 것이다. 그들을 협박해 자료를 빼앗은 다음 거리로 내쫓을 터였다. 보디가드가 다시 주먹을 들어 올렸다. 허인회가 거친 울음을 터뜨렸다. 그리고 보호하듯 조우경을 끌어안았다. 화가 난 우경은 몸을 틀어 그녀를 밀쳤다. 그때 허인회가 비명을 지르듯 외쳤다.

"내가 오진홍을 죽였다!"

모두가 어리둥절한 얼굴로 허인회를 바라보았다. 인회가 숨을 헐떡이며 소리쳤다.

"내가 그 남자를 죽였어! 자료는 나한테만 있어."

지광림이 무표정한 얼굴로 말했다.

"……가둬."

"곧 경찰 수사가 시작될 거야. 내일까지 자수하지 않으면 나를 신고하겠다는 사람이 있어. 날 가둬! 가두라고! 내일 경찰 조사가 시작되면 당신들은 무사할 수 없을 거야. 여기 오는 동안 흔적을 잔뜩 남겼거든."

"……"

"내가 왜 이런 말을 하는지 알아? 어쨌거나 난 자수를 할 거야. 그럼 내가 가진 자료는 어떻게 될까."

지광림이 천천히 입을 열었다.

“둘이 따로 이야기하지.”

“그럴 필요 없어.”

“……”

“당신 목사지?”

“……그런데.”

“나는 오늘밖에 시간이 없어.”

“……”

“그래서 결혼을 하고 싶어.”

“결혼?”

“수영장에 들여보내줘. 거기서 우리는 영원의 약속을 할 거야.”

“……누가?”

허인회가 고개를 떨군 조우경의 어깨를 감싸며 외쳤다.

“이 사람과 나!”

여자들이 웅성거렸다. 목사가 팔짱을 낀 채 허인회를 바라보았다. 인회가 계속 말했다.

“영감이 주례를 서. 목사니까 할 수 있겠지. 결혼식이 끝나면 자료를 줄게.”

고미선이 외쳤다.

“말이 안 됩니다! 침례식은요!”

그러자 여자들이 비명을 토해내듯 항의의 말을 쏟아냈

다. 여자들 틈바구니에 숨어 있던 엄지민은 고개를 들어 허인회를 바라보았다. 인회는 붉게 달아오른 얼굴로 지광림을 응시한 채 가쁜 숨을 내쉬고 있었다. 모든 게 다 말이 안 되지만 사이비 목사의 주례로 하는 결혼은 진짜인가, 가짜인가. 경찰에 신고해야 한다. 이제 정말 마지막 기회였다. 허인회를 경찰에 넘기고, 여자들과 목사의 일은 그들끼리 처리할 수 있도록 신경을 꺼야 한다. 자신이 할 일은 엄마를 데리고 이곳을 빠져나가는 일뿐이다. 경찰에 신고하면 모든 게 깔끔해진다. 그녀의 마음속이 복잡하고 지저분해질지언정 상황은 정리될 것이다. 그런데 정말 정리가 되나? 지민은 타들어가는 마음으로 주머니 안의 핸드폰을 꺼냈다. 그때 누군가가 그녀의 팔목을 움켜잡았다. 지민이 몸을 돌려 자신의 팔을 잡은 사람을 바라보았다. 염보라였다. 보라는 형형한 눈으로 고개를 저었다. 그때 목사가 턱을 만지며 말했다.

"내가 자네를 어떻게 믿고 결혼을 시켜주지?"

허인회가 무표정한 얼굴로 말했다.

"나랑 거래하려고 하지 마. 영감한테는 선택권이 없어."

지광림이 화를 내듯 조우경을 향해 외쳤다.

"자네도 합의한 일인가?"

우경은 목사를 바라보았다. 옆에 있던 인회가 "선생님,

제가 약속을 지켰어요" 하고 뿌듯한 목소리로 속삭였다. 허인회의 제안은 말도 되지 않는 이야기였다. 하지만 정말로 말이 되지 않는 건가. 허인회와 형식적인 결혼을 하면 수영장에 들어갈 수 있다. 여자들이 한사코 들어오지 못하게 하는 그곳에서 그가 지광림의 위에 있다는 사실을 보여줄 것이다. 더불어 그는 목사보다 먼저 인회의 자료를 낚아채 그의 가는 목줄을 영원히 틀어쥔다. 그럼 늙은 여자들은 우경을 위해 움직일 수밖에 없다. 모든 일이 끝나면 우경은 허인회를 경찰서로 보낸다. 해야 할 일들이 아주 명료하게 눈앞에 펼쳐지고 있었다.

무엇보다도 우경은 인회가 오진홍을 죽였다는 말을 할 때부터 심장이 걷잡을 수 없이 내달리는 것을 느꼈다. 누군가가 나를 위해 죽어준다면 얼마나 좋을까. 죽여준다면 얼마나 좋을까. 나는 바로 사랑에 빠지고 말 텐데. 허인회는 그와의 결혼을 위해 모든 걸 던진다. 그럼 우경은 그녀의 호흡기를 틀어잡고 흔든다. 그는 칸쿤에서 그를 향해 뜨겁게 쏟아지던 태양을 떠올렸다. 조우경은 광채를 띤 것 같은 허인회의 뒷모습을 바라보았다. 곧 사랑에 빠질지도 모르겠다. 그는 목사를 향해 고개를 끄덕였다.

"네, 제가 합의한 게 맞습니다."

목사가 느른한 목소리로 말했다.

"그럼 오늘은 침례식 대신 결혼식을 진행하지."

목사는 돈을 들이지 않고 자료를 얻을 수 있다는 말에 손바닥 뒤집듯 정해진 행사를 바꿨다. 화가 난 고미선이 뭔가를 외치려 할 때 쥐어짜듯 쨰랑쨰랑한 목소리가 허공에 울렸다.

"들러리는 필요 없어?"

사람들이 허공을 바라보았다. 앞으로 나온 염보라가 지광림을 가로막고 서며 "필요 없냐고!" 하고 다시 말했다. 염보라를 바라보던 허인회가 대답했다.

"필요하지."

*

이제 도망칠 구멍도 신고할 방법도 전부 날아갔다. 핸드폰마저 빼앗기고 말았다. 엄지민은 고개를 떨군 채 남자샤워실에 쭈그려 앉아 있었다. 염보라는 감금된 자 답지 않게 샤워실 문밖을 힐끔대며 "저게 뭐야?" 하고 사방에 관심을 보였다. 문밖으로는 보디가드들이 품에 안기도 힘들 정도로 많은 양의 폭죽을 들고 수영장으로 들어가고 있었다. 엄지민은 고개를 뒤로 젖히며 "결혼식에 쓸 건가보지" 하고 말했다. 염보라는 대단하다고 혀를 내두르며 지민의 옆에 걸터앉았다. 그러고는 "이제야 둘뿐이네. 잘 지냈어, 우리 딸?" 하고 말했다. 지민은 잘 지냈겠냐는 눈으로 보라를 바라보다 "핸드폰은?" 하고 물었다. 보라가 대수롭지 않은 척 "없지. 원하는 걸 얻으려면 달라는 걸 줘야 할 때가 있거든" 하고 대답했다. 지민이 고개를 숙인 채 "계속 핸드폰이 없는 상태였어?" 하고 물었다. 보라는 대답 없이 딴청을 피웠다. 지민은 몸을 일으켜 보라로부터 떨어진 데로 자리를 옮겼다. 보라는 그런 지민이 못마땅한 듯 혀를 찼다. 그러고는 다시 수영장 쪽을 기웃거렸다. 지민은 보라의 가느다란 다리를 훔쳐보다 눈을 감았다. 당사자를 앞에 두고 그런 생각을 하는 게 끔찍했지만, 보라가 곧 죽을 것 같다는 생각을 했다. 보라는 숨이 찬 듯 지민의 옆자리에 와 앉았다. 지민이 다시 그녀로부터 떨어져 샤워실 귀퉁이에 가서 서자 보라가 불쑥 물었다.

"재입학은 안 할 거야?"

"난데없이 무슨 소리야."

"학교로 돌아가서 졸업을 해야지."

"그게 지금 할 소리야? 됐어."

"됐기는. 대체 왜 학교를 그만둔 거야?"

지민은 대꾸하지 않았다. 학교를 그만둔 걸 묻기 전에

왜 그 학교에 갔는지부터 물었어야 했다. 학비 면제와 무료 기숙사 때문에, 졸업하면 임대 아파트가 나온다는 사실에 혹해서 불순한 의도로 사관학교를 택했다. 머물 집이 생기면 보라와 둘만의 보금자리를 꾸릴 수 있을 거라고 생각했기 때문이다. 지민은 튀지 않고 집단의 약속에 맞춰 스스로를 납작하게 만들 자신이 있었다. 하지만 어딘가에 맞춰서 자신을 납작하게 만들어야 한다고 생각하는 인간은 애초에 그 생활을 버틸 수 없다. 흉내를 낼 수 있을 뿐이지, 절대로 그 집단에 녹아들 수 없다.

납작하게 만든다느니 버틸 수 있다느니 하는 생각으로, 보통은 1학년 때 하는 자퇴를 4학년 때 제적이라는 최악의 형태로 해버리고 말았다, 임관을 앞두고. 임대 아파트는 너무도 절실했고 유혹적이었지만 지민은 고개를 저었다. 그게 사년을 버틸 만큼 소중한 것이었나. 지나서 생각해보면 그건 절대 수지타산이 맞는 교환이 아니었는데, 지민은 그 일에 매달렸다. 이제 다시는 그런 시간으로 돌아가고 싶지 않았다.

"애초에 거기 간 게 문제였어."

"기가 막혀. 내가 너 집 나가서 대학 간다고 할 때부터 알아봤다."

지민은 자신도 모르게 보라를 쏘아보며 말했다.

"그게 엄마 때문이라고는 생각 안 해?"

"너는 빽 하면 내 탓이라고 하지. 내가 뭘 그렇게 잘못했냐."

"집이 싫었어. 정말 싫었다고."

온전한 진심이라고 할 수 없는 잔인한 말들이 입만 열면 튀어나갔다. 지민의 격한 반응에 놀란 보라가 머뭇거리며 물었다.

"혹시 누가 너를 건드렸어? 집에 오던 놈들이 험한 짓을 한 거야?"

"왜 그런 말을 해?"

어디로 나아가는 건지 알 수 없는 대화였다. 보라는 뜬금없이 지민이 중학교 때 허리까지 오던 긴 머리를 짧게 자르고 집에 왔던 이야기를 했다. 그게 내내 마음에 걸렸다고 말이다. 지민은 화가 치밀어 그런 의심을 품고 있었으면서, 그걸 이제야 묻는 거냐고 반문했다. 그랬다면 그때 당장 물었어야 하는 것 아닌가. 무엇을 지키려고 침묵한 거지? 보라는 말이 없었다. 지민이 갑자기 머리카락을 잘랐던 건 맞다. 긴 머리를 간수하는 게 귀찮기도 했고 오진홍이 가끔 징그러운 시선을 던지는 게 거슬리기도 했다. 하지만 무엇보다도 신경이 쓰였던 건 오진홍이 지민의 머리카락을 두고 예쁘다고 한 날 보라가 보인 반응이었다. 그런 날이면 보라는 집 안에 머리카락이 천지라고 화를 냈다. 저 머리카락을 다 잘라버려야 한다고, 마치 적수를 보듯 지민을 쏘아보았다. 지민은 그 눈이 싫었다. 보라가 그런 눈으로 자신을 보지 않았으면 했다. 그게 머리카락을 자른 경위였다. 지민이 거칠게 그 사실을 토해내자 보라는 홀쭉하게 마른 얼굴로 중얼거렸다.

"또 나 때문이야?"

지민은 자괴감에 얼굴을 감싸 쥐었다. 모든 게 지난 일인데 왜 현재진행인 것처럼 떨쳐내질 못하나. 오랜만에 재회한 아픈 엄마를 상대로 뭘 하고 있는 건가. 그녀는 시선을 떨구며 말했다.

"엄마 때문만은 아냐. 엄마가 날 버리지 않은 것만으로도 최선이었다는 거 알아."

"버리긴 왜 버려."

"버리고 싶었잖아."

"바보 같은 소리 하지 마! 내가 널……"

"……"

"정상적인 가정에서 널 키우고 싶었어. 그러려면 남편이 필요했어."

"핑계 대지 마. 엄마는 날 제대로 보려고 한 적조차 없었어."

"널 보면 힘든 걸 어떡해. 내가 너무 잘못하는 것 같고, 정상적인 삶을 사는 데 실패한 것 같고……"

"정상적인 게 뭔데."

"부모라면 자식한테 해주고 싶은 게 있어. 그런데 그게 안 되니까 널 보는 게 힘들었던 거지 널 버릴 생각을 한 적은 없어."

지민은 보라의 얼굴을 물끄러미 바라보았다. 아빠와 엄마가 있고 멀쩡한 집이 있는 가정을 바란 적이 있을지도 모르겠지만, 모르겠다. 그것을 그렇게까지 깊이 염원한 적은 없었다. 지민은 그저 둘이면 되었다. 그런데 보라는 지민만으로는 마음이 차지 않는다는 듯 그들의 관계에 자꾸 제3자를 끌어들이려 했다. 보라가 남자 없이는 못 사는 사람이라서 그런 거라고 생각했는데 정작 원인은 그게 아니라 정상성 때문이었다는 말에, 그런 환상의 동물 같은 것 때문이었다는 사실에 지민은 어리둥절했다.

"정상적인 집이 아니면 사랑도 하면 안 되는 거야?"

보라는 대답이 없었지만, 아닐 것이다. 사랑만이 그들을 지킬 수 있었는데 그걸 안 해서 그렇게 힘들어지고 말았다. 너무 많은 시간을 낭비했다. 보라는 자신을 계산적인 사람이라고 말하지만, 이게 어떻게 수지가 맞는 행동이라고 할 수 있나. 임대 아파트에 매달린 자신이나 정상성에 매달린 보라나 뭐가 다른가. 지민은 치밀어오르는 슬픔과 분노를 누르며 조용히 말했다.

"엄마, 여길 나가자. 물에 들어가야 병이 낫는다니, 말이 안 된다는 건 엄마도 알잖아."

보라는 겁에 질린 얼굴로 고개를 저었다.

"안 돼. 난 오진홍보다 오래 살 거야."

"이미 아저씨보다 오래 살았어."

"……"

"어떻게든 방법을 찾아서 나가자. 물에 들어가면 정말 병이 나을 거라고 생각해? 엄마는 그런 걸 믿는 사람이 아니잖아."

"난 기필코 물에 들어갈 거야. 이번에는 아무도 날 말릴 수 없어."

"바보 같은 소리 좀 하지 마. 그러다 진짜 죽는단 말이야!"

고개를 숙이고 있던 보라가 지민을 쏘아보며 말했다.

"넌 나가서 재입학할 생각이나 해. 학교는 무사히 마쳐야 이혼가정 소리는 안 들을 거 아냐."

"그게 중요해?"

"중요하지. 허인회를 봐라. 남편 죽였어도 본부인 자리 거머쥐고 있으니까 저렇게 떵떵거리는 거. 난 뭐 가진 거 있니? 네가 잘되어야 내 얼굴이 사는 거야."

지민은 이게 대체 무슨 대화인가, 대화라고 할 수 있는 대화인가, 무력감을 느끼며 고개를 떨궜다. 그리고 불쑥 말했다.

"엄마, 나 오늘 허인회 아줌마한테 차였어."

경악한 얼굴의 보라가 욕설을 내뿜기 시작했다.

*

허인회는 자신의 삶이 끝없는 기다림의 연속이라고 생각했다. 웨딩숍과 스튜디오와 결혼식장으로 이어지는 꽉 찬 삶을 살면서도, 늦은 밤 집에 돌아와 헬퍼들에게 일정을 배분하는 잔여 업무로 숨 쉴 틈 없었음에도, 짬짬이 오진홍과 염보라를 감시하느라 번잡한 삶을 살아왔지만, 그럼에도 인회는 자신의 삶이 비어 있다고 느꼈다. 그녀의 삶에 준비된 큰 사건이 아직 오지 않았다고 말이다. 허인회는 막연히 그 사건을 기다리고 또 기다렸다. 그런 붕 뜬 얼굴을 본 걸까. 수영장으로 오는 차 안에서 엄지민은 말했었다.

"아줌마는 너무 어린아이 같아요. 조우경한테 고백을 하면, 그다음은요?"

허인회는 고개를 저었다. 그다음을 누구보다 알고 싶은

건 자신이었다. 고백 끝에 벼랑이 있는 것처럼 그녀의 상상은 거기에서 끊겼다. 조우경과 도대체 뭘 하고 싶은 거지? 어디로 가고 싶은 거지? 엄지민이 옳다. 인회가 품은 소망이라고 하는 것은 어린아이 수준의 단순하고 유치한 것인지도 모른다. 하지만 지민이 간과한 것이 있었다. 허인회의 마음은 늘 그 정도 수준에 충족되지 않은 채 머물러 있어서, 인회는 자신이 그 너머의 세계를 본 적이 없다고 느꼈다. 그녀는 자신이 뭔가를 잘 모르는 듯한 느낌, 자라다 만 듯한 느낌, 그래서 혼란에 차 있는 느낌, 어딜 가든 자리 잡지 못한 채 자신의 삶을 살지 못하고 실체 없는 고통에 울고 있는 느낌을 받았다. 하지만 조우경에게 고백을 하고 나면, 절벽처럼 끊어져 있는 그다음 풍경을 보게 될 것이다. 왜 그게 고백으로만 가능한지는 모르겠지만 인회의 마음이 우경을 향해 내달리고 있었다. 그녀의 오감이 부르짖었다. 그에게 답이 있다고 말이다.

사람들이 이제 와 무슨 사랑이냐고 말할 것을 안다. 그녀가 하기에는 부적절한 것이라고 생각할 것도 안다. 그러나 허인회는 사랑을 해본 일이 없었다. 결혼을 했음에도 그랬다. 그리고 긴 기다림 끝에 사랑이 왔다. 인회는 어떤 크고 강렬한 것이 자신의 몸과 마음을 관통하고 있다고 느꼈다. 삶에서 그런 느낌은 결코 흔치 않다는 사실을,

있을까 말까 하다는 사실을 이제는 안다. 남은 시간이 얼마 없다. 인회는 가능하다면, 이 순간 자신에게 남은 모든 것을 전부 쏟아부어 절벽 너머를 확인할 셈이었다. 인회는 취한 눈으로 허공을 바라보았다. 신부 입장을 알리는 소리가 들렸다. 허인회는 구두에서 내려와 맨발에 닿는 차가운 감각을 음미하며 여자탈의실을 지나 수영장 안으로 들어갔다.

수영장은 정전이 있던 그날처럼 어둡고 고요했다. 염보라의 호들갑 때문에 대단한 무언가를 상상했던 허인회는 살짝 실망했다. 수영장 한쪽 바닥에는 뜨문뜨문 비상 삼각등이 놓여 있었다. 사람의 윤곽은 보이지만 얼굴까지 구분하기는 어려운 희미한 빛이었다. 허인회는 사뿐사뿐 걸어 풀의 도착점에 멈춰 섰다. 풀장 안에는 3레인과 4레인을 나누는 부표선이 허인회의 요구대로 제거되어 있었다. 두개의 레인이 합쳐진 물길은 신부가 입장하는 꽃길이 될 것이다. 레인마다 설치된 50센티미터의 다이빙대에는 허인회의 요구 없이도 모두 검은 천이 씌워져 있었다. 인회는 고개를 끄덕였다. 흰 천이었다면 더 좋았겠지만 격식이 있어 보여서 나쁘지 않았다.

인회는 고개를 들어 25미터 너머, 풀장 시작점에 서 있는 목사를 바라보았다. 그의 옆 신랑 자리에는 양복을 입은 훤칠한 조우경이 서 있었다. 태가 좋은 신랑이었다. 그는 결혼을 할 줄 어떻게 알고 예복을 갖춰 입고 온 걸까. 허인회는 그 운명 같은 우연에 달떠 뜨거운 눈으로 우경을 응시했다. 다만 흠이 있다면 우경의 양 팔목이 앞으로 결박당해 있다는 점이었다. 신랑이 팔목을 속박당하는 건 있을 수 없는 일이지만 결박을 푸는 것은 끝내 허락되지 않았다. 허인회는 아득하여 보이지 않는 그들의 얼굴을 바라보며 왼쪽 가슴에 손을 얹었다. 결혼을 한다. 그동안 무수한 결혼식을 봐왔다. 일이 고되어도, 예의 없는 신부와 신랑을 만나도, 숍과 컨설팅 회사에서 그녀의 속을 썩일 때에도 허인회는 늘 결혼식이 좋았다. 상기된 얼굴로 축하의 말을 하는 사람들, 빛나는 기대와 떨리는 약속, 과거의 삶은 접어두고 앞으로 나아갈 수 있다는, 삶이 다시 한번 열리는 어떤 가능성의 순간들, 희고 아름다운 드레스가 그 모든 걸 가능케 했다.

인회는 황홀한 얼굴로 자신의 실크드레스를 내려다보았다. 헬퍼로 일할 때에는 늘 검은 옷만을 입어야 했다. 그래서일까. 인회는 빛나는 많은 것들이 그녀를 비껴 지나가버렸다고 느꼈다. 그러나 이제는 아니다. 그녀는 드레스를 입고 있었다. 인회는 고개를 좌우로 돌려 양옆으로

도열해 있는 정장을 입은 여자들을 응시했다. 여자들 사이로 큰 개 한마리가 보였다. 개는 이 자리가 중요하다는 것을 아는 듯 얌전히 앉아 허공을 응시하고 있었다. 그들 모두가 인회의 결혼식을 축하하기 위해 이곳에 있었다. 손에 들고 있어달라고 차 트렁크에서 한가득 꺼내 하객들에게 전달한 폭죽들은 보이지 않았지만 그래도 괜찮았다. 야간 수영장이 주는 조용하고 반짝이는 느낌이 결혼식에 다감한 빛을 더하고 있었다. 인회는 생략된 개식사와 양가 어머니 입장을 대신해 가슴에 손을 얹고 하객을 향해 묵례를 했다. 그리고 검게 술렁이는 수영장 물을 바라보았다.

그녀는 다이빙대에 올라가 꽃길로 뛰어들려는 자세를 취했다. 절벽 너머로 간다. 하객석에 있던 여자 하나가 "우리 다이빙대에 서지 마!" 하고 외쳤다. 인회는 내 결혼식에서 저게, 하는 얼굴로 여자를 노려보았다. 그때 등 뒤에서 무언가가 튀어나왔다. 염보라였다. 그녀가 "내가 먼저 간다!" 하고 외치며 준비도 없이 첨벙 물 안으로 뛰어들었다. 당황한 인회는 비틀거리며 다이빙대에서 떨어졌다.

가만두지 않는다. 기필코 저 인간을 잡아서 이 수영장에 발붙이지 못하게 해주겠다. 누가 신부가 들어가야 할 꽃길에 먼저 뛰어드나. 관용을 베푸는 게 아니었다. 염보라가 일으킨 물장구가 허인회의 얼굴을 때렸다. 물이 짰다. 구역질이 치밀 정도로 짰다. 인회는 다급히 자유형을 시작했다. 보라가 그녀의 행복을 망치는 꼴을 두고 볼 수 없었다. 인회가 손을 뻗었지만 그것은 보라에게 닿지 않았다. 보라는 꽤 빨랐다. 다만 기운이 딸리는지 자신이 일으킨 물살에 본인이 휩쓸려 뒤로 끌려 올 때가 있었다. 인회는 그 틈을 타 필사적으로 헤엄쳤다. 그리고 보라의 물장구가 가까워진 것을 느끼며 고개를 쳐들었다. 보라의 발이 보였다. 인회는 손을 뻗어 그 발을 낚아채려 했다. 그러나 다친 오른손을 보라의 발에 후려 맞으면서 물속을 뒹굴었다. 짠물이 인회의 코와 입안으로 거칠게 들어와 정신을 차리기 힘들었다. 인회는 이를 악물었다. 오진홍 때와 같은 꼴을 또 당하지는 않을 것이다. 이런 자리를 염보라에게 빼앗길 수는 없다. 인회는 물의 저항 때문에 다친 손목이 휘어지려는 것을 무시하며 질주했다. 통증도 느낄 수 없었다. 그것은 인회가 수영장에 다니며 해온 것 중 역대급으로 빠른 자유형이었다. 늘 그랬다. 허인회와 염보라는 목적은 달랐을지언정, 불안감을 자극하고 도발하는 방식으로 서로를 몰아붙여왔다. 그들은 어쩌면 하나의 울타리 안에서 같은 생각을 공유하고 있어서 서로를 없애지 않고는 살아남을 수 없다고 느끼는 건지도 몰랐다. 허인회는 염보라를 경멸하고, 염보라는 허인회를 내심 무시하면서도 그랬다. 레인 절반쯤 도달했을 때 보라가 힘이 빠진 듯 몸을 휘청였다. 보라의 팔과 다리가 헛돌았다. 인회는 이때다, 하고 왼손을 뻗어 보라의 가는 발목을 움켜잡았다. 보라가 겁에 질려 목에 걸고 있던 호루라기를 입에 물었다. 호루라기에 물이 들어가 휘이이이익, 하는 바람 빠지는 소리가 났다. 인회는 보라를 수영장 밖으로 끌어내려 했다. 그러나 염보라의 발버둥이 그녀의 가슴팍을 때렸다. 묵직한 통증 때문에 인회의 몸이 휘청였다. 흥분한 허인회는 염보라의 다리를 잡고 흔들었다. 보라가 버둥댈 때마다 호루라기 소리가 짧게 끊겼다 이어지길 거듭했다. 인회가 격분해서 외쳤다.

"그만해! 여긴 내 결혼식장이야!"

그때 삐이이익, 하고 귀를 찢을 듯한 길고 큰 호각 소리가 울려 퍼졌다. 허인회가 호루라기를 빼앗기 위해 염보라의 허리춤을 잡았다. 그때 돌연 소리가 멈췄다. 보라가 물속으로 가라앉았다. 인회는 보라의 허리를 잡아당겼다. 그것이 맥없이 딸려왔다. 이상했다. 인회는 보라의 멱살을 잡아 수면 위로 끌어올렸다. 보라의 몸이 종잇장처럼 들어올려졌다. 인회가 보라를 흔들었다. 퍼렇게 질린 보라가 눈을 감은 채 말이 없었다. “염보라!” 하고 외치며 볼을 두드려도 반응이 없었다. 인회는 덜덜 떨리는 손가락을 보라의 코 아래 가져다 댔다. 그리고 고개를 들었다. 지민이 풀 앞에 나와 있었다. 그녀가 외쳤다.

“어떻게 된 거예요!”

인회가 손가락을 움츠리며 말했다.

“숨을 쉬지 않아.”

지민이 눈을 깜빡이며 보라를 바라보았다. 누구도 입을 열지 않았다. 그때 지광림의 날카로운 쉰 목소리가 수영장에 울려 퍼졌다.

“수영장에서 시체가 나오면 안 돼! 시체를 빼앗아!”

웅성거리는 소리와 함께 풀장 양옆에 도열해 있던 여자들이 동시다발적으로 풀에 뛰어들었다. 개 짖는 소리가 났다. 허인회는 염보라를 끌어안고 흔들었다. 반응이 없었다. 인회는 양옆에서 헤엄쳐 오는 여자들을 두리번거리다 조우경을 향해 헤엄치려 했다. 그러나 달려드는 여자들에게는 상대가 되지 않았다. 그들은 허인회가 있는 곳에 금세 도달했다. 허인회는 염보라의 목에 팔을 감고 물속으로 고개를 처박았다. 짠물 때문에 심장이 더 거칠게 울렁거렸다. 인회는 얼마 전에도 그런 감각을 느낀 적이 있었다. 솟아오르는 가슴의 통증, 도저히 도망칠 수 없을 것 같은 막막함, 귀를 뚫고 나올 것 같은 심장박동, 그것은 너무도 친숙했다. 이게 뭐였더라. 허인회는 필사적으로 팔을 휘저었다. 여자들이 인회의 팔과 다리를 움켜잡았다. 염보라에게 손을 뻗고 있었다. 인회의 팔을 보라의 몸에서 떼어내려 했다. 인회는 보라를 빼앗기지 않기 위해 보라의 몸에 팔과 다리를 휘감았다. 낯선 손이 허인회의 눈을 덮었다. 누군가가 그녀의 턱을 밀쳤다. 다른 손이 허인회의 목을 움켜잡았다. 허인회의 심장이 무섭도록 아프게 뛰고 있었다. 그녀는 이전에도 분명 그런 감각을 느낀 적이 있었다. 너무 익숙했다. 그게 뭐였더라. 허인회는 이를 드러내 자신의 눈을 덮은 손을 물어뜯었다. 눈을 가렸던 여자가 비명을 지르며 손을 치웠다. 인회는 희뿌옇게 보이는 시야로 자신을 움켜잡는 여자들을 바라보았다. 이상했다. 정말로 이상했다. 심장이 걷잡을 수 없이 뛰고 있었다. 인회는 자신의 목을 감는 여자를, 몸을 쥐어뜯는 여자를, 팔을 할퀴는 여자를 바라보며 생각했다. 내가 이 여자들과 사랑에 빠지기라도 한 건가. 그 느낌은 정전이 있던 날 조우경에게 받았던 그것과 꼭 같았다. 허인회는 비명을 내지르며 염보라를 빼앗기지 않기 위해 발버둥 쳤다.

사랑이 대체 뭐지?

최초의 사랑한다는 말은 아버지의 입에서 나온다. 술을 마시고 돌아온 그는 어린 허인회를 때린 다음 울다 잠든 인회를 끌어안고 그 말을 한다. 인회는 잠결에 생각한다. 아버지는 그녀를 사랑하시지만 진짜 사랑은 술과 입 냄새가 뒤섞인 그의 입김으로부터, 강한 팔로부터 인회를 탈출시켜줄 무언가가 아닐까.

학교에 들어간다. 인회는 휘파람을 잘 부는 사람이 되고 싶다. 잡지에서 좋아하는 연예인이 사랑하는 사람에게는 휘파람으로 고백을 하라고 말했기 때문이다. 인회는 쉬는 시간에 의자를 까딱이며 휘파람 연습을 한다. 늙은 담임은 인회의 곁을 지나다 냅다 인회의 싸대기를 갈긴다. 여자애가 어디서 휘파람을! 인회는 교실 바닥으로 날아간다. 그런 폭력에는 어떤 사랑도 어떤 휘파람도 없다. 인회는 더는 휘파람을 잘 부는 사람이 되고 싶다고 생각하지 않는다.

인회는 벌거벗은 채 산속을 헤맨다. 다음 날 인회는 학교에 가 존경하고 사랑하는 부모님께 보내는 편지를 쓴다. 사랑하는 부모님, 키워주셔서 감사합니다. 이 은혜는 꼭 갚겠습니다. 인회는 부모님을 사랑하지만 진짜 사랑하지는 않는다. 부모님 역시 그렇다. 그들이 인회를 진짜 사랑한다면 그녀를 그런 검은 산속에서 헤매게 했을 리 없다. 그녀의 옷을 그토록 거칠게 벗겨버리지 않았을 것이다. 그런 게 사랑일 리 없다.

사랑은 너무 멀고 아득하다. 인회는 빨리 자라고 싶다. 좋은 사람이 되어 진짜 사랑을 만나고 싶다. 하지만 좋은 사람이란 건 뭘까.

언니는 어머니에게 공부를 더 하고 싶다고 말한다. 어머니는 시집을 빨리 가서 사랑받으며 사는 게 여자의 기쁨이라고 말한다. 언니는 운다. 울다, 무서운 눈을 하고 "엄마는 결혼을 빨리 해서 이렇게 사는 거냐"고 묻는다. 어머니는 "네 아버지가 없어서 하는 말이지만 나에게는 사랑하는 다른 남자가 있었다"고 말한다. 그 남자와 결혼했으면 삶이 이렇지는 않았을 거라고 말이다. 아하, 이 모든 게 진짜 사랑을 놓쳤기 때문에 일어난 비극이로다.

인회는 울고 있는 엄마와 언니에게 사랑한다고 말한다. 그들은 대꾸하지 않는다.

늦은 밤 집으로 돌아가는 길, 인회를 으슥한 골목으로 끌고 들어가려던 남자는 그녀에게 사랑한다고 말한다. 그가 정말 인회를 사랑한다면 그녀를 골목길로 끌고 들어가지 않을 것이다. 진짜 사랑은 한 손에는 플래쉬와 한 손에는 방범 총을 들고 그것들을 쏘며 골목을 걸어나올 것이다. 남자를 때려죽일 것이다.

인회는 무엇이 되어야 할지 모른다. 사람들은 그녀가 잘하는 게 없다고 말한다. 하지만 인회는 사랑을 할 수 있다. 그녀는 자신이 사랑하고 사랑받는 사람이 될 거라고 생각한다.

인회는 고등학교만 졸업하고 집을 뛰쳐나온다. 타지에서 살 집을 구하지 못한다. 가는 곳마다 돈이 부족해서 퇴짜를 맞는다. 그녀에게는 사랑도 없고 돈도 없다.

인회는 벽지 회사에 취직을 한다. 그곳에서 또래의 젊은 남자를 만난다. 그가 "사랑해요, 인회씨" 하고 말한다. 인회는 "아직 저는 제 마음을 모르겠어요" 하고 대답한다. 정말로 자신의 마음을 모를 뿐이다. 하지만 다음 날 회사에서는 인회가 남자를 가지고 노는 년이라는 소문이 난다. 함께 밥을 먹던 직장 동료는 인회에게 "그렇게 안 봤는데" 하고 말한다. 젊은 남자는 인회를 사랑하지만 진짜 사랑하지는 않았다. 진짜 사랑이라면 그는 인회를 기다려줬을 것이다.

드라마에서는 사람들이 서로가 없으면 안 된다고 말한다. 너는 나를 더 나아지고 싶게 만들어, 하고 말이다. 인회는 그 말을 조용히 중얼거린다.

드라마 속 사람들은 사랑을 얻음으로써 전부 부자가 된다. 환영받는 사람이 된다. 새로운 가족이 생긴다. 주인공이 사랑을 한다는 이유로 주인공을 미워했던 주변 사람들은 종래에는 그녀를 끌어안고 "사랑한다, 우리는 너를 사랑해" 하고 말한다.

인회는 집으로 돌아간다. 친했던 친구에게 사기를 당했기 때문이다. 마음을 주면 그것이 돌아오리라고 믿었다. 사랑을 품으면 당연히 사랑받을 수 있을 거라고 생각했다. 그런 믿음은 순진하고 역겹다. 허인회는 친구가 밉다. 자신은 더 밉다.

당신 때문에 더 나은 사람이 되고 싶어져요.

집을 다시 나간다. 이번에는 결혼을 통해서 나간다. 진짜 사랑을 만나고 싶다.

당신 덕분에 제 세상이 달라졌어요.

인회는 사랑이 뭔지 모르겠어서 세번 만난 진홍에게 "저를 사랑해요?" 하고 묻는다. 진홍은 수줍게 웃는다. 그것이 대답을 피하기 위한 웃음이었다는 사실을 인회는 나중에야 깨닫는다.

저는 이제 혼자가 아니에요.

진홍의 임용시험 뒷바라지를 한다. 사랑은 그런 것이다. 상대를 아껴주고 상대의 꿈을 지지해주는 것이다. 진홍은 공부를 하다 지친 얼굴을 들어 그녀를 보며 웃는다. 시험에 붙으면 당신을 호강시켜주고 싶다고 말한다. 인회는 뿌듯함을 느낀다. 그러나 일자리는 좀처럼 구해지지 않는다. 결혼했다는 이유만으로, 가임기 여성이라는 사실만으로 결혼 전과 같은 일자리는 그녀에게 주어지지 않는다. 하지만 그녀에게는 사랑하는 오진홍이 있다.

당신이 나를 살게 해요.

결혼식 헬퍼 일을 시작한다. 주변 여자들은 그녀가 그 일을 하기에는 너무 어리다고 말한다. 그러나 인회는 자신이 너무 나이 들었다고 생각한다. 허인회는 결혼하는 남녀를 바라보며 의아함을 느낀다. 우리 부부는 저들과 뭐가 다르지?

당신으로 인해 나는 비로소 사랑에 눈떴어요.

오진홍이 비로소 사랑에 눈뜬다. 그에게 진짜 사랑이 찾아온다. 허인회는 그것을 응시하며 오진홍은 사랑을 하면 이렇게 변하는 사람이구나, 알게 된다. 지난 세월이 무너진다.

인회는 돈을 버는 일에 매달린다. 돈만이 자신을 지켜줄 수 있으리라고 생각한다. 그녀는 돈과 사랑에 빠진 건지도 모른다. 돈을 가지면 사람들이 그녀를 무시하지 않을 것이다. 그러면 불안과 두려움에 시달리지 않아도 될 것이다. 인회는 자신을 지켜줄 수 있는 건 돈뿐이라고 맹렬하게 믿는다. 돈이 많다면 사람들은 그녀 곁을 떠나지 않을 것이다.

오진홍과 염보라의 사랑이 끝난다. 염보라가 병에 걸렸기 때문이다.

진짜 사랑은 인회가 어떤 인간인지 그녀에게 말해줄 것이다.

자신이 쓸모가 없는 인간이 아닐까 걱정하는 그녀의 고민을 덜어줄 것이다.

희생만 하다 죽어버린 어머니와는 다른 삶을 살 수 있다고 이야기해줄 것이다.

너를 무시하는 사람들의 허락을 구하지 않아도 된다고, 네가 어떤 일을 해도 널 버리지 않을 거라는 말해줄 것이다.

무언가가 될 수 있다고, 속삭일 것이다.

진짜 사랑의 얼굴을 보았습니까?

본 적이 없었다. 사랑이 뭐냐고 물으면, 허인회는 사랑을 간절히 원했던 때를 떠올린다. 아버지의 술 냄새, 얻어맞고 내동댕이쳐졌던 교실, 옷을 벗은 채 헤매던 검은 산, 공부를 더 하고 싶다며 울던 언니, 사랑을 잃은 어머니의 얼굴, 으슥한 골목과 험악한 남자의 손, 간신히 구한 반지하의 곰팡이 핀 하숙집, 남자를 가지고 노는 년이라고 적힌 글씨, 그녀를 속이는 사람의 얼굴, 아이의 흔적이 담기지 않은 빈 초음파 사진 같은 것들. 이상한 일이다. 사랑을 끝없이 기다리지만 진짜 사랑이 나타나지 않아서, 인회는 자꾸만 착각을 한다. 아버지의 화난 얼굴이나 술 냄새 따위가 사랑의 자리를 꿰차버린다. 그런 것들이 사랑의 얼굴이 된다. 할머니를 너무 간절히 기다린 나머지, 그녀를 죽인 범인이 집에 왔을 때 그를 할머니라고 착각하고 문을 열어주는 아이처럼, 허인회는 일그러진 사랑의 얼굴들에 문을 열어준다.

그리하여 마침내 인회는 일그러진 얼굴을 마주할 때에만 사랑이 왔다고 느낀다. 허인회에게 사랑은 두려움과 함께 가는 것이다. 그녀는 두려움에 휩싸일 때에만, 생존을 위협당하고 극심한 고통을 느낄 때에만 사랑에 빠졌다고 믿는다. 염보라가 그녀를 밀어내고 없애버리겠다고 선언하고 다닐 때 인회는 사랑에 빠졌다. 오진홍, 염보라를 지독하게 사랑하게 되었다. 그들의 사랑을 사랑하게 되었다. 인회는 고통에 몸부림치며 생각했다. 그들이 가져오는 이 고통이 사랑이 아니고 뭐겠느냐고. 지독한 사랑, 그 대상은 오진홍일 때도 있고 염보라일 때도 있으며 둘 다

일 때도 있었다. 오진홍과 염보라의 관계가 불타오를수록 허인회의 사랑도 불탔다. 오진홍과 염보라가 인회를 벼랑에서 밀어 없애버리려고 하면 할수록 인회는 벼랑을 잡고 매달려 그들이 주는 고통을 음미했다. 아, 이것이 사랑의 맛이로다.

조우경과는 수영장의 검은 장막 속에서 만난다. 그때도 역시 인회의 목숨은 위태로웠다. 사랑은 정확히 언제 시작되었나. 조우경이 다친 그녀를 안고 사다리를 올라 풀 바깥으로 나갔을 때? 아니다, 더 전이었다. 수영장 조명이 켜지고 인회가 자신을 안고 있는 우경의 얼굴을 확인했을 때? 아니다. 그보다 더 전이었다. 우경이 물속으로 고꾸라져 들어가는 인회를 수면 위로 들어올렸을 때? 아니다. 더 전이었다. 우경이 인회의 머리를, 검은 물 때문에 한마디 말도 못하는 인회의 머리를 물속으로 자꾸만 누르고 처박았을 때. 그때 그의 얼굴은 검은 어둠에 덮여 있었다. 우경은 어둠 속에서 정말 사정없이 그녀의 목과 머리를 물속에 밀어넣었다. 우경이 그러기를 멈춘 것은 인회가 비명을 질렀을 때였다. 그녀가 목이 터져라 외친 다음에야 그는 정신이 돌아온 듯 인회를 물 밖으로 끌어올렸다. 인회를 구한 건 우경이 아니라 그녀의 목청이다. 인회는 불이 켜졌을 때 우경의 얼굴에 어려 있던 아쉬움을 기억한다.

그는 그날 그녀를 죽이려 했다. 그때 인회는 사랑에 빠지고 말았다.

다시 묻는다. 사랑이 대체 뭐지?

착각인가. 학대받은 자가 학대받는 자리로 되돌아가게 하는 마법인가. 착취를 감추는 거짓된 이름인가. 헛된 망상을 부추기는 사기인가. 아니다. 처음에는 그런 것이 아니었다. 사랑은 좋은 것이었다. 그것은 인회의 삶에 주어지지 않았고 본능적으로 이끌리는 어떤 것이었으며, 그 외에는 다른 도리가 없어 보여서 더 집착하게 되는 절실하고도 멀리 있는 것이었다. 인회는 사랑이라는 말에 자신이 품었던 소망들을 넣었다. 그러니까 좀더 안전해지고 싶은 욕구라든가, 작고 보잘것없는 사람이고 싶지 않다는 갈망, 따뜻함을 주고받고 싶은 마음, 있는 그대로 인정받고 싶다는 내밀한 기대, 사회 체제 안으로 무사히 편입되고자 하는 욕망, 아름다운 것들을 소유하고 싶은 그런 바람들을 넣었다. 사랑이라는 말은 그것들을 쭉쭉 흡수하며 자랐다. 그것은 분류되지 않은 쓰레기를 삼키는 쓰레기차 같다. 아름다운 그림이 그려진 플라스틱을, 낡고 닳아빠진 아이의 칫솔을, 사연 많은 코 푼 휴지를, 새것인데 버려진 신발을, 손가락이 하나 없는 고무장갑을, 그 자리에서 우연히 알을 까고 있던 개미를, 세탁소에 보내지려다 버려진 가죽옷을, 그러니까 무언가가 되고자 몸부림쳤으나 되지 못한 채 버려진 모든 것들을 흡수하고 분쇄해서 하나의 거대한 쓰레기로 만들어버리는 쓰레기차 같다. 두려움과 수치심과 분노와 슬픔과 한 인간으로서 성장하고 싶었던 어떤 바람들이, 무언가가 되고자 했던 소망이 사랑이라는 말에 전부 흡수되었다. 그리하여 만들어진 거대한 쓰레기 산, 모든 것을 담은 것은 결국 아무것도 아니다.

허인회는 염보라의 얼굴을 내려다보았다. 어떤 갈망은 그들을 죽게 만든다. 원하고 바랐을 뿐인데 무참히 죽여버린다. 허인회는 피로를 느낀다. 그만하고 싶다. 인회와 보라가 서로를 부추기고 몰아가는 사이라면, 하나가 죽으면 하나가 살아 있어선 안 되는 것 아닌가. 허인회는 염보라를 끌어안아 물속에 잠수해 들어갔다. 사람들이 그들을 잡아 뜯어도, 아무리 끄집어내려 애를 써도 그곳에서 나오지 않을 생각이었다.

“움직이지 마!”

허인회는 고개를 들어 늙은 목사를 바라보았다. 그가 거듭 외쳤다.

“아무도 움직이지 마! 그 여자를 내버려둬!”

그가 말을 하면서 턱을 움직이는 바람에 그의 목 깊이 들어와 있던 칼끝이 그의 아래턱을 찔렀다. 빨간 피 한줄기가 목사의 목을 타고 주르륵 흘렀다. 목사의 등 뒤에 칼을 든 엄지민이 서 있었다. 엄지민은 화가 난 얼굴로 허인회를 쏘아보고 있었다. 그녀가 허인회에게 말했다.

"뭐 하는 거예요! 움직여! 거기서 나오라고!"

고미선은 결혼식이 있기 전, 지민에게 될 수 있는 한 빨리 이곳에서 나가라고 말했다. 혹여나 물에 들어올 일이 생기더라도 절대 들어오지 말라고 말이다. 그 말이 무엇을 의미하는지 지민은 몰랐다. 그러나 고미선의 말이 맞다. 이곳에서 벗어나야 한다. 여자들이 흩어지듯 허인회로부터 멀어졌다. 인회가 고개를 저었다. 지민이 시뻘게진 눈으로 말했다.

"움직여. 할 수 있어. 엄마를 업고 거기서 나와."

인회는 홀린 듯 지민의 얼굴을 바라보았다. 지민의 얼굴은 괜찮았다. 심장이 떨리지 않았다. 이쪽을 봐도, 저쪽을 봐도 모두 그녀를 두근거리게 하는 사람들뿐이다. 사랑에 빠지게 하는 얼굴들뿐이다. 모든 사람이 그랬다. 하지만 지민은 괜찮았다. 그녀를 봐도 심장은 터지지 않는다. 인회는 사랑에 빠뜨리지 않는 그 얼굴을 따라 한발 한발 조심스럽게 걸음을 디뎠다. 엄지민이 빨갛게 성이 난 얼굴로 고개를 끄덕였다. 허인회는 조금 더 자신감을 가지고 염보라를 끌어안은 채 걸어나갔다. 사다리에 도달했다. 갑작스러운 중력의 개입에 사다리를 타는 게 힘들었지만 끙끙거리면서도 염보라를 놓치지 않았다. 사다리를 전부 오른 허인회는 염보라를 들쳐 업었다. 그러는 와중에도 인회는 길을 잃을까봐 지민의 얼굴을 계속 바라보았다. 지민 역시 눈 한번 깜빡이지 않은 채 그녀를 쏘아보고 있었다. 여기서 길을 잃으면 전부 끝이라는 사실을 그들은 알았다. 누구도 입을 열지 않았다. 그때였다.

"고생했어요."

허인회의 시야가 가로막혔다. 인회는 몸을 부르르 떨며 멈춰 섰다. 안정권을 되찾던 심장박동이 고장 난 것처럼 질주하기 시작했다. 다리가 사정없이 떨리고 있었다. 인회는 고개를 들어 웃고 있는 조우경을 올려다보았다. 조우경이 자신을 속박하던 손목의 끈을 단번에 끊어버리며 말했다.

"시체를 이리 주세요. 이걸 들고 밖으로 나가면 큰 문제가 돼요. 결혼식을 계속해야죠."

조우경의 등 뒤에서 목사가 비명을 지르며 외쳤다.

"비켜! 그 여자를 가로막지 마!"

조우경은 꿈쩍도 하지 않고 빙글빙글 웃으며 인회를

바라보았다. 인회가 고개를 젓자 그가 말했다.

“시체를 안 주면 결혼해주지 않을 거예요.”

결혼은 이미 약속된 일 아니었나? 허인회는 물에 젖어 남루한 빛을 띠는 자신의 실크드레스를 내려다보았다. 결혼식을 올리면 벼랑 너머에 뭐가 있는지 알게 될 거라고 생각했지만 그게 아니었다. 결혼은 인회를 홀리는 미끼가 되어 킥킥거리며 벼랑 너머의 허공으로 멀어지고 있었다. 그녀가 그것을 잡기 위해서는 날 수 있어야 한다. 아니, 죽어야 한다. 죽는다 하더라도…… 허인회는 심하게 턱을 떨며 말했다.

“선생님, 왜 저를 죽이려고 하셨어요?”

웃고 있던 조우경의 얼굴이 굳었다. 그는 무표정한 얼굴로 물속에 있는 여자들을 훑어보았다. 지광림이 다시 외쳤다.

“비키라는 말 못 들었나! 비켜! 그 여자를 가로막지 마!”

조우경이 허인회를 바라보며 다정하게 물었다.

“저한테 시체를 주지 않으실 거예요?”

허인회가 사정없이 몸을 떨며 말했다.

“칸쿤에서 죽은 그 여자는 어째서 죽인 거예요?”

“인회씨, 저랑 결혼하지 않을 거예요?”

“왜 죽였어요?”

"대답해요. 저랑 결혼하지 않을 생각이에요?"

인회가 고개를 저으며 말했다.

"못해요."

지광림이 소리쳤다.

"조우경!"

우경은 신경질적으로 몸을 돌렸다. 목에 피를 흘리고 있는 지광림이 우경을 향해 비키라고 다급하게 손짓했다. 우경은 그에게로 성큼성큼 걸어가 주먹으로 광림의 정수리를 내리쳤다. 그 충격으로 광림의 아래턱이 칼에 깊숙이 박힐 뻔했다. 엄지민은 다급히 칼끝을 빼며 조우경을 바라보았다. 우경이 광림의 멱살을 잡기 위해 손을 뻗었다. 지민은 과도를 휘두르며 지광림을 끌고 비상구로 뒷걸음질 쳤다. 광림도 우경의 돌발행동에 놀라 지민에게 선선히 끌려왔다. 지민은 비상구에 도달해 문고리를 잡아 돌렸다. 문이 열리지 않았다. 그녀가 인회를 향해 외쳤다.

"문이 열리지 않아요! 다른 문으로 나가야 해요!"

지광림이 겁에 질린 목소리로 속삭였다.

"전부 잠겼어."

"뭐?"

"가드들이 오진홍 시체를 확인하고 돌아올 때까지 전부 가둬둘 계획이었어."

"나갈 수 있는 방법은!"

"가드들이 돌아오기 전까지는 없어."

조우경이 다가오고 있었다. 엄지민이 그를 향해 과도를 겨누며 오지 말라고 외쳤다. 그러나 조우경은 성큼성큼 달려와 다리를 번쩍 들어 목사의 복부를 걷어찼다. 목사가 받은 충격이 그대로 지민에게 전해지며 그들은 비상구에 부딪쳐 나뒹굴었다. 지민은 등에 아찔한 통증을 느끼며 신음을 내뱉었다. 문에 부딪칠 때 비상구 손잡이가 등에 걸렸다. 등이 이상했다. 우경은 몸을 웅크린 채 움직이지 않는 지민을 힐끗 보고는 쓰러져 있는 지광림의 멱살을 잡았다. 그리고 광림을 풀 앞으로 끌고 갔다. 우경은, 지광림과 물속의 여자들이 서로 마주 볼 수 있도록 광림의 목에 팔을 감아 그를 들어올렸다. 광림이 발버둥 쳤다. 우경이 광림에게 속삭였다.

"여자들에게 말해. 오름교회 차기 후계자가 나라고."

영감은 자신의 목을 감은 조우경의 두툼한 팔뚝을 할퀴며 고개를 저었다. 조우경이 광림의 목을 압박했다. 광림의 얼굴에 피가 몰려 보랏빛이 됐다. 그의 저항은 길게 가지 못했다. 그가 쉰 소리로 "말할게, 말할게" 하고 속삭였다. 우경이 광림의 목을 감고 있던 팔 힘을 살짝 풀었다.

"오름교회 차기 후계자는 조우경이다!"

"앞으로 너는 내 말에 복종하겠다고 말해."

광림이 거칠게 고개를 저었다. 우경은 "그래?" 하고 말하고는 광림의 목을 비틀었다. 멈추지 않고 계속 비틀었다. 파닥이던 광림은 무언가를 말하려 했으나 뚝 소리와 함께 움직임이 멈췄다. 우경은 거친 숨을 내뿜으며 죽어 늘어져 있는 광림을 훑어보았다. 죽일 생각까지는 없었다. 적당히 한두군데 정도만 분질러 몸을 움직이지 못하게 할 생각이었다. 그러나 늙은이의 목은 너무도 연약해서 부러뜨리는 대로 부러지고 말았다. 아니, 사실은 멈출 수가 없었다. 보이지 않는 힘이 그를 끌어당기고 있었다. 조금만 더 애를 쓰면 그가 원하는 자리를 가질 수 있는데, 솟아오를 수 있는데, 더 크고 가까운 태양을 만날 수 있는데, 언젠가부터 그는 멈추는 법을 잊어버렸다. 주춤거리면 사람들은 그를 비웃을 것이다. 우습게 보인 자는 원하는 것을 가질 수 없다. 우경은 몸이 떨리는 것을 감추기 위해 늘어진 광림을 거칠게 풀로 던졌다. 여자들이 퍼렇게 질린 얼굴로 광림을 바라보았다. 조우경은 목소리를 쥐어짜며 여자들을 향해 말했다.

"영감의 의견에 동의하나?"

대답이 없었다. 우경이 흔들리는 동공에 힘을 주며 말했다.

"나는 약속을 지킬 거야. 당신들은 수영장에서 일하는 노동자가 될 거고, 월급을 받게 될 거야."

여자들은 말이 없었다. 우경이 고미선을 향해 물었다.

"동의하나?"

"……자네가 침례를 받는다면. 우리의 일원이 된다면."

"좋아. 오늘 모든 걸 해결하지. 저 여자부터 처리하고."

조우경은 턱으로 허인회를 가리켰다. 그런 자신의 모습이 강인해 보이길 간절히 원했다. 고미선이 고개를 끄덕였다. 그러자 다른 여자들도 하나둘 고개를 끄덕이기 시작했다. 우경은 흡족한 미소를 지었다. 그는 관객들을 만족시키기 위해 허인회를 향해 손가락을 까딱였다. 허인회가 다가오지 않았다. 조우경은 허리를 곧게 세워 몸을 쭉 폈다. 어쨌거나 허인회의 입단속을 시켜야 한다. 수영장에서 사람이 죽은 사실이 드러나면 그가 앞으로 하려는 사업은 큰 타격을 입는다. 우경은 몸을 벌벌 떨며 서 있는 인회를 향해 말했다.

"시체를 주세요. 인회씨와 할 얘기가 있어요."

인회는 꼼짝도 하지 못하고 우경을 바라보았다. 우경이 인회를 향해 다가섰다. 그때 지민이 우경의 뒤통수를 때리며 그의 목에 매달렸다. 지민은 여자들과 허인회를 향해 외쳤다.

"모든 문이 잠겼어요! 여기서 나가야 해!"

조우경은 상체를 앞으로 깊이 숙여 지민을 가볍게 떨궈버렸다. 그녀가 우경의 몸에서 맥없이 미끄러지며 수영장 바닥을 뒹굴었다.

"잘 봐. 못생긴 게 네 죽은 엄마를 어떻게 다루는지."

지민이 인회를 향해 외쳤다.

"도망가!"

우경은 허인회에게 다가갔다. 우경과 지민을 번갈아 보던 인회는 보라를 안고 물속으로 뛰어들었다. 우경이 여자들을 향해 인회를 잡으라고 지시했지만 여자들은 수영장 안에 석고상처럼 서서 움직이지 않았다. 인회는 물을 휘저으며 보라의 목을 한 팔로 안고 풀 안으로, 안으로 들어갔다. 못마땅하게 그 모습을 지켜보던 우경이 인회를 따라 물에 뛰어들었다. 지민은 바닥에 누워 멀어지는 인회와 보라를 바라보았다. 이해가 되지 않았다. 고미선은 어째서 물에 절대 들어와선 안 된다고 한 걸까. 여자들은 어째서 물속에서 꿈쩍도 하지 않고 있는 걸까. 지민은 자신이 확인하지 않은 보라의 죽음에 대해서는 생각지 않으려 애쓰면서, 몸을 일으키기 위해 버둥거렸다. 이상했다. 여자들은 어째서 물속에 있어야 하고, 다른 사람들은 물에 들어오면 안 되는 걸까. 지민은 등줄기를 타고 쏟아지는 소름 끼치는 느낌에 비틀거리며 억지로 몸을 일으켰다. 비명을 지르고 싶은 것을 참으며 달리기 시작했다.

*

진혜숙이 기침을 하며 눈을 비볐다. 그러고는 옆에 서 있는 미선에게 “아까부터 이상하게 눈이랑 코가 맵네요” 하고 속삭였다. 미선은 피식 웃었다. 모든 게 끝나는 마당에 눈이 맵다느니 코가 맵다느니 투덜거리는 게 그녀다웠다. 자폐가 있는 딸을 요양원에 맡기고 이곳에 오기까지는 큰 결심이 필요했을 것이다. 그녀가 그들과 함께하지 않겠다고 해도 미선은 받아들일 생각이었다. 그러나 내내 흔들리던 혜숙은 결국 여자들과 함께하는 걸 택했다. 미선은 그 마음이 어떤 것인지 알고 있었고, 고개를 끄덕였다. 그리고 헤엄쳐 들어오는 우경을 바라보며 혜숙에게 눈짓했다. 혜숙이 여자들에게 신호를 보내자 그들이 조우경을 둘러싸기 시작했다. 잘되었다. 조우경을 어떻게 하면 물속에 끌어들일 수 있을까 고민이었다. 그래서 굳이 침례를 받으라고 했던 건데, 제 발로 물에 들어와줬으니 그처럼 반가운 일이 없었다. 예정대로라면 물에 들어왔어야 할 사람은 살아 있는 지광림이었지만 말이다.

모든 계획은 수영장이 정전되었던 그날 시작되었다. 미선이 여자들에게 생각한 바를 말하자, 그들은 고개를 끄덕이며 자신들은 그 말을 오랫동안 기다려온 것 같다고 말했다. 그리고 모두가 그 힘든 여정에 동참해 마침내 오늘을 맞았다. 미선은 온수가 가동되지 않아 차가운 물속에서 헥헥거리고 있는 샛별이를 쓰다듬었다. 누가 닿는 것을 싫어하던 샛별이도 오늘이 마지막이라는 걸 아는 듯 그녀의 품에 깊이 안겨들었다. 너도 애썼다. 고미선은 샛별이를 꼬옥 안았다. 허인회를 쫓던 조우경은 눈썹을 치켜 올리며 자신을 둘러싼 여자들을 바라보았다.

"비켜. 내가 당신들의 새로운 상사야."

미선은 조용히 "바보 같은 놈" 하고 중얼거렸다. 여자들은 수영장을 직장이라고 생각한 일이 없다. 수영장이 일터였다면 일찌감치 그곳을 떠났을 것이다. 이제 와 자신이 상사라는 말을 해도, 그게 여자들에게 와닿을 리 없었다. 여자들이 조우경을 완전히 둥글게 감싸버렸다. 조우경은 당황한 듯 주변을 두리번거렸다. 그가 조금 떨리는 목소리로 말했다.

"원하는 게 뭐야? 휴거를 원하지 않아? 난 당신들에게 휴거를 알려줄 수 있어."

엿 같은 휴거. 원하는 건 없었다. 그들은 떠오르지 않을 것이다. 그렇게 정했다. 도저히 휴거할 수 없는 방법으로 휴거하지 않을 생각이었다. 미선은 힐끗 사다리 쪽을 바라보았다. 여자 세명이 허인회와 염보라를 수영장 바깥으로 끌어내고 있었다. 미선은 조우경을 바라보며 물었다.

"야간 수영장에 들어와보니 어떤가."

"……"

"여길 그렇게 들어와보고 싶어 했잖나?"

"짜군."

"그래, 짜지. 소금을 잔뜩 풀었으니까. 바다 같지 않아?"

"전혀 다른데."

"아쉽네. 바다 수영을 하고 싶어서 풀었는데 바다 같지 않다니."

"비켜!"

바다에 가고 싶었다. 그러나 한번을 가지 못했다. 그게 조금 아쉬웠다. 소금을 풀고 수영장에서 헤엄친 건 그들의 작은 장난이었다. 민간요법이라느니, 바다 수영 느낌을 내겠다느니, 하는 구실로 물에 소금을 왕창 넣고 야간 수영을 했다. 그러면 수영장은 온전히 그들의 것이 되었다. 불을 끄고 물 위에 떠 있으면 막힌 천장도 별이 있는 하늘처럼 느껴졌다. 그것이 지난 십년을 버틴 그들만의 비결이었다. 버티지 않는 편이 더 나았는지도 모르겠지만 말이다. 물론 별것 아닌 비밀이었기 때문에 조우경이 알아도 상관없었지만, 그들은 곧 죽어도 비밀을 지켰다. 그들에게는 야간 수영이 별것 아닌 게 아니었기 때문이다. 조우경이 수영장에 들어오려고 안달하면 할수록 여자들은 "이걸 알면 황당해서 뒤집어질 거다" 하고 깔깔거리곤 했다.

조우경이 여자들에게 비키라고 소리 지르고 있었다. 그가 그토록 들어오고 싶어 했던 데가 어떤 곳인지 그는 온전히 알았을까. 물속에 들어와 있는 이 순간에도 그는 알 수 없을 것이다. 그 안에서 수영을 해온 여자들이 아니면, 소금물이 가지는 의미를 절대로 이해할 수 없을 터였다.

고미선은 허인회가 수영장 바깥으로 완전히 나간 것을 확인했다. 이제 되었다. 이로써 그녀가 할 일은 전부 했다. 반대편에서는 엄지민이 일렬로 세워둔 삼각등을 엎어뜨리면서 달려오고 있었다. 다섯개 중 세개의 등이 이미 엎어진 상태였다. 수영장이 상당히 어두워졌다. 지민이 짧은 시간 내에 기지를 발휘했다는 사실을 인정하지 않을 수 없었지만 부질없는 짓이었다. 고미선은 팔을 들어올렸다. 1팀 여자들 열두명이 조우경을 끌어안았다. 조우경이 몸부림쳤다. 그럼에도 그는 무력을 쓰기를 망설이고 있었다. 돈줄을 잃을 수는 없다는 거겠지. 미선은 고개를 돌려

2팀의 여자들을 바라보았다.

대기하던 여섯명의 여자들이 잠영을 해서 다이빙대를 향해 나아갔다. 엄지민이 겁에 질린 목소리로 "안 돼요!" 하고 외쳤다. 그러면서 마지막 비상등을 엎어뜨렸다. 미선은 그들을 살리겠다고 몸부림치는 지민의 행동에 자신도 모르게 웃었다. 세상의 멸망을 생각하는 대신 미래를 생각했어도 나쁘지 않았을 거라고, 저런 아이를 낳거나 길렀다면 상당히 기뻤을 거라고 생각했다. 너무 깜깜해서 다이빙대로 간 2팀이 고생깨나 할 것이다. 그러나 2팀은 가장 용감하고 절도 있는 자들, 마음이 쉽게 흔들리지 않을 자들로 뽑았다. 그들은 오늘을 위해 무수히 연습해왔다. 어둡다 하더라도 일은 이루어질 것이다.

수영장 정전이 있던 날 미선은 비상 조명 장치를 손에 들고, 그것을 물속으로 던져버리는 상상을 했다. 아니 거의 던지기 직전까지 갔었다. 수영장에 들어와 그곳을 더럽히고, 그녀를 비웃는 사람들을 모두 죽여 없애고 싶었다. 그런 미선을 멈춰 세운 건 낯선 여자의 비명이었다. 그 소리에 미선은 정신을 차리고 하던 일을 멈출 수 있었다. 그러곤 그녀가 죽여 없애고 싶은 건 사람들이 아니라 자신이라는 사실을 알았다. 미선은 자신이 이제 어떤 것도 믿지 않는다는 사실을 알았다.

미선은 품에 있던 길쭉한 구리 막대기를 꺼냈다. 그것이 좋은 전도체가 되어줄 것이다. 그때 조우경의 비명이 울려퍼졌다. 전도체로 칼을 준비한 여자들이 꽤 많았다. 그들 중 누군가가 조우경을 공격한 듯했다. 그건 계획한 일이 아니었다. 미선은 사람을 찔러 죽이라고 말한 적이 없었다. 그러나 그 일은 너무 자연스럽게 이루어지고 있었다. 고미선은 눈을 질끈 감았다. 조우경의 비명이 이어졌다. 아수라장이었다. 이것이 종말인가.

1992년 10월, 휴거를 앞두고 그들은 처음으로 자유를 느꼈었다. 목숨을 내던지고, 종말이 눈앞에 있는 순간에만 가능한 자유였다. 진짜와 가짜, 거짓과 진실, 하찮은 것과 중요한 것, 혼란스러운 삶에서 좀처럼 구분이 안 되던 것들이 선명하게 정리되고 제자리로 돌아가는 듯한, 그리하여 무엇을 향해 몸과 마음을 던질 것인가만을 고민할 수 있었던 충만한 시간이 있었다. 그것은 절멸 속의 낙원이었다. 어떤 사람들은 그때 경험했던 진실과 자유를 잊지 못하고 계속 휴거에 매달렸다. 고미선도 그런 부류였다. 하지만 그런 유의 진실은 인간에게 오래 머물지 않는다. 찰나의 순간 나타났다 사라져버린다. 그럼에도 그것을 한번 맛보면, 계속해서 그것을 갈망하게 된다. 자신의 삶이 파괴되는 줄도 모르고 그 방향을 향해 계속 걸어나가게 된다. 고미선은 입맛을 다셨다. 그때 보았던 건 무엇이었을까.

생각보다 시간이 걸리고 있었지만 곧 심장이 정지한다. 여섯개의 다이빙대 아래, 자동차 배터리를 숨겨둔 후 검은 천을 씌워두었다. 배터리에 내장된 강력한 전기가 물속으로 연결한 전기충격기를 통해 수영장 물속에 가득 퍼질 것이다. 2팀이 배터리에 도달해 전원을 켜면 모든 게 끝난다. 하나만으로도 치명적인 전류가 흐르는 배터리를 여섯개 준비했다. 뜻한 건 아니지만 소금물 역시 좋은 전도체가 되어줄 것이다. 감전사는 좋은 자살 방법은 아니다. 하지만 그들은 수영장에 둥둥 뜬 생선처럼 사람들에게 보여줄 생각이었다. 봐라, 우리는 절대로 휴거되지 않는다. 가장 먼저 멸망하는 사람들이 될 것이다. 너희는 죽어 있는 우리를 보고 종말을 예감하길 바란다. 우리는 절대로 휴거되지 않는다. 우리의 세상은 이런 식으로 막을 내린다. 우리의 믿음 역시 그렇다. 잘 있어라. 미선은 전기가 자신의 심장을 파괴해버리길 기다렸다. 고난하게 펄떡이던 심장이 곧 저물 것이다. 샛별이가 짖기 시작했다. 조우경이 찢어지는 비명을 내질렀다. 그때였다. 첨벙, 하는 물소리와 함께 고양이 울음이 들렸다. 작고 미약하지만 고양이 소리가 맞았다. 왜 고양이가 이곳에 있는 걸까. 저

아이는 함께 가기에는 너무 어리다. 너무 어린 아기 고양이다. 순간 평정을 잃은 미선이 다급히 외쳤다.

"안 돼! 멈춰봐!"

그때 삼각등이 번쩍, 하고 그들을 향해 쏘아졌다. 1레인 다이빙대에 숨겨진 배터리에 손을 얹고 있던 김경희가 눈이 부신 듯 뒷걸음질을 쳤다. 경희를 향해 등을 쏜 지민은 그때를 놓치지 않고 배터리에 연결돼 있던 전선을 뜯어 뒤로 던져버렸다. 다이빙대에 숨겨져 있던 나머지 차량용 배터리들 역시 뒤로 날아가거나, 전선이 뜯겨 있었다. 여자들은 그 모습에 탄식을 내뱉었다. 엄지민은 삼각등을 내려놓고 붉은 피가 번지는 수영장을 바라보았다. 그녀의 시선이 난자당한 조우경에게 가 꽂혔다. 지민은 거친 숨을 몰아쉬며 아연한 얼굴로 외쳤다.

"이게 뭐 하는 짓이에요!"

고미선은 풀장 끝 쪽 천장에서 떨어져내린 타일을 바라보았다. 물 위에 둥둥 떠 있는 패널 위에 고양이가 타고 있었다. 염보라가 훔쳐간 고양이었다. 어떻게 천장 안에 들어갔는지 모르겠으나 그곳에서 고양이가 떨어진 건 분명한 듯 보였다. 미선은 한숨을 내쉬었다. 천장 공사를 다시 해야 한다고 그렇게 주장했음에도 결국 이런 일이 생기고 말았다. 여기저기서 캑캑거리는 기침 소리가 났다.

여자들은 어리둥절한 얼굴로 "우리 안 죽는 거야?" 하고 중얼거리며 서로를 바라보았다. 고미선은 속이 매스꺼운 것을 느끼며 지민을 향해 말했다.

"자네가 우리를 막을 수 있다고 생각하나? 무의미한 짓은 그만둬."

"어떻게 하면 이 미친 짓을 그만둘 거예요!"

"그만둘 수 없어. 수영장에서 이미 세 사람이 죽었어. 여기서 무사히 빠져나갈 수 있는 사람은 없어."

그것은 여자들에게 하는 말이기도 했다. 잠시 삶을 기대했던 여자들은 낙심한 듯 고개를 떨궜다. 지민은 미선의 단호한 얼굴을 쏘아보았다. 미선이 기침을 하며 2팀 여자들에게 지시했다.

"배터리를 점검하게. 우리는 다시 간다."

여자들이 물 밖으로 나와 배터리를 들여다보기 시작했다. 이를 지켜보던 지민은 몸을 돌렸다. 화가 나서 견딜 수 없었다. 해야 할 일이 많은데 뜻대로 되는 게 하나도 없었다. 상황은 계속해서 더 나쁜 쪽으로 흘러가고 있었다. 지민은 수영장 구석에서 보라를 안은 채 웅크리고 있는 인회에게 다가갔다. 그리고 그들을 물끄러미 내려다보았다. 그러다 위아래로 작게 움직이고 있는 보라의 배를 응시했다. 지민은 인회를 힐끗 바라보았다. 인회는 보라를 끌어안은 채 충격에 빠져 있었다. 지민은 팔짱을 끼고 섰다. 어이가 없었지만 안도한 것도 사실이었다. 지민이 보라를 불렀다.

"엄마."

보라는 대답하지 않았다.

"살아 있는 거 알아, 엄마. 뭐 하는 거야?"

그래도 보라는 움직이지 않았다. 인회는 무슨 말을 하는 거냐는 듯 지민을 바라보았다. 그때 보라가 참지 못하고 캑캑거리며 기침을 했다. 그리고 눈을 뜨며 말했다.

"그런데 여기 너무 맵지 않니? 아까부터 눈이랑 코가 따끔거려서 혼났다. 이상한 약을 푼 거 아냐?"

허인회가 화들짝 놀라 안고 있던 염보라를 내던지듯 바닥에 놓았다. 염보라는 투덜거리며 몸을 일으켰다.

"수영장 물이라고 해서 대단할 줄 알았는데 별것도 아니네. 그냥 소금물일 뿐이잖아."

인회가 눈물이 차오른 눈으로 보라를 때리려고 했다. 보라가 고개를 휘저으며 말했다.

"죽이려고 해서 죽은 척한 건데, 또 죽이려고 하면 어떡해!"

지민은 한숨을 쉬며 그들을 향해 말했다.

"시간이 없어요. 보디가드들이 돌아오기 전에 문을 열어야 해요. 엄마랑 아줌마는 나가서 신고를 해주세요. 저는 남아서 할 일이 있어요."

물끄러미 지민을 바라보던 인회가 말없이 바닥에 누웠다. 그러고는 눈을 감았다. 보라는 그런 인회를 힐끗 쳐다보고는 고개를 저었다. 지민은 화가 머리끝까지 나서 딱딱하게 굳은 목소리로 말했다.

"시간이 없어요!"

보라가 힘없이 웃으며 말했다.

"지민아, 엄마는 나가고 싶지가 않다."

"무슨 소리야?"

"이미 예정일보다 두달을 더 살았어. 이제는 그만하고 싶어."

"둘 다 여기서 나가지 않을 생각이에요?"

인회도 보라도 대답이 없었다.

지민은 그들을 노려보다 몸을 돌려 문으로 달려갔다. 비상구며, 탈의실로 통하는 유리문이 전부 잠겨 있었다. 지민은 그것을 부수려 했다. 하지만 문들은 보통 단단하게 밀폐된 게 아니었다. 유리문 뒤에는 보디가드들이 가져다둔 탈의장이 버티고 있어서 문을 부순다 해도 그것을 밀고 나갈 수 있을 것 같지 않았다. 비상구는 말할 것도 없었다. 혼자서는 수영장을 탈출하는 게 도저히 불가능해 보이는 상황이었다. 등 뒤에서 여자들의 기침 소리가 커지고 있었다. 구토를 하는 여자도 있었다. 뭔가가 이상했다. 수영장 공기가 지나치게 탁했다. 지민도 머리가 지끈지끈 아픈 것을 느끼며 마지막 비상구를 확인할 때였다. 잠긴 문 너머에서 흐느끼는 소리가 들렸다. 지민이 거칠게 문을 두드리며 외쳤다.

"밖에 누구 계세요?"

문 너머의 여자는 대답 없이 계속 울기만 했다. 목소리가 익숙하다고 느끼며 지민이 외쳤다.

"문을 열어주세요! 안에 사람들이 있어요. 사람들이 죽으려 해요!"

문 너머에서 흐느끼던 여자가 느릿느릿 대답했다.

"못해. 문에 뭐가 걸려 있어."

"그럼 119에 신고해주세요! 여기 사람들이 잔뜩 갇혔어요!"

"못해. 나는 못해."

"할 수 있어요! 119에 빨리 신고해주세요! 문밖에 계신 분은 누구세요?"

"내가 초록통을 막 쏟았어. 다 쏟았어. 엄마가 그게 사람을 어지럽게 하는 거라고 했어. 어지럽게 하면 더 잘 떠오를 수 있을 거 같아서, 엄마들이 잘 떠오를 수 있게 그걸 막 쏟았어. 엄마들은 어떻게 됐어? 휴거했어? 나는 엄마 배 속으로 들어갈 수가 없어. 거듭날 수 없어."

지민은 상대가 누구인지 알 것 같았다. 선풍기의 딸이었다. 뜻이 통하지 않는 대화를 반복하다보니 그녀가 하는 말이 무슨 말인지도 어렴풋이 알 것 같았다. 여자들은 선풍기의 딸을 요양시설에 맡기고 이곳에 왔다. 하지만 선풍기 딸은 그들이 휴거하는 것을 보고 싶어서 몰래 수영장 기계실에 숨어들었다. 엄마들은 휴거가 아니라고 말했지만, 딸은 여자들이 휴거를 하러 간다는 사실을 굳게 믿었다고 했다. 그녀는 여자들이 잘 떠오를 수 있게, 기계실에 비축된 염소와 락스를 전부 쏟았다. 여자들이 청소를 할 때 그것들을 쏟아 섞으면 모두가 어지러워서 한방에 가고 말 거라는 말을 기억해두었다고 했다. 락스와 염소 혼합물이 환풍구를 타고 수영장 안으로 올라온 것이다. 여자들이 구토를 하고 어지러워하는 건 그 탓이었다. 지민은 선풍기 딸에게 문을 열어야 한다고 외쳤지만 딸은 "거듭날 수가 없어, 아무리 해도 거듭날 수 없어!" 하고 흐느끼며 사라져버렸다. 그녀의 말이 사실이라면 정말 큰일이 맞았다.

지민은 여자들에게 돌아와 다급히 그 사실을 알렸다. 모두가 문을 부수고 이곳을 나가야 한다고 말이다. 그러나 동요하는 사람은 없었다. 여자들은 죽음을 결심한 듯 캑캑대면서도 배터리에 다시 전선과 전기충격기를 연결하고, 조우경과 지광림의 시체를 풀 바깥으로 끌어올렸다. 그리고 마지막 수영을 하겠다며 수영장 안으로 뛰어드는 사람들이 있었다. 그들은 하염없이 물살을 갈랐다. 보라는 여자들 사이로 자리를 옮겨 두런두런 이야기를 나누고 있었다. 배터리에 전선을 연결하는 사람에게 훈수를 두기도 했다. 보라의 얼굴에는 묘한 화색이 돌았다. 이상한 말이지만 혼자가 아니라, 여럿이 함께 죽을 수 있다는 사실에 어떤 위안을 받는 듯했다.

지민은 수영장 귀퉁이에 홀로 누워 있는 인회에게 시선을 돌렸다. 인회는 처음 누운 그 자리에서 미동도 하지 않고 있었다. 지민은 그 모습을 물끄러미 바라보다 고개를 돌렸다. 그녀의 눈에 탈의실 문 옆에 있는 폭죽더미가 눈에 띄었다. 결혼식에서 사용되지 못한 폭죽이었다. 지민은 그리로 걸어가 폭죽들을 안아들었다. 그리고 보라를 잠시 바라보다 허인회로부터 불과 1미터 떨어졌을 뿐인 6레인 다이빙대로 갔다. 지민은 어지러움을 참으며 다이빙대에 주저앉았다. 그리고 폭죽에 불을 붙여 천장을 향해 쐈다. 폭죽이 높다면 높고 낮다면 낮은 천장에 부딪쳐 팡, 하고 터졌다. 빛무리가 천장에서 수영장으로 쏟아져 내렸다. 여자들이 쏟아지는 빛을 바라보았다. 지민은 다시 폭죽을 쐈다. 샛별이와 아기 고양이가 지민에게로 다가와 곁에 주저앉았다. 지민은 그들을 바라보다 고개를 떨궜다. 여자들의 계획은 동물들에게도 가혹한 일이었다. 그들의 목숨을 대체 누가 결정할 수 있나. 지민은 다시 폭죽을 쐈다. 여자들은 지민에게 몸을 돌린 채 묵묵히 하던 일을 했다. 지민은 폭죽을 쐈다. 폭죽을 올릴 때마다 등이 너무 아팠다. 지민은 높이 솟아오르지 못하고 수영장으로 계속 떨어지는 불꽃의 잔재를 바라보았다. 절망적이었다. 사랑의 말로는 너무 비참하다. 견딜 수 없게 초라하다. 지민은 아버지 어머니와, 허인회와 오진홍과, 자신에게 무수한 축복을 내린 여자들의 결과물이라고 할 수 있는데, 그들은 그녀를 지나치게 무시한다. 후회 어린 눈으로 바라본다. 단 한번도 제대로 된 자리를 내어주지 않았다. 그 사실이 화가 나고 답답했다. 지민은 계속해서 폭죽을 뻥뻥 터뜨렸다. 날 좀 봐라. 제발 날 좀 봐줘라. 그러나 폭죽이 내는 빛은 너무 작고 연약해서, 여자들은 그 소리와 불빛에 힐끔힐끔 시선을 빼앗겼다가도 다시 고개를 돌려버리곤 했다. 염소와 락스 혼합 기체에 폭죽 연기까지 더하자 실내 공기가 최악이 되었다. 지민은 어지러운 것을 느끼며 허공을 바라보았다. 구역질을 하고 기침을 하는 여자들이 늘었다. 이대로 가다가는 정말 위험해질 것이다. 허인회는 차가운 바닥에 누워 눈물을 주룩주룩 흘리며 터지는 폭죽을 바라보고 있었다.

팔년 전, 보라로부터 '제가 당신 남편과 만나고 있어요' 하는 문자를 받았을 때 인회는 임신 중이었다. 심한 입덧, 빠뜨리지 않고 따박따박 하던 생리가 끊어져 소식이 없었다. 그동안 겪은 것과는 다른 미열과 몸살기에 인회는 이거야말로 임신이 틀림없다고 생각했다. 그동안의 노력이 결실을 맺었다고 말이다. 그러나 그 문자를 받은 날, 인회는 하혈을 했다. 겁에 질린 그녀는 산부인과에 달려가 말했다.

"배 속에 아이가 있는데 하혈을 해요. 아기가 어떻게 되는 건 아니겠죠?"

병원에서는 초음파를 비롯한 여러 검사를 했다. 진료실에서 만난 의사는 고개를 갸웃거리며 인회에게 말했다.

"어째서 임신이라고 생각하셨을까요. 환자분은 임신한 적이 없는데요."

"아니에요, 임신이 틀림없어요. 혹시 아이가 잘못된 건가요?"

"잘못될 아이가 애초에 없었습니다. 하혈은 생리가 시작된 거고, 임신이 아니에요. 테스트기는 안 해보셨나요?"

인회는 고개를 저었다. 입덧이 끝나면 테스트기를 사서 검사를 할 생각이었다. 그런데 그걸 해보지 않았느냐고 물으면, 그녀가 일부러 임신을 가장한 것처럼 느껴진다. 임신 테스트를 하지 않은 것은 인회가 느끼는 증상이 너무 명백했기 때문인데 말이다. 그녀 나이 마흔다섯, 의사는 서서히 완경을 준비해야 하는 때라고 말했다. 인회는 자신이 했던 것을 사람들이 상상임신이라고 부른다는 사실을 알았다. 집으로 돌아와 울부짖었다. 의사는 아이가 존재하지조차 않았다고 말했지만 인회는 살아 있던 것이 죽어 사라진 듯한 슬픔을 느꼈다. 분명 임신을 했었다. 아이가 있었다. 그러나 오진홍과 염보라가 그녀의 아이를 죽였다. 빛도 보지 못하게 없애버렸다. 인회는 악에 바쳐 차를 몰고 염보라의 딸이 다니는 학교에 갔다. 너희가 내 아이를 죽였으니 나도 가만히 있지 않겠다. 가만히 있지 않으면? 죽여버리겠다. 죽이고 말겠다. 인회는 살의에 차서 염보라의 딸을 지켜보았다. 그리고 보면 볼수록 엄지민의 콧날과 턱이 오진홍을 닮았다는 사실을 알았다.

엄지민이 오진홍의 딸일 수도 있겠다는 생각을 했다. 인회는 이성의 끈을 잃고 엄지민에게 접근해 자신을 엄마의 친구라고 소개했다.

진실은 아이가 기억하는 것보다 훨씬 더 추잡하다. 인회는 아이가 마음에 들었음에도, 내내 아이를 없앨 생각을 했다. 어떻게 하면 오진홍과 염보라를 상처 입힐 수 있을까 골몰했다. 그리고 아이의 몸에서 떨어진 머리카락 따위를 부지런히 모았다. 돌아가서 유전자검사를 해볼 생각이었다. 유전자검사가 끝나면 내가 너희 아이를 없앴다고, 당당하게 말할 수 있을 것이다. 그러나 결과적으로 허인회는 아이를 해할 수 없었다. 그들은 산에서 서로를 끌어안은 채 밤을 지새웠다.

인회는 잠든 지민을 안고서야, 자신이 했던 게 임신이 아니라는 사실을 알았다. 깨닫지 않을 수 없었다. 아이를 배 속에 품는 것과 진짜 사람을 포옹하는 건 같지 않지만, 형태를 갖추지 않은 세포로서의 아이와 실재하는 아이를 안는 것은 분명 다른 일이지만, 그럼에도 허인회는 자신이 품었던 게 어째서 진짜 아이일 수 없는지, 지민을 끌어안고서야 분명히 느낄 수 있었다. 품에 들어온 진짜 아이는 달랐다. 상상임신은 가져다 댈 수도 없을 정도로 따뜻했고, 살아 있었으며, 뜨거운 숨을 내뿜고 있었다. 존재

자체만으로 인회에게 어떤 호통을 치고 있었다. 인회는 잠이 든 지민을 안고 죄책감에 휩싸여 몸을 떨었다. 대체 무엇을 죽이려 했던 건가. 인회는 해가 밝으면 아이의 눈앞에서 영원히 사라지겠다고 다짐하고 또 다짐했다. 그러나 아이가 눈을 뜨지 않았다. 지민의 몸은 불덩이였다.

해가 다 뜨지도 않았을 때 허인회는 아이를 업고 허겁지겁 산을 내려왔다. 아이는 열병에 헛소리를 떠들고, 훌쩍였다. 허인회는 아이가 훌쩍일 때마다 같이 울었다. 그리고 열에 펄펄 끓는 아이의 얼굴을 바라보며 기도했다. 이 아이를 살려주시면, 무사히 산 아래로 데리고 내려갈 수 있게 해주신다면 다시는 아이의 근처에 가지 않겠다고, 오진홍과 염보라를 놓아주겠다고 기도했다. 그들을 미워하지 않고 혼자 살아가겠다고 간절히 약속했다. 기도는 이루어졌다. 허인회는 엄지민을 데리고 무사히 산에서 내려왔다. 병원에서는 지민의 열이 너무 심해서 조금만 더 늦었더라면 큰일이 났을 거라고, 천만다행이라고 말했다. 허인회는 오진홍에게 연락한 다음 아이에게로 갔다. 병실을 떠나기 전 그녀는 다시 보지 못할 아이의 얼굴을 물끄러미 내려다보았다. 그리고 너만은 나를 미워해도 된다고, 앞으로 남은 생은 너와의 약속을 지키며 살겠다고 속삭였다.

그러나 집으로 돌아온 인회는 빠르게 일상으로 돌아갔다. 오진홍과 염보라를 염탐하는 삶으로 복귀했다. 그들을 뒤쫓고, 미워하고, 사랑을 흉내 내는 삶으로 되돌아갔다. 기도는 지켜지지 않았다. 벗어날 기회가 있었음에도 인회는 그러기를 거부한 채 똑같은 삶을 살았다.

폭죽이 터지며 거기서 분사된 빛이 지민의 얼굴을 비췄다. 아이의 얼굴은 간절히 살리고 싶은 어떤 것이었고, 지키고자 했으나 지키지 못한 약속이었다. 인회는 아이의 얼굴을 잊고 살았다. 아니 잊으려 애를 써왔다. 천벌은 거기에서부터 시작된 건지도 모른다. 인회는 불빛에 번쩍이는 아이의 얼굴을, 불쑥 커서 자신을 벌하기 위해 나타난 그 얼굴을 물끄러미 바라보다 몸을 일으켰다. 그녀는 오래전 외면하고 잃어버린 길을 더듬어 다시 찾아가듯 비틀비틀 지민에게 다가갔다. 지민이 인회를 바라보았다. 지민은 벌겋게 달아오른 얼굴로 소리 없이 울고 있었다. 왜 이제 왔느냐는 얼굴이었다. 인회 역시 그곳에 도착하기까지 억겁의 시간이 걸린 듯한 느낌을 받았다. 지민이 손을 내밀었다. 화가 난 얼굴로 말했다.

"폭죽이 하나밖에 안 남았어요."

인회는 괜찮다고 말하며 그것을 받았다. 이제야 비로소

약속했던 불꽃놀이를 한다. 인회는 폭죽에 불을 붙여 천장을 향해 쐈다. 조준이 잘못되어 쏘아진 불꽃이, 타일이 떨어져나간 천장 구멍으로 들어가버렸다. 지민이 황당하다는 듯 "대체 이게……" 하고 중얼거리다 허탈하게 고개를 저었다. 마지막 폭죽이 그렇게 사라졌다. 천장 안에서 불꽃이 터지는 소리가 났다. 수영장은 어둠에 잠겼고, 구역질 소리가 커졌다. 배터리를 만지작거리던 여자가 고미선을 향해 말했다.

"세개 정도는 가동시킬 수 있을 것 같은데요."

고미선이 대답했다.

"그럼 가지."

그때였다. 천장에 불이 들어왔다. 누군가가 "엎드려!" 하고 외쳤다. 천장에 있던 타일들에 불이 붙었다. 불이 붙은 게 먼저인지, 타일이 무너지기 시작한 게 먼저인지 분간하기 어려울 정도로 그 모든 일이 동시에 이루어졌다. 천장이 거대한 불덩이가 되었다. 불타는 천장이 내려앉았다. 불길이 수영장과 여자들의 가슴팍으로 떨어져내렸다. 마치 지구가 멸망하는 날 별이 쏟아지는 것처럼 쏟아졌다. 사람들은 물속으로 잠수를 했고, 몸을 납작하게 숙였으며, 비명을 내질렀다. 엄지민과 허인회는 서로의 머리를 감싼 채 바닥에 엎어졌다. 천장이 완전히 무너지는 데는 십초도 걸리지 않았다. 사람들은 고개를 들어 뼈대가 드러난 텅 빈 천장을 바라보았다. 언제 일기나 했냐는 듯 불덩이는 사라지고 없었다. 이런 일은 불가능하다. 불길이 건물 내부로 옮아 붙지 않고, 염소 가스와 반응하지도 않고 물속에 투신해 홀로 사그라지는 건 있을 수 없는 일이다. 적어도 사람들은 독한 공기에 질식했어야 했다. 천장을 향해 개가 짖고 고양이가 울었다. 그리고 잠겨 있던 비상구가 열렸다. 선풍기의 딸이었다. 그녀의 손에는 절삭기가 들려 있었다. 선풍기의 딸이 천장을 멍하니 바라보며 물었다.

"솟아올랐어? 기적이 일어난 거야?"

그것은 모두가 떠올렸으나 차마 누구도 입 밖에 내어 말하지 못했던 말이었다. 여자들은 움직이지 않았다. 죽음을 말하는 사람도 없고, 삶을 이야기하는 사람도 없었다. 그들은 멍하니 그들에게 일어난 기적을 올려다보았다. 고미선이 흐느끼기 시작했다.

엄지민은 열린 비상구를 바라보았다. 드디어 나갈 수 있게 되었다. 그녀는 몸을 돌려 여자들을, 돌이키기 힘들게 미쳐버린 그 여자들을 바라보았다. 그리고 밖으로 나가면 그녀들을 전부 신고하겠다고, 교도소로 보내버려야겠다고 생각했다. 그러나 선뜻 몸을 움직일 수 없었다. 지민의 가슴엔 불덩이가 남아 있었다. 그때 염보라가 겁에 질린 목소리로 외쳤다.

"감질나지 않아?"

허인회가 쉬어버린 목소리로 말을 받았다.

"뭐가."

"이런 가짜 소금물 말고 진짜 바다에 가고 싶지 않냐고!"

사람들은 누구라고 할 것 없이 서로의 얼굴을 바라보았다. 그들은 알고 있었다. 이것이 삶에 있어 다시 경험하기 힘든 진귀한 광경이라는 사실을 말이다. 젊었을 때는 너무 쉽게 낙관하고 너무 빨리 절망하며 너무 가볍게 기적을 기대한다. 그러나 그들은 먼 길을 돌아왔다. 그리고 이게 어쩌면 그들 생에 준비된 마지막 선물일지도 모른다는 사실을 느끼고 있었다. 이런 기적을 만나면 아끼고 조심스럽게 다루어야 한다. 그것으로 남은 삶을 살아갈 수 있도록 깊이 응시해야 한다. 그들은 더운 숨을 뿜어내며 서로의 얼굴을 바라보았다. 시간이 지나면 이 충격적인 하루는 전부 잊힐 것이다. 모두가 다른 기억의 혼란한 말들을 늘어놓을 것이다. 많은 게 변질되고 왜곡되며 와전된다. 그들은 그것이 싫어서 잠시만, 아주 잠깐만 같이 있자고 생각한다. 이 기적의 순간이 혼탁한 삶에 뒤섞여 희미해지기 전에, 그들을 다른 기억 속으로 갈라놓기 전에, 그 순간을 품에 안고 함께 달아나자고 생각한다.

여자들은 비척비척 수영장을 나와 승합차로 갔다. 입고 있던 젖은 옷을 벗어, 물을 짜고 곱게 개어 트렁크에 넣었다. 수영복 차림으로 승합차에 올랐다. 수영복을 입지 않은 사람들은 브래지어와 팬티 바람이 되었다. 엄지민이 정신없이 떨고 있는 염보라의 옷을 벗기는데, 보라가 "허인회는 돈이 많아. 그런 면에서는 괜찮아" 하고 속삭였다. 엄지민은 극단의 실리주의로 가면 동성이라는 점이나 그토록 난잡하게 얽혀버린 관계조차 가볍게 무시해버릴 수 있구나, 생각했다. 그러면서도 불덩이가 보라의 마음을 건드렸음을 느끼며 "차였다니까" 하고 중얼거렸다. 염보라는 다시 신경질을 냈다. 모두가 승합차에 올랐다. 차 안이 가득 차서 여자들은 다닥다닥 젖은 엉덩이를 붙여 앉아야만 했다. 개와 고양이도 올랐다. 동이 트지 않았고 여름이 끝나고 있어서, 여자들은 사정없이 몸을 떨었다. 고미선이 히터를 틀었다. 그들은 어느 바다로 가야 할 것인지 의견이 분분한 가운데, 고속도로를 향해 달리기 시작했다. 허인회와 엄지민은 그들 사이에 앉은 염보라의 눈꺼풀이 내려가 자꾸 감기는 것을 바라보았다. 지민이 두려움에 휩싸여 할 말을 찾다가 허공을 향해 다급하게 외쳤다.

"누가복음 23장 27절 아시는 분 계세요?"

지난번 오름교회에 갔을 때 그녀가 찢어 가진 구절이었다. 왜 그것을 찢었는지는 모르겠다. 그저, 세상의 끝을 말하는 구절에는 늘 눈이 갔다. 종말을 바란다기보다는 뒤집혀버린 세계를 보고 싶었다. 세상이 뒤집히면 어떤 저주받은 자들은 저주받지 않은 자가 될지도 모른다. 죽어가던 자들은 죽지 않는 자들이 될지도 모른다. 아픈 자들은 아프지 않게 될지도 모른다. 어떤 말을 아끼고 꾹 참아온 자들은 하고 싶었던 말을 내뱉게 될지도 모른다. 뒤집힌다는 건 그런 일이니까. 그냥 그런 생각을 했다. 맞은편에 앉아 있던 여자 하나가 몸을 떨고 있는 염보라를 힐끗 바라보고는 그 구절을 읊었다.

또 백성과 및 그를 위하여 가슴을 치며 슬피 우는 여자의 큰 무리가 따라오는지라 예수께서 돌이켜 그들을 향하여 이르시되 예루살렘의 딸들아 나를 위하여 울지 말고 너희와 너희 자녀를 위하여 울라

보라 날이 이르면 사람이 말하기를 잉태하지 못하는 이와 해산하지 못한 배와 먹이지 못한 젖이 복이 있다 하리라

그때에 사람이 산들을 대하여 우리 위에 무너지라 하며 작은 산들을 대하여 우리를 덮으라 하리라

지민은 멍하니 앉아 그 구절을 들었다. 허인회의 두툼한 손이 염보라의 손 위로 올라갔다. 옆에 앉은 사람의 몸에 그 진동이 느껴질 정도로 보라의 몸이 거세게 떨리고 있었다. 누군가가 다급하게 외쳤다.

"샛별이가 떠나려는 것 같아요."

지민은 도망치듯 창밖을 바라보다 고개를 숙였다. 그리고 보이지 않는 누군가를 향해, 늙은 개와 염보라가 바다에 도착할 때까지 살 수 있게 해달라고 간절히 기도했다.

| 작가의 말 |

교정을 보며, 독자 여러분께 이 소설이 어떻게 다가갈지 가늠하지 못하는 상태로 작가의 말을 씁니다. 소설이 언제 시작되었고 또 어떻게 이루어졌느냐고 묻는다면 저 같은 경우는 (특히 장편의 경우에는) 쓰는 동안 너무 긴 터널을 통과하는 느낌이라서 기억하는 바가 거의 없습니다. 있던 기억들도 어느 지점인지 모를 어두운 터널 안에 놓쳐버려서 말을 하려고 하면 우물거리기 일쑤입니다. 그러나 이 소설은 그 시작이 비교적 분명히 기억납니다.

이 이야기를 하려면 오래전으로 거슬러 올라가야 합니다. 다섯살 때 저는 어머니와 이모, 대학생인 사촌 언니 그리고 사촌 언니의 혼성 친구들 대여섯명과 함께 계곡으로 야유회를 간 일이 있습니다. 정말 이상한 조합이었어요. 어느 계곡인지는 기억이 나지 않는데 엄마와 이모가 물가에 발을 담그고 앉아 대화를 하던 모습과, 제가 이모에게 선물받은 새 옷을 입고(배트맨 로고가 박힌 쨍한 주황색의 민소매와 반바지 세트였어요) 어머니의 감시 아래에서 야트막한 물가에 홀로 앉거나 누워 계곡을 뒹굴던 기억이 납니다.

이런 제가 측은했던 건지 사촌 언니가 저에게로 다가와 말을 걸었습니다. 젖은 옷을 가볍게 만드는 법을 알려주겠다고요. 그러고는 자신의 흰 티셔츠의 밑단을 돌돌 말아 물기를 짠 뒤 그것을 멋들어지게 앞으로 묶었습니다. 제가 그대로 따라 하자 언니는 그렇게 배가 훤하게 드러나선 안 된다고 깔깔 웃고는 자신은 배꼽을 드러낸 채 물이 그녀의 허리춤까지 오는 깊은 계곡으로 돌아갔습니다. 그곳에는 언니의 친구들이 있었어요. 저는 대학생이라는 말도, 대학생 남녀도 그때 처음 접한 것 같습니다. 그들은 바라보기만 해도 마음이 들뜨게 되는 무언가를 가지고 있었고 끝내주게 재미있어 보였어요. 저도 그들과 함께 놀고 싶었습니다.

하지만 깊은 곳에 가선 안 된다는 엄마의 감시가 대단해서 저는 새 옷을 꽈배기처럼 짜대기만 하다가 엄마가 대화에 열중한 틈을 타 계곡 안으로 돌진했습니다. 그러나 으레 그러하듯 계곡이 점진적으로 깊어지는 건 아니라서 물속으로 첨벙첨벙 들어가던 저는 곧 제 키보다 깊고 차가운 물속으로 곤두박질쳤습니다. 그건 정말 아찔한 경험이었어요. 당시 세상은 선명한 두개의 세계로 나뉘었는데 만세를 하며 물 위로 떠오르면 젊은 남녀가 웃으며 물장구를 치는 풍경과, 물속으로 가라앉으면 뿌리 뽑힌 녹색 수초와 제가 뿜어내는 공기 방울이 있는 세계였습니다. 저는 입고 있던 배트맨 옷이 무색하게 팔만 휘저었고 그다음 기억은 끊어지고 없습니다.

이 기억이 다시금 떠오른 건 데뷔작인 『시스터』를 쓸 때였습니다. 글을 쓴다고 다니던 직장을 그만둔 상태였는데 할 줄 아는 것도, 잘하는 것도 너무 없다는 사실이 뒤늦게 지긋지긋해져서 수영을 배우기 시작한 때였습니다. 밤새 깨어 있다가 몽롱한 상태로 아침 여섯시, 첫 타임 수영강습에 가는 건 당시 몇 안 되는 낙 중 하나였어요. 다른 영법은 형편없었지만 자유형은 제법 속도가 나서 랠리를 할 때는 앞사람과 간격을 멀게 잡고 출발해도 앞사람 발에 손이 자주 닿곤 했습니다. 그러다 수영을 시작한 지 팔개월이 되었을 무렵, 처음으로 물이 편안하다는 느낌을 받았습니다. 그건 정말 이상한 깨달음이었습니다. 저는 스스로를 자유형 영재라고 생각하고 있었는데 이제야 물이 편안하다니요. 그럼 그동안 제가 물에서 느꼈던 건 불편함이었다는 걸까요? 물이라는 건 원래 그렇게 미칠 것 같고 숨 막히는 데가 아니었던 걸까요? 생각해보면 제가 느낀 건 불편함 정도가 아니었습니다. 저는 물속에 고개를 박는 게 두려워서 얼굴을 빨리 빼기 위해 죽어라 물장구를 치느라 자유형이 빨라졌던 거예요. 그러니까 저는 물이 두려웠던 겁니다. 물속에서 혼자 생존 싸움을 벌이고 있던 건지도 모릅니다.

물론 이 두가지 경험이 의미상으로 명확하게 연결되는 것 같지는 않았습니다. 하지만 여기에 무언가가 있었습니다. 물 공포증이 있는데 그걸 모르고 자꾸 물에 뛰어드는 인간이 있다고 합시다. 그 사람을 물에 뛰어들게 하는 동력은 뭘까요? (그게 저라는 걸 접어두고 말입니다. 저는 날이 덥고 잘하는 게 없어서 수영을 시작했을 뿐이니까요) '물 공포증이 있는데 그걸 모르고 자꾸 물에 뛰어드는 인간'이라는 키워드는 저에게, 어떤 열망에 대한 웃기고도 무서운 은유로 다가왔습니다.

그런 생각을 하던 차였습니다. 어느 날, 수업에 들어가기 위해 수영장 샤워실에서 샴푸로 두피를 벅벅 문지르고 있는데 "그년을 찢어 죽이고 싶다"는 중년 여성의 날카로운 목소리를 들었습니다. 저는 순간 머리 감기를 멈추고 비누 거품이 얹힌 눈을 뜨지도 못한 채 다음 말을 기다렸습니다. 그러나 목소리는 그걸로 끝이었어요. 하지만 귓가에 얹힌 목소리는 좀처럼 사라지지 않았습니다. 찢어 죽이고 싶다고 말했지만 본인이 이미 그 일을 당하고 있는 듯한 목소리였거든요.

그날 수영을 마치고 길을 나서던 길에 따갑고 뜨거운 볕이 정수리에 내리꽂혔고, 저는 그 볕이 저를 심하게 들쑤시고 있다고 느꼈습니다. 그리고 '그래, 누군가는 누군가를 찢어 죽이고 싶어 하지' 하는 나사 빠진 생각을 했습니다. 이 소설이 시작된 건 그때입니다. 여기에 사랑을 담아야겠다고 생각한 건 더 나중 일입니다만, 시작은 그때였습니다. 수영장에 다니고, 누군가를 찢어 죽이고 싶어 하는 여자들에 대해서 쓰고 싶다고 말입니다. 서로에게 텃세를 부리기도 하고, 뜻하지 않은 다정함을 발휘하기도 하는, 사이가 좋든 나쁘든 모두 다 함께 수영복을 걸친 채 물속에서 발버둥 치는 사람들에 대해서 이야기하고 싶다고 생각했습니다. 그러고도 이 소설을 다시 잡기까지는 퍽 오랜 시간을 보내야 했지만 말입니다. 어쨌거나 이것이 제가 기억하는 이 이야기의 시작입니다. 시작만 말하고 멈추는 이유는 끝을 내는 것은 제 몫이 아니기 때문입니다. 이 이후의 이야기들에 대해서는 여러분들이 말해주시리라고 믿습니다.

감사하고 싶은 분이 많습니다. 소설을 연재하고 출간하는 과정에서 단단하고 세심한 열정으로 힘이 되어주었던 이해인 편집자님, 그리고 책이 출간될 수 있도록 각자의 자리에서 애써주신 관계자분들, 곁을 지켜준 친구들과 가족에게 많이 감사합니다. 덕분에 쓸 수 있었습니다. 긴 소설을 읽는다는 것은 결코 쉬운 일이 아닌데 그 일에 기꺼이 마음과 시간을 내주신 독자분들께도 감사합니다. 제가 바랄 수 있는 건 여러분의 건강뿐이니, 모두 건강하시고 굳세게 살아가시길 빌겠습니다.

2023년 2월

이두온

러브 몬스터

초판 1쇄 발행 • 2023년 2월 6일
초판 3쇄 발행 • 2024년 8월 19일

지은이 / 이두온
펴낸이 / 염종선
책임편집 / 이해인
조판 / 박아경 황숙화
펴낸곳 / (주)창비
등록 / 1986년 8월 5일 제85호
주소 / 10881 경기도 파주시 회동길 184
전화 / 031-955-3333
팩시밀리 / 영업 031-955-3399 · 편집 031-955-3400
홈페이지 / www.changbi.com
전자우편 / lit@changbi.com

ISBN 978-89-364-3899-9 03810

* 책값은 뒤표지에 표시되어 있습니다.